# 세 가닥의 머리카락

## | 일러두기 |

1. 이 책에서 번역한 작품들의 저본은 다음과 같다.
   * 『세 가닥의 머리카락』(일본 최초 출간시 제목은 무참(無慘))』의 저본은 1890년 2월에 이와모토 고이치(岩本五一)가 편집한 것을 수록한 일본 국립국회도서관 근대디지털라이브러리 자료이다. 초출은 『소설총(小說叢)』(1889년 9월).
   * 『법정의 미인』의 저본은 1889년 5월 소설관(小説館)에서 간행된 단행본을 수록한 일본 국립국회도서관 근대디지털라이브러리 자료이다. 초출은 『오늘신문(今日新聞)』(1888년 1월에 연재 시작).
   * 『유령』의 저본은 1990년 1월 소설관에서 간행된 단행본을 수록한 일본 국립국회도서관 근대디지털라이브러리 자료이다. 초출은 『소설관(小説館)』(1890년 1월).
   * 『검은 고양이』의 저본은 『明治文學全集7 明治飜譯文學集』(筑摩書房, 1972년 10월)이다. 초출은 『요미우리신문(讀賣新聞)』(1887년 11월 3~9일).
   * 『모르그 가의 살인』의 저본은 『明治文學全集7 明治飜譯文學集』(筑摩書房, 1972년 10월)이다. 초출은 『요미우리신문(讀賣新聞)』(1887년 12월 14, 23, 27일).
   * 『탐정 유벨』의 저본은 1889년 6월 민우사(民友社)에서 간행된 단행본을 수록한 일본 국립국회도서관 근대디지털라이브러리 자료이다.
2. 특히 『세 가닥의 머리카락』의 경우처럼 마침표나 줄바꿈, 인용부호 등이 없는 경우는 가독성을 살리기 위해 원문을 적절히 편집해 번역했다.
3. 인명과 지명에 한해서 초출 시 괄호 안에 원문을 표기하였다.
4. 외래어는 원어 표기의 우리말 발음을 원칙으로 하였다.
5. 각주는 기본적으로 역자주이며, 원주는 본문에 표시하였다.
6. 차별어로 현재는 사용되지 않는 표현도 시대상을 반영하기 위해서 그대로 사용하였다.

일본 추리소설 시리즈 1

# 세 가닥의 머리카락

구로이와 루이코 · 아에바 고손 · 모리타 시켄
김계자 옮김

이상

차례

# 세 가닥의 머리카락

구로이와 루이코

## 서(序)

일본 탐정소설의 효시는 이 『무참』을 일컫는다. 무참이라 함은 재미있다. 어떠한 내용을 적은 것을 무참이라 하는가. 이건 바로 당시 『미야코 신문(都新聞)』의 주필 루이코 쇼시(涙香小史)* 군이 특기인 괴필(怪筆)을 쓰기 시작해, 작년 쓰키지(築地) 해안의 해군 언덕에서 있었던 살인 사건을 설정하고 여기에 탐정적인 요소를 덧붙여 쓴 소설이다. 내가 본서를 읽으니, 처음에 탐정담을 설정하고 그로부터 범죄 이야기로 옮겨가, 오콘(お紺)이라는 부인을 수색해내서 증거인으로 세워, 마침내 구두진술에서 범죄자를 알아내기에 이른다는 경위였다. 노련한 탐정은 우쭐대며 뽐내고 젊은 탐정은 자연과학적이고 논리적인 이치를 가지

* 루이코 쇼시는 구로이와 루이코의 필명

고 일일이 경감에 대항하며 답변하듯이 모두 의표를 찔러, 사람의 간담을 서늘하게 하고 마음을 차갑게도 하는 등, 실로 기묘하기 짝이 없어 독자의 심리를 즐겁게 해준다. 이 책은 루이코 군이 사정이 있어 나에게 맡겨 내가 인쇄해 배포하고자 한다. 세상의 평판은 루이코 군의 기이한 필력을 몹시 기뻐하고 이를 그리워해 저서의 역술에 관련된 소설을 요구하는 투서가 계속돼 산을 이루었다. 이로써 보건대 군의 필력 또한 부럽다.

아아, 루이코 군은 어떠한 재능을 가지고 붓을 들었는가. 어떠한 기술을 가지고 소설을 썼는가. 나는 감히 모르고 모르기 때문에 이를 우러르고 우러른다고 하지만 역시 미흡하다. 이는 곧 천부적인 글재주로 추모하는 것도 역시 결국은 그림의 떡에 속하는 것일지니, 나는 붓을 던져버리고 한탄해 마지않았다.

-1889년 10월 중순

항몽루(香夢樓)에 앉아 우메노야 가오루(梅廼家かほる) 적다

## 上 · 의심의 덩어리

세상에 무참한 이야기는 많이 있지만 올해 7월 5일 아침 쓰키지 아자나 해군 언덕 옆에 있는 강 속에 내버려진 시체만큼 무참한 상태는 드물다. 글로 적는 것만으로도 소름이 돋는다. 다음날 6일 지역 내 각 신문에 아래와 같이 보도되었다.

무참한 시체가 어제 아침 6시경에 쓰키지 3초메의 강에서 발견되었다. 나이 34~35세로 보이는 남자의 시체에는 어떤 자의 소행인지, 온몸에 많은 창상과 쓸린 상처, 다수의 타박상이 있다. 등은 난폭하게 구타당한 듯 온통 부풀어 올라 있고 그 사이에 베인 상처가 있다. 벌어진 상처 사이로 피에 물든 살이 보이는데다, 머리 한 곳에 두꺼운 송곳에 쪼인 듯 보이는 깊이 두 치 정도의 구멍이 나 있다. 게다가 망치 종류로 강하게 구타한 것으로 보이는데 머리는 둘로 쪼개지고 두개골이 깨져 뇌수가 터져 나온 모습은 실로 눈 뜨고 볼 수 없을 정도이다. 의사의 진단에 의하면 모두 오전 2~3시경에 입은 상처라고 한다. 의복은 감색 세로줄무늬 홑옷으로, 직업도 짐작할 수 없다. 그리고 소지품은 하나도 없다. 이 분야 전문가의 감정에 의하면 살해한 자가 들키지 않기 위해 일부러 소지품을 빼앗은 것처럼 꾸미려고 했기 때문이라고 한다. 어떤 자가 무엇 때문에 이토록 끔찍한 죽음을 당했는가. 또 살해한 자는 어떤 자인가. 전혀 알 길이 없고, 현재 엄중하게 탐정 중이다.(이상은 모 신문 기사를 그대로 전재한 것이다.)

또한 이 무참한 살인에 대해 관계자가 조사한 바를 들으니, 시체는 강에서 떠올랐지만 흘러들어온 것은 아니고 물에 빠졌다가 떠오른 것으로 보이는 흔적도 딱히 없으며 특히 물이 들어오지 않는 강가 하구에 버려져 있었고 더욱이 주변에 혈흔이 없는 것을 보면 외부에서 살해된 자를 운반해 와서 던진 것으로 보인다. 또 이곳에서 일 정(町)* 정도 떨어진 어느 집 담벼락에 피가 묻은 자국이 있었지만 여기도 살해한 곳으로는 보이지 않고, 아마도 피투성이 시체를 운반하는 도중에 사고가 생겨서 잠시 그 담에 세워놓았을 것이다.

살해한 자는 누구이고 살해된 자는 누구인지 전혀 단서가 없다. 하지만 7월의 뜨거운 더위 속에 사체가 쉽게 부패하기도 하고, 특히 일본에는 프랑스 파리의 르 모르그처럼 시체보관소도 설치되어 있지 않기 때문에 언제까지나 이대로 내버려둘 수 없어 우선 가까운 관청에서 익사체로 강물에 떠돌아다니다 발견된 것으로 간주하고 가매장한 상태라고 신문은 아래와 같이 적고 있다.

> 익사자 남성. 나이 30~40세 정도. 1889년 7월 5일 관내 쓰키지 3초메 15번지 앞 강 가운데에 표착해 가매장했다. 인상은 얼굴이 길고 가는 편이고, 눈썹은 검은 편이다. 귀는 평범하고 왼쪽 빰에 검은 반점이 하나 있다. 머리는 짧고 신장은 오 척 세 치 정도로 적당히 살이 쪘다. 상처가 셀 수 없이 많고 그 중 큰 상처는 미간에 한 곳, 등에 갈라놓은 듯이 베인 상처가 두 곳, 그리고 어깨에서 허리 부분에 걸쳐 몸 전체가 몰매를 맞은 것 같이 부어 있다. 왼손에 세 곳, 목에 한 곳, 머리 한가운데에 큰 상처가 있고 여기저기 긁힌 상처 등이 많이 있다. 목에는 짓누른 듯 보이는 상처가

* 거리의 단위로 약 109미터

있다. 의류는 자잘한 세로무늬 홑옷, 니타코(二タ子) 줄무늬 하오리(羽織)*에 다만 끈이 달려 있고, 감색 하카타(博多) 오비(帶)**, 속옷과 속옷에 매는 오비, 흰 버선, 왜나막신이 있다. 소지품은 전혀 없다. 짐작 가는 사람은 신고할 것.

1889년 7월 6일 가장 가까운 관청

(위는 모 신문에서 전재함)

살인은 종종 있지만 이토록 무참하고 이토록 괴이하게, 이토록 단서 하나 없는 살인은 그 예가 드물다. 그 때문에 그날 하루는 가는 곳마다 이 살인에 관한 이야기를 하지 않는 자가 없는 것으로 봐도 도시는 소문거리의 제조소이다. 다음날은 다른 일에 관한 소문을 떠들어대며 완전히 잊어버리는 것 같다. 잊어버리지 못하고 있는 자는 오로지 가장 가까운 경찰서의 사복형사이다. 시체가 발견된 날 아침 아직 어두울 무렵부터 마음을 이 일에만 내맡기고 몸을 이 일에만 사용했지만, 마음을 맡기고 몸을 사용해도 여전히 단서가 없는 것이 그야말로 슬프구나.

사복형사는 흔히 하는 말로 탐정인데, 세상에 이만큼 꺼림칙한 직무는 없다. 또 이만큼 훌륭한 직무도 없다. 꺼림칙한 점에서 말하자면 자신의 무자비한 마음을 감추고 친구인 척 사람들과 섞여 친절한 표정을 지으며 그 사람의 비밀을 캐내고 그것을 바로 공공기관에 팔아넘겨 처세한다. 외관은 보살인데 내심은

* 일본 옷 위에 있는 짧은 겉옷

** 일본 옷의 허리에 두르는 띠

야차라고 하는 것은 여자가 아니라 탐정이다. 절도범, 강도, 살인범, 탈옥수 등과 같은 악인이 많지 않으면 그 직무는 번성하지 않을 것이다. 악인을 찾아내기 위해 선인까지도 의심하고, 못 본 체하고 훔쳐보고 못들은 체하고 훔쳐듣는다. 사람을 보면 도둑으로 의심해 매우 무섭게 훈계하는 것을 직업의 비책으로 삼고, 종국에는 의심하는 데 그치지 않고 사람을 보면 도둑일지어다, 죄인일지어다 빌기에 이른다. 이 사람이 혹시 반역자라면 내가 붙잡아 자신의 공로로 하고 이 남자가 만약 죄인이라면 밀고해서 술값이라도 보태려고 생각한다. 머리에 촛불은 켜지 않았다 해도 보는 사람마다 저주하니 매우 사위스러운 직업이다. 훌륭하다고 하는 점에서 말하자면 이렇게까지 남에게 미움 받는 것을 싫어하지 않고 악인을 간파해 그 씨를 말려 세상 사람들의 편안함을 도모하니 소위 살신성인하는 자로서 이만큼 훌륭한 사람이 있겠는가.

5일, 아침 8시경의 일이다. 가장 가까운 경찰서 사복형사 대기실에 탐정 둘이서 터놓고 서로 이야기하고 있다. 한 명은 나이 40세 정도로 뚱뚱하고 살진 얼굴에는 계속 웃음을 머금고 있다. 이 웃는 얼굴은 보는 사람에 따라 평가가 달라지는데, 애교 있는 얼굴이라고 칭찬하는 자도 있거니와 사람을 놀리는 얼굴이라고 헐뜯는 사람도 있다. 공정하게 판정하자면 위쪽을 보고 있으면 애교 있는 얼굴이요, 아래를 향하고 있으면 놀리는 얼굴이라 할 수 있을 것이다. 이름은 다니마다(谷間田)로 사람들에게 불리고 있다. 감색 비백무늬 홑옷에 하카타 오비를 하고 있고, 실내용

겉옷은 벗어 윗미닫이틀 모자걸이에 걸어놓았다. 물론 관리로는 보이지 않지만 상인이라고 하기도 어렵다. 또 한 사람은 나이 25, 6세의 몸집이 작은 사람으로 싹싹한 얼굴을 하고 있다. 흰색 세로줄 무늬의 홑옷에 당목 허리띠를 하고 있는데, 어디를 봐도 일개 서생이지만 이곳에서 근무하고 있는 모습을 보면 요즘 다니마다의 부하로 배명 받은 것 같다. 이 남자는 테이블 너머로 다니마다의 얼굴을 올려다보고 말했다.

"정말 이상하지요? 무슨 연유로 누구에게 살해되었는지 조금도 단서가 없으니."

다니마다는 예의 놀리는 얼굴을 하며 말한다.

"뭐, 단서는 있지만 자네 눈에 들어오지 않는 거지. 좌우간 도쿄 내에서 어느 집엔가 한 사람 부족한 곳이 생긴 것이니 모른다고 하고 있을 때가 아니네. 빨리 호적대장을 빌려와 한 사람 한 사람 조사하며 돌아다니면 어딘가에 한 사람 부족한 곳이 살해된 남자인 거지, 뭐. 오토모(大鞆) 군, 자네는 첫 사건이니까 잘 봐둬야 할 걸세. 이런 어려운 사건을 맡지 않으면 승진하지 못해."

"그야 알고 있죠. 복잡하게 서로 얽힌 뿌리와 마디를 자르기 위한 편리한 도구를 모르니까 어렵다고 하는 것이지, 꺼리는 건 전혀 아니에요. 그렇지만 뭔가 단서가 아무것도 없잖아요. 다니마다 경감님이 보기에는 뭘 실마리로 풀어가야 할까요?"

"뭐라니, 하나부터 열까지 모두 실마리가 아닌가. 우선 얼굴이 긴 것도 하나의 실마리요, 왼쪽 뺨에 흉터가 있는 것 또한 실마리요, 등의 상처 역시 실마리네. 우선 상처가 있다고 하는 것은 날카로운 칼로 베인 것이 틀림없어. 그렇다고 한다면 우선 칼을 소지하고 있는 자를 잘 살펴본다든가 뭐 그런 방법이지. 주의해 볼 점은 그 사람이 재주가 있느냐 없느냐 하는 거야. 자네는 평소에 프랑스의 탐정이 어떻다든가 영국의 자연과학은 이렇다든가 하면서 서양서를 혼자만 읽은 것처럼 그럴싸한 이치를 늘어놓았으니까 이것도 잘하는 논리학인가 뭔가로 산출해보면 될 거 아니야. 아하하, 뭐 그렇지 않은가?"

오토모는 마음속으로 두고 보자는 듯이 웃음을 감추고 일부러 머리를 긁적거리며 말했다.

"그건 그렇지만 책에서 읽은 것과 실제는 조금 다르니까요. 소설 같은 데 나오는 수상한 놈은 발자국을 남긴다든가 흉기를 잊어버리고 놓고 가든가 반드시 서너 개는 단서를 남겨놓지만 이건 그렇지도 않고, 애당초 살해된 녀석의 이름조차 세상에 아는 사람이 없어요. 그러니까 경감님이 어디서부터 손을 댈 것인지 시작이라도 알려주지 않으면 제가 곤란하잖아요."

"그 시작이라고 하는 것은 각자 마음속에 있는 것으로 자네가 자주 말하는 기밀이라는 거네. 서로 깊이 감추고 이제 됐다 싶을 때까지는 가령 장관이라 해도 알리지 않을 정도지만, 자네는 뭐 내가 주선해서 이 경찰서에도 넣어주었고 특히 이것이 군인으로 치면 첫 출전이고 하니 다른 사람한테는 말할 수 없는 기밀을 나눠주도록 하겠네. 거기 입구 문을 닫고 이리 와보게."

"그리 생각해주시니 실로 평생의 은혜로 간직하겠습니다."

다니마다는 테이블 위의 부채를 들어 천천히 부치면서 조금 목소리를 낮추었다.

"자네, 우선 이 살인을 어떻게 생각하나? 잇속만을 따져서 행동한 노상강도라고 생각하나? 그렇지 않으면 또……."

"그래요. 소지품이 하나도 없는 것을 보면 노상강도로도 생각되고 무참하게 죽은 모습을 보면 뭔가 원한관계인 것 같기도 하고, 아무튼 프랑스의 탐정 비전(秘傳)에 이르기를 이해하기 어려운 범죄의 저 밑바닥에는 반드시 여자가 있다고 하니까 여자와 관계된 사건으로도 생각되고요."

"글쎄, 그렇게 지레짐작하면 곤란하다니까. 잠자코 들어보게나. 소지품이 없는 것은 누가 봐도 범인이 단서를 없애기 위해 감춘 거니까 노상강도의 증거는 되지 않아. 우선 상처를 유심히 보게. 상처는 등에 칼로 베인 것으로 생각되는 곳도 있거니와 머리에는 망치로 맞은 듯한 상처도 있어. 정수리는 망치자국만큼 둥글게 살이 푹 패어 있어. 그런가 하면 또 군데군데 때린 듯한 상처도 있고."

"그렇군요."

"또 이상한 것은 머리에 들러붙어 있는 피를 씻어냈더니 움푹 패여 깨진 곳에 뭉툭한 송곳이라도 박아 넣은 듯한 구멍이 나 있다는 점이네. 자넨 눈치 채지 못했겠지만."

"뭐, 알고 있어요. 두 치나 깊게 푹 들어가 있잖아요."

"그렇다면 자네는 그게 무엇으로 낸 상처라고 생각하나?"

"그건 아직 생각 중이에요."

"그건 모를 걸. 모르겠으면 잠자코 듣고나 있게. 나는 그걸 요즘 유행하는 두툼한 철제 머리장식이라고 보는데, 어때?"

오토모는 자신도 모르게 웃음이 나오려는 것을 겨우 참았다.

"여자란 말입니까?"

"머리장식이니까 결국 여자인 거지. 여자가 하지 않았더라도 옆에 떨어져 있다든가 해서 범인이 여자의 머리장식을 주어서 찌른 거지. 어쨌든 죽일 때 옆에 여자가 있었다는 걸 알 수 있어."

"그렇지만 머리장식은 발이 두 개니까 구멍이 두 군데 뚫려 있어야 하잖아요?"

"바보 같은 소리. 두 치나 박으려면 엄청난 힘을 들여 쥐니까 두 개의 발이 하나로 되는 거야."

"하나로 되어도 구멍은 옆으로 넓적하게 뚫려 있어야 해요. 저 구멍은 조금도 넓적하지 않고 완전히 둥그렇잖아요. 그렇다면 머리장식이 아니라 다른 것이겠죠."

다니마다는 또 다시 놀리듯이 웃었다.

"그런 걸 알아차리다니 꽤 제법이군. 이번에 실은 자네 지혜를 좀 시험해본 거네."

오토모는 속으로 '뭐, 주제넘게 사람을 시험하다니. 그런 수에 누가 놀아날 줄 알아?' 하며 조롱하듯 물었다.

"그렇다면 그건 정말로 무슨 상처인가요?"

"그건 아직 나도 전혀 모르겠지만 잠자코 들어보게. 혼자서 죽인 것이 아니라 여럿이 달려들어 죽인 거지."

"음, 그렇군요."

"그렇다면 우선 범인은 여러 명이 있다는 건데, 그러나 달려들어 죽이려면 길거리에서는 할 수 없는 거지."

"그럼 어떻게?"

"어떻게라니? 자, 들어보게."

"또 듣고 있으라고요?"

"아니, 우선 들어보라고. 길거리라면 여기저기 도망칠 테니 쫓아가면서 살인자, 살인자 하며 소리쳤을 테고, 그럼 근처에서 알아채든지 경찰이 눈치 채든지 했을 거야, 분명히."

"그렇다면 들판인가요?"

"글쎄, 들판이라고 생각할 수도 있어. 그런데 우선 들판이라고 하면 히비야(日比野) 아니면 해군부지야. 히비야에서 사체를 메고 저 해안까지 갔을 리는 만무하고, 그리고 해군부지도 아니야. 왜냐하면 해군부지는 멋대로 들어갈 수 없고 구석구석 찾아봐도 살해한 흔적은 없어. 게다가 일 정 정도 떨어진 어느 집 담벼락에 피가 묻어 있는 것을 봐도, 해군부지에서 살해해서 쓰키지 3초메의 해안에 버리기 위해 일 정이나 메고 왔을 리도 없고 말이야."

"그렇다면 집 안에서 죽인 것인가요?"

"좀 들어보라니까. 집 안이고말고. 집 안에서 죽인 거지."

"집 안에서 죽여도 역시 소란스러울 테니 이웃에서 잠을 깼겠죠."

"이봐, 그렇게 생각되지? 풋내기는 아무튼 간에 그런 데에 신경을 쓰니까 안 된다니까. 물론 집안이라고 해도 많은 사람이 덤벼 사람 하나 죽이려면 떠들썩할 거야. 그렇게 되면 이웃에서 잠을 깨겠지. 바로 그거네. 이웃에서 눈치를 채도, 아- 또 싸우는구나 하고 어디나 그렇듯이 그다지 신경 쓰지 않을 걸."

"그럼 가끔 싸우는 집일까요?"

"그렇지. 가끔 사람도 많이 모이고 또 가끔 크게 싸우기도 하는 집이 있다면, 그런 집에서 살인이 일어나면 이웃사람이 잠을 깬다 해도 아무렇지도 않게 생각할 걸. 딱히 나무라지도 않고 그냥 내버려두고 다시 잠들어버리는 거지."

"그러나 그렇게 많은 사람들이 모여 자주 싸움하는 집이 어디에 있어요?"

"이렇게까지 말했는데도 아직도 모르다니, 풋내기는 이래서 힘들다니까. 좀 생각해보게."

"아무리 생각해도 저는 잘 모르겠어요."

"경찰서 사복형사라는 자가 이 정도도 모르다니 하는 수 없군. 그건 바로 노름판이야."

"에, 도, 도바*라면 프랑스와 영국 사이의 해협?"

"미치겠군. 농담해? 도바는 도박장이잖아."

"그렇군요. 도바는 노름판이구나. 그렇다면 노름판 싸움이군요."

"그렇지. 노름판에서 싸우다 살해된 거지. 노름판이니까 누구도 지갑 외는 아무것도 가져가지 않지. 그래서 싸움이 났다 하면 곧 자기 앞에 있는 돈을 품속에 쓸어 담은 다음에 상대를 하는

* 노름판을 일본어로 '도바'로 발음함

것이 노름꾼들의 습성이지. 그런 건 빈틈이 없어. 그 사체가 된 사람도 역시 그랬을 거야. 자세한 건 모르지만 어찌됐든 옆에서 싸움을 하니까 잽싸게 주변에 있는 돈을 쓸어 모아 일어서려 하자 함께 있던 자들이 각자 그 사람에게 뛰어들어 처음 싸움은 아랑곳없이 자기 돈을 어떻게 할 셈이냐며 저마다 빼앗으려 하면서 그 사람과 여러 사람이 어지러이 밟히고 얻어맞다 어느새 죽어버린 거야. 그러니까 소지품이나 주머니에 물건이 하나도 없었던 거지. 어때? 기막히지?"

오토모는 잠시 생각한 뒤에 말했다.

"과연 잘 생각했군요. 그렇지만 이건 아직 귀납법에서 말하는 '가설'이에요. 가정설이죠. 사실이라고는 말할 수 없어요. 그러니까 '증명'을 해보지 않으면 아직 몰라요."

"그게 바로 건방지다는 거네. 자기는 모르는 주제에 남이 말하는 것을 헐뜯으려고 하지."

"그렇지만요, 경감님. 경감님이 근거로 들고 있는 것은 여러 상처가 있다는 것뿐인데, 상처를 가지고 여럿이라고 생각하고, 여럿이라 하여 노름판을 생각해낸 것뿐이잖아요. 즉 증거라는 것은 여러 상처뿐이고 그 외에는 아무것도 없잖아요. 무엇보다도 이 문명사회에 과연 그런 노름판이 있을 턱도 없고."

"아니야, 있으니까 말한 거지. 쓰키지에 가봐. 지나인(支那人)이 치파(七八)*도 하고 있고 도박장도 있어. 뭐 지나인이 직접 하

* 도박의 일종

는 건 아니고 모두 일본 도박꾼에게 장소를 빌려주고 자신은 모르는 척 시치미 떼면서 자릿세를 받는 거지, 자릿세를. 그러니 이젠 완전히 일본의 주사위로 여우*니 홀짝노름 등을 하고 있는 거네."

"그렇지만 도박꾼치고는 복장이 이상하지 않아요? 하카타 오비에 하오리 등은."

"뭐, 지나인의 도박장에 드나드는 녀석들 중에는 중산모자**를 쓰고 있는 사람도 있고 각양각색이야. 게다가 사체를 자세히 보면 손이나 발 피부가 부드러운 것이 거친 일을 한 적도 없는 사람이거든. 그렇다고 해서 아주 착실한 사람도 아니고. 아무리 생각해도 도박이나 하는 게으름뱅이인 거지."

오토모는 정말로 감복한 것인지 아니면 띄워주고 좀 더 깊은 이야기를 들으려는 계략인지, 갑자기 마음속을 털어놓는 듯한 말투로 이야기했다.

"야, 정말 대단하십니다. 아무런 단서도 없는 것을 이 정도로 간파하다니, 과연 쓰키지에서는 일본의 법 권력이 미치지 못하는 것을 기회삼아 지나인이 그런 몹쓸 짓을 하고 있군요. 실로 탁월한 안목에 탄복했습니다."

다니마다는 뜻대로 되어 기뻐하는 듯한 표정으로 목소리를 낮추고 말했다.

"흠, 탄복이라. 그렇게 굽히고 나오니 더 들려줄 이야기가 있

* 주사위 두 개를 던져 나온 눈에 따라 배당을 받는 도박의 일종
** 윗부분이 둥글고 높은 서양모자

지. 사실은…… 현장에 입회한 예심판사를 비롯해 경감에 이르기까지 전혀 단서가 없는 양 생각하고 있지만 아직 보는 눈이 부족한 거야. 난 굉장한 증거물을 하나 발견해서 다른 사람 모르게 확보해뒀어."

"예? 뭔가 증거품이 빠져 있었어요? 그건 정말 놀랍네요."

"뭐 그렇게 빈틈없이 돌아다녀봤자 소용없어. 그것도 자네들 눈으로 봐서는 아무런 증거도 되지 않지만, 산전수전 다 겪은 사람의 살아 있는 눈으로 보면 그건 굉장한 증거가 되는 거지."

"그게 뭔가요? 보여줘요. 주사위 종류인가요?"

"바보 같은 소리 말게. 주사위 따위라면 누가 봐도 증거품으로 볼 테지. 내가 발견한 것은 훨씬 작은 거야. 자잘한 것이지."

오토모는 바싹 다가서서 물었다.

"그렇게 작은 것이 뭔데요?"

"들려줄 이야기는 아니지만 자네니까 이야기해주겠는데, 실은 머리카락이야. 그것도 단 한 가닥이 쥐고 있던 손에 붙어 있어서 누구도 눈치 못 채고 있을 때 내가 슬쩍 주워놨지."

오토모는 살그머니 웃고는 속으로 중얼거렸다.

'난 뭐라고. 머리카락이라면 경감님보다 내가 먼저 발견했어요. 실은 네 가닥 쥐고 있었는데 슬쩍 세 가닥을 주워놨죠. 그것도 모르고 나머지 한 가닥을 주워놓고는 의기양양해 있는 노친네 같으니라고. 그러나 나는 만약 증거은닉 죄에 걸리면 안 되니까 한 가닥은 남겨 두었는데, 와, 그 한 가닥을 가져가면 뒤에 남는 것이 없으니까 바로 범죄의 증거를 감춘 것이 되는데 그것도 모르고 뭘 그렇게 잘난 척 하세요'라고 비웃고 싶은 마음을 눌러 감추고는 말했다.

"음, 경감님이 눈여겨보는 곳은 과연 다르군요. 나도 머리카락 한 가닥을 쥐고 있는 것은 봤지만 그게 증거가 되리라고는 생각도 못하다니 실로 후회되네요. 경감님보다 먼저 주워놨으면 좋았을 텐데."

"뭐, 자네 따위가 주워놨댔자 별 수 없지. 만약 자네라면 머리카락 한 가닥을 어떻게 증거로 할 건지 그 방도도 모를 텐데 뭘."

"몰라도 먼저 주웠다면 경감님에게 물었겠죠. 어떻게 하면 증거가 되겠냐고. 경감님, 부디 저한테만 말해주세요. 한 가닥의 머리카락이 어떻게 증거가 되는 거죠?"

밑에서 올려다보고 있으니 들떠 있는 다니마다가 우쭐거리듯 얼굴을 펴고는 말한다.

"자, 보게나. 이 머리카락을."

다니마다 경감은 목에 걸고 있던 검은 가죽 회중지갑에서 한 치 남짓 되는 단 한 가닥의 머리카락을 꺼내어 창유리에 비춰보였다.

"바로 이거야. 우선 생각해보게. 이처럼 몇 번이고 굽어 있는 것은 곱슬머리라는 거지. 길이가 한 치 정도니까 남자라도 틀어 올린 머리카락은 이 정도 길이는 되지만, 요즘 세상에 남자는 곱슬머리라면 자를 테고 자르지 않았다는 것은 어느 정도 머리카락에 자신 있는 자일 거야. 남자가 곱슬머리를 틀어 올리지는 않지."

"그렇죠. 곱슬머리는 특히 산발하는 게 어울리지요. 그러니 곱슬머리라면 필시 잘랐을 거예요. 정말 경감님의 눈매는 굉장하십니다."

"그렇다면 이건 여자의 머리카락인 거지. 살인자 옆에는 곱슬머리 여자가 있었던 거야."

"과연 그렇군요."

"있기만 한 게 아니야. 여자도 어느 정도 거든 거지."

"그렇군요."

"거들지 않았다면 머리카락을 움켜쥐고 있을 리가 없어. 이건 필시 남자가 죽을힘을 다해 손에 닿는 머리채를 정신없이 움켜쥔 거지. 그래서 실은 조금 전에도 송곳 같은 상처가 혹시 여자 머리장식에 찔린 것은 아닌가 생각하고 자네 생각을 시험해본 거야. 초짜 눈에도 머리장식이 아니라고 보일 정도니 그 생각은 버렸지만, 곱슬머리 여자가 옆에 있어서 그 머리채를 잡혔다는 것은 자네가 봐도 알겠지?"

"아, 알죠."

"그래서 다시 떠오른 생각이 있지. 훨씬 전에 있었던 일이지만 노름꾼을 정탐할 일이 있어서 내 스스로 노름꾼인 척하며 두 달 정도 쓰키지의 도박장에 잠입한 적이 있었어. 그 때 마침 쓰키지 외곽에 지나인이 진을 치고 있는 도박장이 두 곳 있었는데, 그 중 한 곳에 아주 막 굴러먹은, 그러니까 도박장 기생 같은 여자가 있었어. 얼굴은 좀 괜찮고 스물네다섯 정도, 아니면 서른 정도 되어 보이는 여자가 있었지. 지금 생각해보면 그 여자가 딱 지금의 곱슬머리야."

"그것 참 기묘하군요."

"그러게 말일세. 도박장이니 곱슬머리 여자니 하는 두 가지를 갖춘 곳은 달리 없을 게야. 그렇게 생각한 탓인지 그 죽은 얼굴도 왠지 최근에 본 적이 있는 것 같단 말야. 그러니까 어찌됐든 난 무엇보다도 그 여자를 잡아야겠어. 이름은 뭐였더라? 그것도 수첩을 보면 알 수 있을 테고. 맞아, 맞아. 오콘(お紺)이랬어. 오콘, 오콘. 별로 들어보지 못한 이름이라 생각이 나는군. 오콘, 오콘. 다만 아직 그 여자가 있는지 없는지조차 모르지만 잘 있어주기만 한다면 잡은 거나 다름없지. 여자 정도는 데려와서 조금 겁만 줘도 줄줄이 모두 자백할 거야. 어때, 굉장하지?"

"실로 탄복했습니다. 그 도박장은 어디에 있어요? 쓰키지 어딘지 그것만 가르쳐주시면 제가 가서 단단히 잡아 데려오겠습니다. 어디에요? 바로 절 보내세요."

다니마다는 갑자기 얼버무리듯 말했다.

"바보 같은 소리. 이렇게까지 생각해 놓은 공적을 자네에게 뺏길 성 싶은가?"

"그렇지만 경감님은 저를 위해 말해준다고 하지 않았습니까? 그러니 저를 보내시지 않으면 가르쳐주신 게 아니라 단지 제게 자랑한 게 되는 겁니다."

"그렇게 내 공을 뺏고 싶으면 자네를 보내주지."

"뭐 공을 뺏으려는 야심은 없어요. 전 단지……."

"아니, 보내주긴 하지만 그것보다 자넨 어떻게 해서 가려는 건가?"

"어떻게 가기는요? 달리 방도가 없잖아요. 경감님이 동네 이름과 번지를 알려주시면 그 후는 출두해서 경찰이나 우편배달부에게라도 물어서 갈 테니 어렵지 않아요. 그 집에 가서, 이 집에 오콘이라는 자는 없느냐고 물어볼게요."

다니마다는 소리 높여 박장대소했다.

"그러니까 별 수 없다는 거야. 전날 밤에 살인이라는 대죄를 저질렀는데 아마 어딘가로 도망갔겠지. 설령 있다고 해도 있다고 말하지 않을 걸세. 경우에 따라서는 세간의 관심이 가실 때까지 도박도 안 할지 몰라. 어떻게 그렇게 미숙한 생각으로 가려는 것인가? 당장 그 집에 갈 게 아니라 다른 곳을 정탐하는 것이 탐정의 기본이지. 다른 곳부터 좁혀 들어가면 잡을 수 있어. 그쪽이 도망가든 숨든 그런 건 별거 아니야. 숨으면 공적인 용무로 덮칠 수도 있어. 지나인이라면 일단 숨어버리면 일본의 사복형사가 어찌할 수 없지만, 오콘은 일본 여자니까."

"그런데 경감님, 다른 곳을 정탐한다는 건 어디를 말합니까?"

"그걸 모르다니 이 사건의 탐정이 될 수 있겠는가? 그건 자네가 평소 말하는 임기응변이니까 나처럼 어디를 누르면 어떤 소리가 날지 잘 알아야 하는 거네. 이것만은 가르쳐주고 싶어도 가르쳐줄 길이 없으니 정말 곤란하군."

이렇게 말하고 있을 때 때마침 조금 전에 닫아둔 입구 문을 열고, "다니마다, 어떤가? 거의 짐작이 된 건가?"라고 말하며 들어온 사람은 이 사건을 감독하는 오기사와(荻澤) 경부이다. 다니마다는 나쁜 짓이라도 들킨 것처럼 갑자기 의자에서 재빨리 일어나 물러서면서 말했다.

"네, 네. 대충 실마리가 잡혔습니다. 지금부터 바로 수색을 시작해서 뭐 이삼 일 안에는 반드시 하수인을 잡겠습니다."

경부를 올려다보는 다니마다의 웃는 얼굴. 과연 이때는 애교 있는 얼굴이 되었다. 윗사람을 보면 언제나.

다니마다는 곧 모자를 집어 들고 하오리를 걸치며 자못 소인은 시간을 쓸데없이 낭비하지 않는다는 듯 허세를 부리면서 경부보다 먼저 나갔다. 오기사와는 뒤에 남아 오토모를 향해 말했다.

"어떤가? 자네도 뭔가 짚이는 데가 있는가? 오늘 아침 사체를 검사하면서 머리의 피를 씻어낸다든가 손의 쥔 상태를 눈여겨 본다든가 하는 주의 깊은 모습은 좀처럼 초짜한테는 볼 수 없는 건데."

오토모는 머리에 손을 얹고 말했다.

"아니요, 실제로 해보니 생각만큼은 되지 않습니다. 아무래도 다니마다 경감은 경험이 쌓여 있는 만큼 다르더군요. 지금 그의 의견을 대략 듣고 정말로 감복했습니다."

"그건 뭐 아무래도 오랜 시간 이 바닥에서 고생을 했으니까 조금은 감복할 이야기도 하지만, 그 이야기에 감복해하고 있어서는 안 되네. 다른 사람이 하는 말에 감복만 하고 있다가는 그만 부화뇌동해 자신의 의견을 잘 말하지 못하게 되지. 틀려도 괜찮으니까 자신만의 생각을 가지고 그 생각대로 정탐해야 하는 거네. 다른 일과 달라서 탐정만큼 오류가 많은 것도 없으니까 자칫하면 노련한 다니마다 같은 사람의 생각에도 의외로 잘못이 있고, 자네 같은 초심자의 의견이 맞는 경우도 있다네. 자네는 자네 생각대로 해주게."

"예, 저도 이제부터 해보겠습니다."

"해야지. 암, 해야 하고말고."

격려하는 듯한 말을 남기고 오기사와는 자리를 떴다. 오토모는 혼자 팔짱을 끼고 생각했다.

"대단해. 경부는 경부답게 조금 격려해주는군. 그런데 자네 같은 초심자라는 말은 좀 부아가 치미는군. 초짜라 해도 다니마다처럼 가방끈 짧은 사람에게는 지지 않아. 뭐, 감복한다고? 그런데 경부조차 저 정도로 칭찬할 정도니까 다니마다는 솜씨가 좋긴 좋은 모양이군. 잘난 척 하는 것도 무리는 아냐. 그렇지만 난 나대로의 생각이 있어. 생각하는 바가 있어서 실은 그의 생각 밑바닥까지 탐색할 요량으로 엎드려 추켜 줬더니 우쭐대며 주절주절 떠들어대는 꼴이라니. 웃기는 사람이야. 그가 경험, 경험하면서 경험으로 탐정을 한다면 나는 과학적이고 논리적으로 탐정할 거야. 탐정을 취미로 학교를 마친 나다. 무지렁이 늙은이한테 지고 있을쏘냐. 머리 상처를 설명 못해서 머리장식에 찔렸다느니 난감해하는 꼴이라니. 나는 한눈에 알아봤는데. 소지품이 없는 이유도 알고 있지. 그가 도박장에 눈을 돌린 것은 잘 생각한 거지만, 뭐, 도박장 싸움에 여자가 있었다고? 물론 그야 수년 전에 곱슬머리 여자가 있었을지도 모르지. 하지만 여자가 살인의 직접적인 대리인(실행인)이라는 건 말도 안 돼. 뭐 나도 이것만은 명확히 설명하기 어렵지만. 그렇지만 실망할 필요는 없어. 우선 그가 돌아올 때까지 숙소에 가서 그 머리카락을 과학적으로 시험해보고, 저녁이 되어 다시 이곳에 오면 그도 필시 돌아와 있을 테니 거기서 좀 더 부추겨야지. 그래, 내가 땀 흘리며 쓰키지를 탐문했지만 도박장이 있는 곳조차 알아내지 못했다고 그렇게 말하면, 그는 필시 또 우쭐대며 공을 세운 듯한 자랑스런 얼굴로 자신이 알아낸 것을 죄다 말하겠지. 배움이 짧은 자는 부추기면 되니까 좋단 말이야. 나잇값도 못하고."

혼잣말하며 오토모는 경찰서를 나갔지만 정해진 숙소로 돌아갔을까? 그건 그렇고, 이날 해가 막 저물어갈 무렵 다니마다는 손수건으로 굵은 목에 흐르는 땀을 닦으면서 돌아와 곧바로 이전의 대기실로 들어갔다.

"어렵쇼. 흠, 오토모 이 녀석 뭔가 생각해내고 어딘가로 간 모양이군."

다니마다는 중얼거리며 우선 수첩과 종이쌈지를 테이블 위에 꺼내놓고 그 위에 하오리를 벗어 얹은 위에 모자를 엎어 놓은 다음, 웃통을 벗어부치고 터벅터벅 주방으로 걸어 들어갔다. 물통의 물을 수건에 적셔 꽉 짠 다음 가슴 언저리를 닦으면서 비스듬히 사환을 보고 예의 놀리는 듯한 표정으로 말했다.

"너 오토모가 언제 나갔는지 모르냐?"

"글쎄요, 경감님이 나가시고 30분 안 지났을 거예요. 혼자 뭐라고 중얼중얼하면서 나갔어요."

"그래, 어디로 갔지? 딱히 갈 곳이 있는 것도 아니면서."

"뭔가 경감님에 대해 말했어요. 제가 복도를 쓸고 있을 때 대기소에서 다니마다는 나이도 제법 들었으면서 띄워주면 좋아한다고 하던 걸요. 얼떨결에 모두 털어놨다고 하면서. 경감님, 띄워주면 좋아하세요?"

다니마다는 눈을 휘둥그레 뜨면서 말했다.

"그 녀석이 내가 띄워주면 좋아한다고 했다고? 버릇없는 놈이군. 그래, 좋다. 두고 보자. 아무것도 가르쳐주지 않을 테니까 됐어. 버릇없이."

다니마다는 중얼거리며 재빨리 다 닦고 다시 대기소로 돌아가 모자는 미닫이틀에 걸어놓고, 하오리를 걸치고 수첩과 종이 쌈지는 품속에 집어넣고는 다시 계속 중얼거렸다.

"버릇없고, 괘씸하고, 건방진 놈 같으니라고."

오기사와 경부의 방으로 간 다니마다는 그와 마주하고 (물론 애교 있는 얼굴로) 방금 전 오토모에게 말한 것과 같은 상처가 여러 가지라는 이야기부터 도박장 이야기까지 보고한 후, 이윽고 곱슬머리 머리카락 이야기를 꺼내며 우선 오콘이라고 불리는 정체불명의 여자야말로 사건의 실마리라고 모두 이야기한 후에, 다시 수첩을 꺼냈다.

"이렇게 실마리가 잡혔으니까 우선 먼저 쓰키지의 기치(吉)에게 가서 찾아보도록 했더니, 오콘은 작년 봄 즈음에 쓰키지를 떠나 어딘가로 가서 지금도 무슨 일이 있으면 쓰키지에 온다는 소문도 있지만, 아마 아사쿠사(淺草) 주변일 거라는 말도 있고 우시고메(牛込)라는 말도 있어요. 실로 뜬구름 잡는 이야기죠. 하지만 우선 우시고메와 아사쿠사를 목표로 해서, 먼저 우시고메에 가서 여기저기 정탐한 후에 바로 차를 타고 아사쿠사로 옮겨 갔습니다. 정말로 땀투성이가 되어 일했다고요. 교통비만 1엔 50전 썼습니다. 이런 저런 비용이 대충 3엔이에요. 하지만 간신히 아사쿠사에서 가닥이 잡혔습니다."

경부는 속으로 생각했다.

'흠, 우시고메는 그냥 덧붙인 거군. 수당을 더 받아내려고.'

"실은 이렇습니다. 오콘의 나이부터 인상까지 제가 기억하고 있는 정도를 말하면서 저도 물어봤고 또 의뢰한 사람에게도 살펴보게 했더니 우마미치의 얼음가게에 곱슬머리 여자가 고용되어 있다고 말해준 사람이 있었어요. 이번엔 제가 바로 달려가 봤습니다. 달려가서 우마미치의 얼음가게를 하나도 빼지 않고 조사해봤는데 없었어요. 다시 돌아와 잘 물어보니……."

"그렇게 장황하게 말하면 곤란해. 다 생략하고, 도대체 오콘이 있었는지 없었는지 그걸 먼저 말해보게."

"있었습니다. 있었지만 어젯밤 서른네다섯의 남자가 부르러 와서 곧 돌아오겠다며 그 자를 따라간 채 아직 돌아오지 않았다고 합니다. 오늘 아침부터 찾고는 있지만 행방을 모른다고요. 이상하지 않습니까? 그러니까 이렇게 된 거라고요. 서른네다섯의 남자라는 자가 바로 그 죽은 사람이에요. 그것도 자세히는 기억나지 않는다고는 하지만 뭔가 얼굴은 길쭉하고 특별히 이렇다 할 특징도 없는 좀 기억하기 어려운 모습이었다고 합니다. 왼쪽 뺨에 있는 검은 반점에 대해 물었더니 그건 확실히 기억하지 못하지만 아마도 자잘한 세로무늬의 홑옷 위에 하오리를 걸치고 있었던 것 같다고 하더군요. 이건 얼음가게 주인도 종업원들도 한결같이 말하는 거니까 틀림없습니다."

"그렇긴 하지만 아사쿠사 사람이 쓰키지까지 와서……."

"그건 이유가 있어요. 오콘은 얼음가게에서 뜨내기 고용살이를 하고 있었죠. 지금까지도 종종 쓰키지에 엄마가 있다든가 이야기한 적도 있고, 또 가게가 가장 바쁠 때 가게를 비운 적도 있다고 하더라고요."

"그렇다면 이제 어떻게 해서든 오콘을 잡아야겠군."

"그렇고말고요. 그래서 돌아온 겁니다. 아무래도 아직 이 지역에 숨어 있는 것 같으니까 경부께 청해서 각 경찰서에 인상착의를 돌리고 그밖에 수배도 내려주셨으면 합니다. 저는 이제부터 곧장 다시 아사쿠사 얼음가게에 가서 어떤 연고로 오콘을 고용했는지, 누가 받아들였는지를 조사하고, 정말로 쓰키지에 엄마가 뭔가 하는 자가 있다면 이도 찾아내겠습니다. 또 앞서 말한 도박장이 아직 있는지 없는지, 만약 있다면 간밤에 어떤 자들이 모였는지, 그곳에 오콘이 왔는지 안 왔는지, 여기저기서 이야기를 좁혀 가면 뭐 오콘이 어디에 숨어도 바로 찾아낼 수 있을 겁니다. 오콘만 잡으면 살인자가 누구이고 살해된 자는 누구인지, 그 연유는 이러이러한 것이라고 알게 될 겁니다."

아무런 단서도 없는 일을 불과 하루도 채 안 되어 벌써 여기까지 조사했다니 과연 노련한 탐정이랄 만하다. 오기사와에게 설명을 끝낸 다니마다는 또다시 경찰서를 나가려는데, 그 문 앞에서 말소리가 들렸다.

"다니마다 경감님, 단서가 잡히면 들려주시지요."

불러 세운 자는 오토모였다. 오토모는 바로 전 숙소로 돌아와서 이른바 과학적이고 논리적으로 어떤 걸 조사해야 할지 모르지만 또다시 다니마다를 추켜세워 그가 찾아낸 것을 얻으려고 이곳에 왔을 것이다. 그렇지만 다니마다는 사환에게 들은 바가 있어 다시는 오토모에게 흉중의 비밀을 말하지 않겠다고 생각하다가 살짝 오토모의 얼굴을 쳐다보며 "두고 보라지" 하면서 중얼거리고 말았다.

"흠, 버릇없고 방자하고 건방진 놈."

이렇게 중얼거리며 돌다리에 구멍이라도 내려는 양 발소리를 울리며 건너갔다. 오토모는 그 뒷모습을 바라보고 있었다.

"아니, 어째서 화를 내고 있지? 두고 보자는 저 말투는 오콘의 소재라도 알아낸 것인가? 뭐, 상관할 바 아니지. 오콘이 범인이 아니라는 건 알고 있어. 저자는 그것도 모르고, 이제 곧 후회할 것도 모르고……. 그건 그렇고 과학과 논리학의 힘은 대단하군. 단 세 가닥의 머리카락을 가지고 숙소 2층에서 시험한 정도인데 단서가 잡히다니, 실로 내가 생각해도 엄청나단 말이야. 아마 이 넓은 세계에서 진범을 알아낸 건 나 혼자일 거야. 여기까지 알아냈으니 뒷일은 내일 낮까지는 알아낼 수 있어. 재밌군, 재밌어. 완전히 범인의 이름과 주소를 알 때까지는 우선 오기사와 경부에게도 보고하지 않고, 전혀 난 모르겠다는 듯한 표정을 지으면서 다니마다를 한껏 자랑하게 해줘야지. 그렇지, 그리고 내일 정오 12시에는 범인이 어느 동네 몇 번지 누구라고 명확하게 말해줘야지. 좋다, 좋아. 그런데 어디 보자, 단지 대충 범인이라고 생각하는 것과는 좀 다르지. 아무래도 범인은 뜻밖의 장소에 있는 법이니까 드디어 그 이름을 밝히는 날에는 사회가 떠들썩하겠지. 여론을 움직여 법조문이라도 개정한 듯 사방에서 이 때문에 연설을 하는 것처럼 된다면, 당장에 이 몸이 변사 오이 겐타로라도 되는 얼굴이 되겠군. 고향에 금의환향해야지. 좋다, 좋아."

오토모는 혼자 빙긋 웃고 경찰서에는 들어가지 않고 그대로 다시 숙소로 어슬렁어슬렁 돌아갔다.

아, 오토모는 어떤 시험을 해서 어떤 것을 발견했는가. 불과 세 가닥의 머리카락이 어떻게 과학적이고 어떻게 논리적인가. 다니마다가 의심하는 오콘은 과연 전혀 관계없는 것인가. 의문, 또 의문. 내일 오후에는 이 의문이 어떻게 풀릴지.

## 中 · 추리

다음 날 6일 정오, 오토모는 세 가닥의 머리카락을 선물 포장이라도 하듯 조심조심 종이에 싸서 경찰서에 출두해서는, 우선 오기사와 경부가 있는 방으로 들어갔다. 때마침 경부는 옆방에서 식사중이어서 마치고 나오는 것을 기다렸다가 느닷없이 말을 꺼냈다.

"경부님, 큰일 났습니다."

오기사와는 손수건으로 수염에 묻은 것을 닦아내며 의자에 걸터앉았다.

"큰일이라고만 하면 알 수 없지 않나. 단서라도 찾은 건가?"

"단서요? 단서는 처음부터 알고 있었습니다. 진짜 범인이 어느 마을 몇 번지의 누구라는 것까지도요."

오기사와는 의심스러운 듯 물었다.

"어떻게 알아냈어?"

"과학적이고 논리적인 방법으로 알아냈습니다. 그것도 엄청난 범인을 말입니다. 실로 큰 사건이에요."

오기사와는 오토모가 갑자기 미친 건 아닌지 의심까지 들었다.

"엄청난 범인이라니, 누구야? 이름을 알고 있으면 우선 그 이름부터 들어보세."

"물론 이름을 말씀드려야죠. 그보다 먼저 제가 알게 된 순서를 말씀드릴게요. 하지만 경부님, 제가 설명을 다 끝낼 때까지는 이 방에 누구도 들어올 수 없도록 해주세요. 사환이나 그 밖의 사람은 말할 것도 없고, 가령 다니마다가 돌아와도 절대로 마음대로 들어올 수 없도록 말이죠."

"알았네, 알았어. 다니마다는 오콘이 숨어 있는 곳을 알아냈다면서 오후 2시까지는 연행해 오겠다고 조금 전에 나갔으니 안심하고 이야기해도 괜찮네."

오기사와는 본래 마음속으로는 오토모의 말을 믿지 않았지만 지금은 딱히 별 수도 없고 완전히 초짜인 오토모의 기량을 살펴볼 생각도 있어 겸사겸사 그가 하자는 대로 했다.

"경부님, 그럼 좀 덥지만 문을 닫겠습니다. 어제도 방심하고 혼잣말을 하고 있었는데, 뒤를 보니 사환이 복도를 청소하면서 듣고 있었습니다. 낮말은 새가 듣고 밤말은 쥐가 듣는다는 속담도 있으니까 이야기가 새어나가지 않도록 해야 안심이 되어서요."

이렇게 말하며 사방의 유리문을 잠그고, 오기사와 앞에 자세를 바로잡고 앉아 종이로 싼 머리카락 세 가닥을 꺼내면서 속삭이듯 낮은 목소리로 말했다.

"이 머리카락을 보십시오. 이것은 죽은 자가 오른손에 쥐고 있던 것이에요."

"아니, 자네도 그걸 가지고 있었나? 다니마다도 어제 한 가닥의 머리카락을 들고 있던데."

"아니, 말도 안 됩니다. 다니마다보다 제가 먼저 발견한 거예요. 실은 네 가닥을 쥐고 있는 것을 제가 선수 쳐서 세 가닥만 살짝 빼놓은 겁니다. 다니마다는 그걸 모르고 처음부터 단 한 가닥밖에 없는 것처럼 생각하고 있는 거예요."

오기사와는 마음속으로 '이 녀석, 바보처럼 보이지만 제법이군'이라고 생각하고, 조금 놀라면서 말했다.

"그래서, 어떻게 됐는데?"

"다니마다는 이걸 곱슬머리로 생각하고 오콘을 의심한 거죠. 그게 잘못된 겁니다. 만약 다니마다의 의심이 맞다면 그건 우연히 맞아 떨어진 거죠. 논리적으로 맞춘 것이 아닙니다. 저는 열심히 다양한 서적을 꺼내서 간신히 머리카락의 성질만 조사했습니다."

"쓸데없는 말은 되도록 생략하고 간단히 말하는 게 좋아."

"네, 쓸데없는 말씀은 드리지 않겠습니다. 우선 중요한 곱슬머리 연유부터 말씀드리죠. 머리카락이 곱슬거리게 되는 데는 합당한 원인이 있어야 합니다. 무엇이 원인인지 전체 머리카락은 우선 대략 둥그렇게 굽어 있는데, 그것이 뿌리부터 끄트머리까지 한결같이 둥그렇다면 결코 곱슬거리지 않습니다. 중간 정도에 잡아 찌부러진 듯이 얇고 납작한 곳이 있죠. 그 납작한 곳 때문에 곱슬거리게 되는 겁니다. 그러니까 날 때부터의 곱슬머리에는 반드시 머리카락 어딘가에 납작한 곳이 있는 거죠. 만약 그런 곳이 없다면 정통 곱슬머리가 아니에요. 그런데 제가 이 머리카락을 허술한 현미경에 올려놓고 자세히 보니 뿌리부터 끝까지 빠지지 않고 둥그렇고 얇고 납작한 곳은 한 군데도 없었어요. 그렇다면 이건 정통 곱슬머리가 아니라는 거죠. 아시겠습니까? 그런데 마치 곱슬머리처럼 구불거리고 있는 것은 무슨 연유일까요? 이건 묶고 있는 사이에 생긴 곱슬머리입니다. 예를 들면 곧은 머리카락도 상투로 틀어 올리면 상투 부분은 푼 후에도 구불거릴 거예요. 그와 같이 이 머리카락도 곱슬머리가 아니라 묶고 있던 탓에 구부러진 자국이 생겨 이렇게 곱슬거리게 된 거죠. 그러니 오콘의 머리카락이 아닙니다. 아시겠습니까?"

오기사와는 조금은 이치에 맞는 논리라고 생각하며 말했다.

"과연, 그렇군. 천연 곱슬이 아니니까 오콘의 머리카락이 아니라고 말할 수 있겠군."

"자, 그걸 아셨으면 다음을 말씀드리겠습니다. 불과 세 가닥의 머리카락이지만 이런 식으로 조금씩 따져 가면 여러 증거가 나옵니다. 경부의 머리카락을 한 가닥 뽑아보세요. 기묘한 증거를 보여드릴 테니. 이 증거만은 스스로 시험해보지 않으면 누구도 정말이라고 생각 못합니다. 자, 속는 셈 치고 한 가닥 뽑아보세요. 뽑아서 제가 말하는 대로 하면 반드시 진범을 알아낼 수 있을 겁니다."

오기사와 경부는 얼토당토않다고 생각하면서도 일단 시험해볼 셈으로 자신의 머리에서 길이 서너 치 정도 되는 머리카락을 한 가닥 뽑았다.

"이걸 어떻게 하라는 건가?"

"그 머리카락의 뿌리 부분은 오른쪽 위로, 끄트머리는 왼쪽을 향하게 해서 엄지와 검지로 중간 정도를 집어보세요."

"이렇게?"

"그렇죠, 그렇죠. 그리고 다시 또 한 가닥 같은 정도의 머리카락을 뽑으세요. 아니, 몇 가닥이나 뽑지 않아도 됩니다. 단 두 가닥으로 시험할 수 있으니까, 한 가닥만 더 뽑으시면 됩니다. 그렇죠, 그렇죠. 이번에는 그 머리카락을 앞의 머리카락과는 반대로 뿌리를 왼쪽으로, 끝을 오른쪽으로 향하게 해서 방금 전 머리카락과 겹쳐 보세요. 그렇죠, 그렇죠. 바로 그거예요. 앞뒤 서로 엇갈리게 두 가닥의 머리카락을 겹친 뒤 함께 두 가닥을 손으로 집어서, 아니에요, 그게 아니라, 검지를 아래로 하고 엄지를 위로 해서 이렇게 집는 겁니다. 그리고 검지를 앞으로 내보기도 하고 뒤로 빼보기도 해보세요. 그렇죠, 그렇죠. 즉 두 가닥을 하나로 해서 꼬았다가 풀었다가 하는 거예요. 그것 참 기묘하죠? 두 가닥의 머리카락이 점차 좌우로 빠져나가죠? 마치 두 마리의 장어를 교차시켜 쥐고 있는 것처럼 하나는 오른쪽으로 빠지고 하나는 왼쪽으로 빠져요. 점점 비틀면 비틀수록. 기묘하죠?"

"과연, 기묘하군. 잘 겹쳐서 집었는데 이렇게 벌써 양쪽 모두 한 치 정도 비틀려 빠지는군."

"그건 모두 뿌리 쪽으로 비틀려 빠지는 거예요. 뿌리가 오른쪽을 향하고 있는 건 오른쪽으로 빠지고, 왼쪽을 향하고 있는 건 왼쪽으로 빠져나가는 거죠."

"과연, 그렇군. 무슨 까닭일까?"

"이게 굉장한 증거가 되니까 우선 느긋하게 들어보세요. 이렇게 빠져나간다는 것은 즉 머리카락이 가지고 있는 성질입니다. 매우 세밀한 현미경으로 보면 모든 머리카락 종류에는 세세한 비늘이 있습니다. 비늘이 여럿 겹치면서 머리카락의 바깥을 싸고 있어요. 마치 죽순 껍질 같은 식으로 말이죠. 비늘은 모두 뿌리에서 끝 쪽으로 향해 있어요. 그러니까 비틀거나 풀거나 하는 사이에 비늘과 비늘이 서로 버티면서 빠져나가는 겁니다."

"과연, 그런 거군."

"아직 한 가지 더 있어요. 그 비늘을 빨리 알아내려면 머리카락을 집고 쑥 훑어보세요. 뿌리에서 끝으로 훑을 때는 비늘 방향이니까 매우 매끄럽게 살랑살랑 빠지지만 끝에서 뿌리로 훑으면 비늘이 역방향이기 때문에 왠지 손가락에 마찰이 생기는 듯한 상태가 되어 자칫하면 덜덜거리는 듯한 마찰음이 생깁니다."

"과연, 그렇군. 순방향으로 훑으면 손에 마찰이 전혀 없지만 역방향으로 훑으면 살짝 마찰이 생기는군."

"자, 그것으로 곧 아시게 될 겁니다. 전 이 세 가닥의 머리카락을 그 상태로 몇 번이고 시험해봤습니다만, 한 가닥은 역방향의 머리카락이었어요. 그건 이미 사체가 쥐고 있던 것을 그대로 빼서 딱딱한 수첩 사이에 끼워 조심스럽게 가지고 왔기 때문에 도중에 방향이 달라지는 일은 없습니다. 이 세 가닥을 이렇게 쥐고 있었던 거죠. 그 중에서 이 한 가닥이 역방향입니다. 다른 두 가닥과는 반대로 향하고 있습니다."

"그렇군."

"자, 어떻습니까? 굉장한 증거죠?"

"왜?"

"왜라뇨? 경부님, 인간의 머리에 비늘이 거꾸로 향해 머리카락이 나 있는 자는 없습니다. 어떠한 경우에도 나 있는 상태의 머리카락에는 거꾸로 난 건 없는 거죠. 그러나 이 세 가닥 중에 한 가닥만이 거꾸로 되어 있는 건 왜일까요? 즉 이 한 가닥은 덧대어 심어놓은 머리입니다. 심어놓은 머리나 가발 등에는 자주 역방향의 머리카락이 있어서, 여자가 가발을 감을 때 자칫하면 얽히는 것도 역시 역방향이 섞여 있기 때문인 거죠. 역방향과 순방향의 머리카락 비늘이 서로 얽히면서 뒤엉켜 풀리지 않는 겁니다. 머리카락이라면 순방향뿐이므로 설령 얽혀도 종국에는 풀리죠. 그건 여성의 머리를 손질하는 사람에게 물어보면 알 수 있어요."

"그게 무엇의 증거가 되는 거지?"

"자, 이 세 가닥 중에 역방향의 머리카락이 있는 걸 보면 이건 필시 덧댄 머리입니다. 이 범인은 덧댄 머리를 한 자입니다."

"그렇다면 역시 여자가 아닌가. 여자 말고 덧댄 머리를 하는 자는 없으니까."

"그렇습니다. 저도 처음에는 그렇게 생각했습니다만 아무래도 여자가 이런 무참하기 그지없게 남자를 살해한다는 것은 좀 받아들이기 어려우니까 여러 가지로 생각해봤습니다. 그랬더니 남자라도 덧댄 머리를 하는 경우가 하나 있었습니다. 그게 뭐냐면 가발입니다. 가발이나 가면에는 역방향의 털이 상당히 많이 섞여 있어요. 그러니까 만약 차 시중드는 사람이 모임에서 돌아가는 길이라든가 혹은 가장무도회에 나간 사람이 살해된 것은 아닌가 잠시 의심도 해봤습니다. 그러나 오쿠마 백작이 강경주의를 취하고부터는 가장무도회는 완전히 사라졌고, 시중드는 사람도 요즘은 별로 없어요. 게다가 역방향이 아닌 남은 두 가닥을 잘 살펴보면 뿌리 있는 곳이 가면이나 가발에서 뽑힌 것이 아니라 완전히 머리에 나 있는 것을 뽑은 거예요. 그건 뿌리가 붙어 있는 것을 보면 알 수 있습니다. 특히 또 하나 납득이 가지 않는 것은 이 곱슬거리는 정도입니다. 이미 천연의 곱슬머리가 아니라 애초에 틀어 올려 굽은 것이거든요. 어떠한 머리카락을 틀어 올리면 이러한 곱슬거리는 상태가 될까요? 나는 숙소로 찾아오는 머리 손질하는 자에게도 물어봤습니다만 아무래도 모르겠다고 하더군요. 그래서 이제 전혀 모르겠다, 모르겠어 하면서 잘 생각해보니, 있었어요. 이처럼 머리카락이 곱슬거리게 되는 틀어 올리는 경우가. 경부님, 어떻습니까? 이런 곱슬머리는 결코 다른 데 있는 게 아닙니다. 지나인이에요. 틀림없이 지나인의 머리카락입니다."

오기사와 경부는 잠시 멍하니 눈을 뜨고 있다가, 또 잠시 생각하고 말했다.

"그렇다면 지나인이 죽였다는 건가?"

"네, 지나인이 죽였기 때문에 굉장한 사건이라는 겁니다. 본래 단지 살인이라는 정도의 죄입니다만 지나인이라면 나라와 나라의 문제로 번질 수 있거든요. 경우에 따라서는 일본 정부로부터 지나 정부에……."

"그러나 아직 지나인이라는 증거가 충분하지 않은 것 아닌가?"

"이 정도로 증거가 충분치 않다고 하시면 안 됩니다. 무엇보다도 범인이 남자인지 여자인지 생각해 보세요. 예의 상처로 보면 죽고도 남을 정도로 싸웠다는 건데, 범인이 여자라면 그 정도 싸우는 중에 벌써 남자에게 칼을 빼앗겨 거꾸로 살해되었을 겁니다. 또 등에 난 상처는 도망친 증거입니다. 상대가 여자라면 쉽사리 도망칠 수 없어요. 더욱이 또 여자는……."

"아니, 여자라는 건 논리에 맞지 않아. 게이샤 시중들던 남자가 살해된 예도 있지만 그건 기습적인 살인이었고, 이번의 상처는 결코 기습이 아니라 상당히 싸운 것이므로 아무래도 남자임에 틀림없어."

"그럼 남자라고 한다면 누가 한 척 남짓의 머리를 기르고 있었을까요? 변호사 중에는 있다는 이야기도 있습니다만 그건 논외의 문제고, 또 상투머리도 있긴 하지만 이 곱슬머리를 보세요. 구불거리고 있는 곱슬 상태를. 변호사나 장년의 사내와 같은 산발머리에는 물론 이런 곱슬이 없어요. 상투머리라 해도 마찬가지고. 유일하게 이런 곱슬머리가 있는 건 지나인이 틀림없습니다. 지나인의 머리는 아시다시피 세 갈래로 나누어 끈으로 묶습니다. 풀어서 김을 쐬어 곱슬거리는 상태를 펴지 않는 한 이런 상태의 곱슬머리가 되는 거죠. 뿌리부터 끝까지 규칙적으로 구부러져 있는 걸 보세요. 또한 지나인 외에는 남자면서 덧대는 머리를 하는 자는 결코 없습니다. 지나인은 덧대는 머리를 할 뿐만 아니라 그걸로 부족하면 실을 넣습니다. 이 덧댄 머리로 보나 곱슬기로 보나 이것이 지나인이 아니라면 저는 사직하겠습니다. 지나인이라고 생각하지 않습니까?"

오기사와는 일단 일리는 있다고 느꼈다. 또 자신의 머리카락을 살펴봐도 정말로 오토모의 말대로였다.

"과연 일리 있군."

"자, 일리가 있다고 하심은 경부님도 이제 반신반의까지는 왔다는 거네요. 경부님이 반신반의라면 다 됐습니다. 저도 여기까지 생각해내고 반신반의였거든요. 그런데 나중에 점점 확실한 증거가 나오게 되어 드디어 모든 정황상 지나인이라고 생각이 모아져, 지금은 거주지와 이름까지 알고 있습니다. 더욱이 살해한 원인부터 당시의 상황까지 거의 파악했습니다. 그것도 숙소의 2층에서 한 발짝도 밖으로 나가지 않고 추리해낸 것이죠."

"그럼 우선 이름부터 말해주면 좋겠네."

"아니오, 이름을 먼저 말해버리면 경부님이 끝까지 듣지 않으실 거예요. 우선 들어보세요. 이제부터는 상처에 대해 말씀드리겠습니다. 먼저 그 등에 있는 칼자국 상처인데요, 이건 의심할 것도 없습니다. 대체로 살인에는 칼이 많이 사용되므로 우선 당연한 것으로 치부하고, 여하튼 이상한 것은 정수리의 상처입니다. 의사는 망치로 두드린 것이라고 합니다만, 다니마다는 그 전에 머리장식 같은 것에 찔렸을 거라고 의심하고 있습니다. 하지만 둘 다 틀린 겁니다. 무엇보다도 먼저 둥그렇게 패인 곳을 눈여겨봐야 합니다. 망치로 때렸다면 머리가 깨져도 반드시 부어오릅니다. 결코 언제까지나 패어 있지는 않거든요. 그런데도 그 상처가 실제로 패어 있는 것은 무슨 연유일까요? 그건 다름 아니라 그 정도 크기의 둥그런 것이 머리에 닿은 채로 4~5분간이나 그곳을 누르고 있었다는 거죠. 그런 사이에 숨은 끊어지고 출혈이 있어 부어오를 만큼의 기력이 없어진 거예요. 기력이 없어진 뒤에 그 둥그런 것을 떼어냈기 때문에 패인 채로 남아 있는 거죠. 그렇다면 그 둥그런 것은 뭘까요? 왜 그렇게 긴 시간동안 머리를 압박하고 있었을까요? 이게 좀 납득이 가지 않는 점인데요, 하지만 뭐 생각해보면 간단합니다. 그 설명은 우선 논리학의 귀납법에 따라 가설부터 먼저 말씀드리지 않으면 이해 못하실 거예요. 이 싸움은 지나인 집의 높은 2층에서 일어났어요. 한쪽이 도망가는 것을 뒤에서 두세 번 쫓아가면서 칼로 찔렀지만 조용히 앉아 있는 것과는 달라서 아무래도 잘 찔러지지 않았던 거죠. 그래서 등에 세로 상처가 몇 개나 있는 거예요. 한쪽은 도망가고 한쪽은 쫓는 사이에 계단 있는 곳까지 쫓아왔을 때, 죽을힘을 다해 궁지에 몰린 쥐가 고양이를 잡아먹는다는 말처럼 뒤돌아 머리카락을 잡으려고 한 거예요. 그런데 슬프게도 지나인의 머리는 앞쪽을 밀어버리니까 잘 잡히지 않고 겨우 손가락 끝에 네다섯 가닥 쥐었지만, 그 사이에 벌써 지나인의 긴 손톱으로 숨통이 꽉 잡히고 또 미간이 한 군데 찢겨져, 윽 하며 뒤로 쓰러진 거죠. 그 바람에 네다섯 가닥의 머리카락은 손가락에 걸린 채로 빠져 술술 꼬리 같은 끈이 닿은 순간, 덧댄 머리는 뿌리가 없으니까 간단히 빠져 손에 걸린 거죠. 쓰러진 아래는 계단이라 덜컹덜컹 머리니 등이니 허리 주변을 강하게 때리면서 머리가 먼저 굴러 떨어지고, 떨어진 아래에 마침 둥그런 것이 있어서 그 위에 쿵 하고 머리를 부딪쳐 몸의 무게와 떨어지는 속도가 있어 우지직 패인 거죠. 위에서 혈안이 되어 내려와 일으켜 세울 때까지는 얼마간의 시간이 걸려요. 그 사이에 피는 멈추고 부어오를 만큼의 기력도 없어진 거예요. 등에서 허리에 걸쳐 시퍼렇게 두들겨 맞은 흔적이나 벗겨진 상처가 있는 건 계단 때문이고, 머리에 패인 자국이 있는 건 둥그런 것 때문인 거예요. 결코 죽인 지나인이 자신의 손으로 이런 무참한 일을 저지른 것이 아닙니다. 어때요? 이래도 아직 모르시겠습니까?"

"흠, 제법일세. 감탄했네. 맞고 안 맞고는 차치하고 신참인 자네가 이렇게 상세히 의견을 말하다니 아무튼 감탄했네. 그런데 그 둥그런 것은 무엇일까?"

"이래저래 생각해봤습니다만, 다른 게 아니라 아이들이 돌리는 팽이예요. 팽이니까 철 심대가 비스듬히 위로 향해 있었던 거죠. 그 증거는 못을 박아 넣은 듯한 깊은 구멍이 패인 곳 한가운데에 있는 거예요."

"하지만 머리가 그 심대 구멍 때문에 깨졌을 텐데."

"아니오, 그의 머리는 팽이 때문에 깨진 것이 아니라, 사실은 아래로 떨어지기 전에 계단에서 깨진 거예요. 팽이는 단지 패이게 한 것뿐입니다."

"흠, 과연 그럴까?"

"전적으로 그런 거죠. 기왕에 팽이 이야기가 나왔으니 하는 말이지만 이 지나인에게는 7~8세 이상, 12~3세 이하의 아이가 있다는 거죠."

"과연, 그렇군."

"이 증거는 이 정도로 해놓고 다시 머리카락 이야기를 하겠습니다. 저는 처음에 천연 곱슬머리가 아니라는 걸 알았지만 여전히 만약의 경우에 대비해 뜨거운 김으로 펴볼 셈으로 이 한 가닥을 쇠주전자 입구에 대고 나오는 김에 쬐었습니다. 그러자 너무나 뜻밖의 사실을 발견했습니다. 실은 죄인의 이름까지 알게 되었다고 하는 것도 모두 그 발견 덕택입니다. 그 발견이 없었다면 경부님, 어떻게 이름까지 알겠습니까?"

오기사와도 이제는 열심히 듣게 되었고, 조금 다그치듯 말했다.

"뭐, 무슨 발견인데?"

"이렇습니다. 쇠주전자 입구에 갖다 대자 이 머리칼에서 검은 액이 나왔습니다. 의아하게 생각되어 잘 살펴보니 어땠을까요, 경부님. 이 머리칼은 사실은 백발입니다. 백발을 이와 같이 염색한 겁니다. 염색하고 나서 일주일이나 지난 걸로 보이는데, 그 사이에 0.05센티미터 정도 자랐어요. 이것 보세요, 뿌리 쪽은 자란 만큼 다시 흰머리가 되어 있습니다."

"과연, 흰머리군. 잘 보니 백발을 염색한 거였네. 그렇다고 하면 노인인 거네."

"네, 저도 처음에는 노인이라고 짐작했습니다만, 더 생각해보니 우선 노인은 몸도 쇠약하고 일체의 정욕이 약해지는 대신에 용서하는 마음은 강해지니까, 사람을 죽일 정도의 화도 내지 않죠. 설령 화를 낸다 해도 힘이 부족하니까 젊은 사람을 방 여기저기 쫓아다니는 것은 불가능해요."

"그것도 그렇군."

"그러니까 이건 그 정도의 노인이 아니라는 거죠. 마흔이 채 안되어 백발이 되는 사람은 꽤 있죠. 이 자도 그런 종류입니다. 나이가 젊지 않다면, 그토록 인색한 지나인이란 걸 생각해보세요. 뭣 때문에 백발을 염색하겠습니까. 나이에 맞지 않게 백발이 있어서 자세히 보면 볼품없으니까 어쩔 수 없이 염색한 것이죠."

"이거 감복했는걸. 실로 감복했어."

"자, 이제부터 뒤는 바로 알 수 있습니다. 지나인 가운데 팽이를 가지고 놀 정도의 아이가 있고, 나이에 맞지 않게 백발이 있어서 백발을 염색하고 있는 이런 지나인은 결코 둘도 없습니다."

"그렇지, 그렇고말고, 그런데 자네는 진작부터 그 지나인을 알고 있던 거였나?"

"아니오, 모릅니다. 완전히 머리카락으로 추리한 겁니다."

"그렇지만 머리카락으로 이름을 알 리가 없지."

"네, 머리카락만으로는 알 수 없습니다. 이름은 또 별도로 계략을 세웠습니다."

"어떤 계략인데?"

"아, 그게 이야깃거리니까 그걸 말씀드리기 전에 우선 경부님에게 들려드리고 싶은 게 있습니다. 지금까지 제가 설명한 부분에 뭔가 의심 가는 곳은 없습니까? 만약 있다면 그걸 빠짐없이 설명한 이후에 그 계략과 이름은 말씀드리겠습니다."

"글쎄, 지금까지는 딱히 의심스러운 곳은 없었네만. 아니야, 잠깐 기다리게. 난 이 살인의 원인을 모르겠네. 다니마다가 말한 대로 싸움에서 벌어진 사건일까? 아니면……."

"아니오, 싸움이 아닙니다. 전적으로 원한입니다. 원한이 틀림없습니다. 다니마다는 그 상처가 많이 나 있는 사실 하나에 눈이 멀어 우선 많은 사람이 죽였다고 생각했기 때문에, 그게 벌써 잘못된 추리의 시작인 거죠. 사실 많은 사람이 낸 상처라면 싸웠다고 말할 도리밖에 없거든요. 그러나 이건 결코 많은 사람이 아니라 방금 전에도 말씀드렸듯이 피해자가 도망 다닌 것과 계단에서 떨어졌기 때문에 상처가 여러 군데 난 겁니다. 역시 일대일 싸움인 거죠. 많은 사람을 상대로 했다는 증거는 하나도 없습니다."

"그렇다면 원한이라는 증거는 있는가?"

"그 증거가 상당히 복잡한 이야기예요. 느긋이 들으세요. 사실 이것만은 저도 충분히는 모릅니다. 단 원한이라는 것을 알아냈기 때문에 그 밖의 자세한 내용은 당사자에게 들을 수밖에 없어요. 우선 원한이라고 말할 만한 이치를 설명해 드리죠."

이렇게 말하면서 오토모는 손바닥의 땀을 닦아냈다.

오토모는 한바탕 땀을 닦아내고 말을 이었다.

"우선 눈여겨 볼 곳은 살해당한 남자가 소지품을 하나도 가지고 있지 않다는 사실입니다. 경부님을 비롯해 대개의 사람들이 이건 죽인 녀석이 들통 날 것을 막기 위해 빼앗아 감춰버린 것이라고 하지만, 결코 그런 게 아닙니다. 만약 그 정도로 빈틈없이 신경 쓸 녀석이라면 자신의 머리카락이 뽑혔다는 것을 필시 알아챘을 겁니다. 그러나 머리카락은 눈치도 못 채고 그대로 쥐어준 채 두었다는 건, 단지 시체만 버리면 된다고 생각해서 허둥지둥 시체를 지고 끌어낸 것이죠."

"흠, 그렇군. 소지품을 감출 정도면 과연 머리카락도 버렸을 게야. 그렇다고 하면 애초에 소지품은 가지고 있지 않았다는 건가?"

"아니오, 그렇지도 않습니다. 가지고 있었어요. 그렇게 질이 나쁜 의복도 아니니까 지갑이나 종이쌈지 종류는 필시 가지고 있었을 겁니다."

"그러나 그건 자네의 상상 아닌가?"

"어째서요? 상상이 아니에요. 연역법으로 추리한 겁니다. 설령 종이쌈지를 가지고 있지 않았다 해도 담배합은 반드시 가지고 있었을 겁니다. 그는 굉장한 애연가이니까요."

"그걸 어떻게 알지?"

"그건 누구나 알 수 있는 거예요. 저는 시체의 입을 벌려 치아 속을 들여다봤는데 담뱃진으로 새까맣게 물들어 있더군요. 아무리 생각해봐도 어지간한 애연가가 아니에요. 담배합을 가지고 다니지 않을 리 없잖아요. 이게 갓 졸업한 학생이나 뭐 그런 거라면 상당히 이른 시기부터 담배를 핀 경우일 수도 있지만, 그는 그렇지 않습니다. 싼 것이긴 하지만 하카타 오비라도 두르고 있는 걸 보면 반드시 허리춤에 담배합이 있었을 겁니다."

"그렇다면 담배합이나 지갑이 왜 없어진 거야?"

"그게 원한이기 때문에 사라진 겁니다. 원한이 아니라면 그 외에 설명할 도리가 없어요. 원한도 그냥 원한이 아니라 자신이 원한 받을 만한 나쁜 일이 있어서 항상 그자를 무서워하고 있었던 거죠. 뭐, 제 생각으로는 그가 매우 여유 있게 종이쌈지도 꺼내 놓고 담배합도 옆에 둔 채로 느긋하게 누군가와 이야기하고 있었던 거예요. 그런데 갑자기 무서운 놈이 찾아와서 챙길 것도 못 챙기고 도망친 겁니다. 그러니까 소지품은 하나도 없는 거죠."

"하지만 그것만으로는 아무래도 충분한 논리라고는 생각이 안 드는데."

"왜 충분하지 않다고 생각하는데요? 무엇보다도 등의 상처가 도망친 증거잖아요. 자신에게 나쁜 일이 있을 거라고 생각도 안 드는데 뭣 때문에 도망치겠습니까? 필시 도망칠 만한 나쁜 일이 있는 겁니다. 과거에 나쁜 일이 있었다면 원한을 받는 건 당연합니다. 스스로도 나쁘다고 생각되어 도망칠 정도의 일이라면 상대가 원한을 품지 않을 리가 없죠."

"그건 그렇지. 그렇다면 자네 판단으로는 우선 샛서방이라고 보는 거군. 샛서방이 정부와 몰래 만나 이야기라도 하고 있는 곳에 진짜 남편이 갑자기 돌아왔다든가 했다는 이야기군."

"그렇습니다. 바로 그거라고요. 저도 처음부터 샛서방이 틀림없다고 주의를 하고 있었습니다만, 진범을 알아내고 나서 비로소 샛서방이 아니었을까 의심을 하게 된 것이죠."

"그건 무슨 연유로?"

"딱히 깊은 이유는 없습니다. 진범은 부인이 없다는 점입니다. 그걸 나중에 알았습니다."

"하지만 팽이를 돌릴 정도의 아이가 있다면 부인이 있을 텐데."

"아니오, 그렇다고 해도 부인은 없습니다. 아니면 있었다 하더라도 죽었을 수도 있고, 이혼했을 수도 있고요. 특히 그 아이도 양자라고 합니다."

"양자구나. 그렇다면 부인이 없는 것도 무리는 아니지만, 그러나 혹시 첩이 있는 건 아니고?"

"저도 그렇게 생각해 그것도 알아봤습니다만 아무튼 집에는 첩 비슷한 여자는 한 사람도 없습니다."

"아니, 집에 없어도 밖에 얻어두면 그게 그거지."

"아니오, 밖에 얻어두면 결코 이 같은 범죄는 일어날 수 없어요. 왜냐면 우선 외첩이라면 그 정부와 어디서 만나죠?"

"어디라고 꼭 집어 말할 수는 없지만. 그래, 우선 찻집이나 그 밖의 수상쩍은 집일 수도 있고, 아니면 마련해둔 자신의 집이겠지."

"글쎄요, 그래서 밖에 얻어둔 첩이 아니라는 거죠. 우선 찻집이라든가 수상쩍은 집이라면 그 정도의 살인이 일어났다고 해보세요. 당사자들은 감추려 해도 그 집 사람들이 가만히 있지 않을 겁니다. 경찰서에 뛰어가든가 이웃사람을 깨우든가, 그것도 아니면 나중에 경찰에 고발하든가 어쩌든가 했겠죠. 그러니 남의 집에서 일어난 일이라면 이와 같은 큰 죄가 지금까지 단서 하나 안 나올 리 없습니다."

"만약 밖에 얻어둔 집에 샛서방을 데리고 와서 있다고 하면 어떻게 되는데?"

"그렇다면 애초에 조심하고 문단속을 충분히 해두겠죠. 특히 이 범죄는 의사의 감정으로 밤 2시부터 3시 사이로 파악됐으니까 문단속을 한 것은 분명 확실합니다. 단지 문단속만 한 것이 아니라 외첩의 마음속에서는 남편이 문을 두드리면 어딘가로 피신시킬 것까지 사전에 예상을 해뒀을 거예요. 그 정도 예상 못할 여자가 아니라면 결코 자신이 기거하고 있는 거처에 남자를 끌어들이는 것 같은 그런 대담한 짓은 못합니다. 자, 이미 이렇게까지 준비되어 있다면, 남편이 밖에서 문을 두드리면, '네, 지금 열게요' 하고 대답하며 촛대에 불을 붙인다든가 성냥을 찾는다든가 얼버무리면서 남자를 피신시키겠죠. 피신시킨 뒤에 비로소 남편을 들어오게 할 겁니다."

"그건 그렇지. 거참, 외첩도 아니고 그렇다고 해서 첩도 부인도 아니라고 하면, 자네가 말하는 대로 샛서방이 아닌 것 아닌가?"

"네, 그러니까 샛서방이라고 말하진 않겠습니다. 단 샛서방 같은 종류의 원한으로, 즉 살해된 자가 자신이 한 나쁜 짓을 알고 전부터 겁내고 있었다는 것밖에 모른다고 말씀드린 겁니다."

"하지만 샛서방 외에 그와 같은 원한은 아마 없을 거네."

"네, 그 외는 잘 생각이 안 됩니다. 그러나 어려운 범죄에는 반드시 한 가지 미스터리(불가사의)라는 것이 있습니다. 미스터리는 결국 죄인을 잡아서 자백시켜보지 않는 한 어떤 탐정도 알아낼 수 없어요. 그걸 알아낸다면 탐정이 아니라 신이죠. 이 사건에서는 이것이 미스터리입니다. 이 같은 샛서방 소동에서 없어서는 안 되는 이치를 알고 있는데 그 사람에게 부인이 없다니, 이건 불가사의 중의 불가사의입니다. 결코 본인 외에는 이 불가사의를 풀 사람이 없습니다."

"거기까지 알아냈으면 그걸로 됐네. 이제 그 사람의 이름과 자네가 말한 계략을 들어보세."

"그러나 이것만으로 다른 의심 가는 데는 없습니까?"

"음, 없어. 단지 지금 말한 미스터리 한 가지 외에는 의심스러운 점은 없네."

"그렇다면 말씀드리겠는데요, 이렇게 된 거예요."

오토모는 이마의 땀을 닦아내며 말을 시작했다.

"저는 완전히 어제 하루 이만큼의 추리를 해서 범인은 필시 나이에 맞지 않는 백발이 있고 그걸 잘 물들인 지나인이라는 사실을 알아냈습니다. 그래서 우선 다니마다를 만나 그가 어떤 발견을 했는지 묻고 나서 제 의견도 말해보려고 이 경찰서를 향해서 숙소를 나왔는데, 숙소 앞에서 이전부터 필묵을 비롯해 여러 잡화를 팔러 오는 지나인을 만난 겁니다. 무엇보다 먼저 그 자에게 묻는 게 좋겠다고 생각했기 때문에 다음날 아침에 붓을 많이 살 테니 제 숙소에 와달라고 말해 놓았습니다. 그러고 나서 경찰서로 돌아왔는데, 마침 다니마다가 나가는 것을 제가 불러 세웠지만 그는 뭔가 화가 난 모양으로 대답도 하지 않고 가버렸습니다. 그래서 어쩔 수 없이 저는 다시 숙소로 되돌아갔습니다. 그리고 오늘 아침이 되어 예상대로 그 지나인이 찾아왔습니다. 그를 상대로 여러 이야기를 나누면서 실은 내 친척 중에 나이는 젊은데 백발로 곤란한 사람이 있어서 백발 염색가루 종류를 팔고 있지 않은지 묻자, 그런 건 팔지 않는다고 하더군요. 그렇다면 제조법이라도 알고 있지는 않은지 물었더니 자신은 모르지만 자기 친구 중에 거류지 3호의 2번관에 살고 있는 지나인이 올해 아직 마흔네다섯인데도 불구하고 온통 백발이어서 언제나 스스로 가루를 조합해서 목욕탕에 갈 때마다 머리에 바르는데, 상당히 염색이 잘 되어 돈을 주면 그 제조법을 물어보고 오겠다고 하는 겁니다. 그래서 그게 좋겠다고 생각해, 거류지 3호의 2번관이라면 어제도 내가 3호 주변을 지나갔는데 아무래도 아이가 팽이를 돌리고 있던 집이 2번일 거라고 말하자, 애가 팽이를 돌리고 있었다면 그 집이 틀림없어요, 그 아이가 바로 지금 이야기한 백발인 사람의 양자라고 말하더군요. 그래서 이것저것 물으니 우선 그 백발을 한 자의 이름은 진시네(陳施寧)로 오랫동안 나가사키에 거주하다가 1887년 봄에 도쿄로 상경해 지금은 주로 요코하마와 도쿄 사이를 왕래하고 있다고 합니다. 더욱이 분위기가 지나인답지 않게 화를 잘 내 때때로 사람들과 싸움을 하기도 한답니다. 자, 그가 바로 범인인 거예요. 3호 2번관에 사는 지나인 진시네가 전적으로 원한 때문에 죽인 거죠."

오기사와는 잠시 묵묵히 생각하고 있다가 말했다.

"과연, 자네가 말한 것은 그야말로 합당하네. 머리카락 실험으로 추측해보면 아무래도 지나인일 수밖에 없겠어. 또 같은 지나인이 결코 둘이 있다고는 생각되지 않고. 그러나 과연 범인이 진시네라고 한다면 우선 지나 영사와 교섭도 해야 하고, 아무튼 일본인이 지나인에게 살해된 일이기 때문에 실로 쉽지 않은 사건일세."

"저도 그걸 걱정하고 있습니다. 신문사에도 그게 알려지면 하나의 여론을 일으키겠죠. 여하튼 진시네라는 자는 밉살스러운 놈입니다. 그러나 다니마다는 그것도 모르고 아직 오콘이래나 뭐래나를 찾고 있을 거예요."

이렇게 이야기하고 있는 마침 그 때, 입구 문을 허겁지겁 열고 들어오는 자는 예의 다니마다이다.

"지금 진시네라는 말이 들렸는데, 어떻게 그 범인을 알아낸 겁니까?"

"아, 다니마다 자네도 진시네라고 짐작하고 있었나?"

"짐작이 아니라 벌써 오콘을 잡아왔습니다. 오콘의 증언으로 진시네가 범인이라는 것부터 살해된 자의 신분, 살해된 이유 죄다 알아냈습니다."

"그건 실로 대단한데. 다니마다도 굉장하지만 오토모도 대단하군."

"네? 오토모가 왜 대단하다는 겁니까? ……."

## 下 · 해빙

다니마다가 말한 바와 같이 오콘의 진술로도 이 사건의 큰 의심의 덩어리는 완전히 풀렸다. 지금 오콘이 오기사와 경부의 심문에 대답하는 내용을 여기에 기록한다.

오콘은 나가사키에서 태어나 17세 때 유곽에 들어가 많은 서양인, 지나인 등을 손님으로 맞이해왔는데, 이윽고 어떤 사람에게 팔려 상하이(上海)로 보내졌다. 상하이에서 같은 일을 하는 사이에 오콘을 깊게 사랑하기 시작한 사람이 진시네라는 지나인이었다. 시네는 꽤 큰 잡화 상인으로 이전부터 나가사키에 지점을 열어 남동생 진긴키(陳金起)라는 자를 그 지점에 보내 일본의 잡화 매입 등의 일을 맡겨두고 있었는데, 동생 긴키는 아무튼 방종하고 악행이 많아 특히 지점의 돈을 유용해버리고 시네에게는 한 푼도 보내지 않아 시네는 직접 나가사키로 건너가려고 생각했다. 그런데 오콘이야말로 나가사키 출신이라 데리고 가면 쓸 데가 많을 거라며 결국 첩으로 사서 나가사키로 데리고 온 것이다. 시네는 매우 추한 남자로 머리에는 나이에 맞지 않게 백발이 많아 오콘은 그를 좋아하지 않았지만 단지 고향으로 돌아간다는 기쁨 때문에 그의 말을 따랐다.

이윽고 그를 따라 나가사키에 오고 보니, 남동생 긴키라는 자는 오콘이 처음에 나가사키 유곽에서 일했을 때의 단골손님이었다. 지나인으로 시네와는 닮지 않은 미남이어서 오콘은 어느 샌가 시네의 눈을 피해 다시 긴키와 떨어질 수 없는 사이가 되었다. 그렇지만 시네는 그 사실을 모르고 점점 오콘을 사랑해 이제는 홀로 사는 오콘의 어머니까지 보살피며 오콘과 함께 살게 해주었다. 어머니는 이른 시기부터 오콘이 긴키와 밀회하고 있는 것을 알고 있었지만 딱히 나무라지도 않았고, 특히 긴키는 형 시네보다 마음이 넓어 종종 어머니에게 돈 등을 보내는 일도 있었기 때문에, 오히려 좋은 일로 생각해 오콘과 긴키를 위해 말의 앞뒤를 맞춰주는 일도 있을 정도였다. 그러는 동안에 오콘은 누군가의 씨를 받아 남자아이를 낳았는데, 처음부터 시네의 아이라고 하면서 진네지(陳寧兒)라고 이름을 붙여 키웠다.

이로부터 일 년 남짓 지났을 무렵, 뜻밖의 일로 시네는 오콘과 긴키와의 사이를 의심하고 매우 분노해 오콘을 때렸다. 그리고 긴키를 죽이려고까지 날뛰었지만 오콘이 능숙하게 그 의심을 해명했다. 이런 일이 있고도 오콘은 왠지 긴키를 단념할 마음이 없고 긴키도 오콘을 버리는 건 참을 수 없어, 여전히 질리지도 않고 부적절한 짓을 계속했다.

네지가 네 살 때였다. 긴키는 나쁜 짓을 저질러 나가사키에 있을 수 없게 되자 오콘에게 같이 고베로 도망가자고 권했다. 오콘은 진즉에 시네에게는 질려 있었고 오로지 긴키를 사랑했기 때문에, 그렇다면 네지도 함께 데리고 가자고 말했다. 그런데 그건 거치적거린다며 들으려 하지 않아 어쩔 수 없이 네지를 남겨두기로 했다. 어머니에게도 알리지 않고 채비를 해 다음날 둘이서 나가사키에서 배를 탔다. 이후에 들으니 긴키는 출발 직전에 형의 돈을 천 엔 가까이 훔쳐 떠났다고 한다.

이윽고 고베에 상륙해 일 년 남짓 놀며 보내는 사이 긴키의 주머니 속도 남은 것이 적어져 조만간 도쿄에 가서 마땅한 장사를 시작하려고 또다시 고베를 떠나 도쿄로 상경하게 되었다. 당시 쓰키지에는 지나인이 하는 도박장이 있었는데 긴키는 평소 좋아하던 일이라 곧바로 그 도박장에 들어갔다. 하지만 운 나쁘게 겨우 남은 돈조차 금세 모두 잃고 어떻게 이야기가 됐는지 긴키는 오콘을 그 도박장의 하녀로 들어가 살게 한 다음 자신은 도박장의 사환으로 고용살이를 시작했다.

그 후로 일 년이 지난 1887년 봄의 일이다. 오콘도 긴키도 쓰키지에 살기 어렵게 된 사정이 생겼다. 그 이유는 다름이 아니라 긴키의 형 진시네가 장사에 사정이 생겨 나가사키를 정리하고 도쿄에 와서 쓰키지에 가게를 열었다고 어떤 사람에게 들었기 때문에 당분간은 헤어져서 살기로 한 것이었다. 오콘은 일자리를 찾아 혼고의 어느 싸구려 요릿집에 들어가 살고, 긴키는 요코하마의 도박장으로 옮겼다.

어느 날, 오콘은 하루 휴가를 얻어 오랜만에 긴키의 얼굴을 보려고 요코하마에서 그를 불러들여 같이 손을 끌어 잡고 여기저기 구경하는 사이 아사쿠사 관음에 들어갔는데, 생각지도 않게 구경하던 가게 주변에서 "오콘, 오콘" 하며 부르는 소리가 뒤에서 들렸다. 돌아보니 오콘의 어머니였다. 네지도 그 옆에 있었는데, 몰라볼 정도로 성장해 있었다.

"아니, 어머니."

"넌 나에게 말도 않고 떠난 채 소식도 없어 어디서 지내나 했더니 도쿄에 있었구나. 그리고 긴키 자네도 네지를 기억하고 있겠지. 이 분이 항상 말했던 네 어머니다. 아버지는 너를 양자라고 말할 테지만 이분이 네 진짜 아버지야. 뭘 먼저 말해야 할지 모르겠구나. 오콘, 너는 아직 모르겠지만 조심해야 한다. 도쿄에 와 있어, 그 사람이. 나도 신세를 져 도쿄까지 같이 오게 된 거야. 지금도 너에게 많이 남아 있어, 미련 말이야. 그 사람이 네가 없어졌을 때 얼마나 성냈는지 아니? 나까지 때려 내쫓겠다느니 이러쿵저러쿵 하는데, 화났을 때는 전혀 모르겠어, 무슨 말을 하는지. 하지만 나중에 나를 돌봐주면 언젠가 네가 만나고 싶어 돌아올 거라더구나. 우리 일본사람이 보면 아둔하기 그지없어. 그래서 지금은 어디에? 아 그래, 혼고에서 일하는구나. 아 그래, 불쌍하게도. 긴키도 함께 있는 거야? 아 그래, 긴키는 요코하마에. 아 그래, 헤어져 만나지도 못하는구나. 아 그래, 불쌍하게도. 아 그래, 그 사람이 온 이야기를 듣고, 아 그래, 가엾게도 조심하려고 헤어졌구나. 아 그래, 오늘 오랜만에 만나, 아 그래, 불쌍하게도. 그럼 오늘은 집에 와서 쉬어. 긴키와 둘이서. 뭐가 위험하겠어? 어제 요코하마에 가서 모레나 되어야 돌아올 텐데. 정말로 무서운 일이야 있겠어? 아니야, 자고 가거라. 자고 가. 글쎄 만약 돌아오면 셋이서 뒷문으로 도망치면 돼. 뭐, 네지도 괜찮을 거야. 고자질하거나 하지 않을 거야. 진짜 아버지와 어머니가 주무시고 가시는데, 말하겠어? 그렇지, 네지? 이 애 이름은 일본인처럼 부르기 쉬워서 좋아. 이웃집 아이 역시 혼혈인데, 진지쿠린(珍竹林)이라더군. 웃기지 않니? 그러니 내가 차라리 네지로(寧次郎)로 하지 그러냐고 했잖아. 와서 자고 가거라. 뒷문으로 셋이서 도망치자. 뭐, 사실 나도 이제 거기 있는 것은 정말 지겨워 미치겠어. 너희들과 함께 도망칠 걸 그랬어. 종종 그런 생각이 들어. 지금이라도 데리고 도망가주면 좋겠다. 아니, 내 입으로는 말 못해도 정말이야. 와서 자고 가라. 응? 오늘밤도 내일 밤도 괜찮아. 아니, 한 달에 두세 번은 집을 비우거든. 요코하마에 가니까 부재 중에는 얼마나 조용하고 좋은데. 이제부터 그런 때는 잊지 않고 편지할 테니 와서 자고 가. 2층이 널찍하니까 오라고, 와. 올 거지?"

어머니는 혼자서 떠들어대며 그만둘 기색이 없어 보여 오콘도 긴키도 마침내 자고 가기로 했다. 이날 밤은 대담하게도 쓰키지 진시네 집에 가서 널찍한 2층에서 자고, 다음 날 밤도 또 묵고 그 다음날 아침이 되어 네지에게는 절대 말하지 않도록 이르고 돌아갔다. 이후도 시네가 부재 중일 때마다 반드시 전날에 어머니로부터 오콘에게 연락이 오기 때문에, 오콘은 요코하마에서 긴키를 만나 자러 갔다. 만약 어머니와 네지만 없다면 오콘은 이런 위험한 곳에 발을 들여놓을 턱이 없지만, 오콘 같은 박복한 여자에게도 어머니는 그립고 아이는 사랑스러웠다. 하나는 어머니에 대한 그리움에 이끌려, 하나는 아이의 사랑스러움에 이끌려서. 그러니 부재 전날에 알 수 없어 긴키를 불러들일 틈이 없을 때는 오콘 혼자 갈 때도 있었다. 1887년 가을 무렵부터 올 봄까지 가서 자고 온 횟수가 약 열다섯 번이나 될 정도였다.

올 여름 초에 오콘은 일하는 곳을 너무 자주 비우다 해고를 당해 마미치의 얼음가게에 들어가 일하게 되었는데, 7월 4일 아침 어머니로부터 편지가 왔다.

"그 사람이 오늘 오후 5시 기차로 요코하마에 가서 모레까지 돌아오지 않을 것이 확실하니까 왔다 가라. 기다리고 있을게."

오콘은 얼마 동안 긴키와 만나지 못한 그리움을 견딜 수 없어 즉시 요코하마에 엽서를 보냈다. 오후 4시경에 긴키가 와서 바로 집을 나서기에는 조금 시간이 이르니까 어디서 저녁이나 먹고 술도 좀 마시며 시간을 보내다가, 이윽고 쓰키지에 도착한 것은 밤 10시경이 된 때였다. 곧바로 시네의 집에 들어가 어머니와 잠시 이야기한 뒤에 여느 때처럼 긴키와 함께 2층에 올라가 한숨 자고 오콘은 2시경에 한 번 잠을 깼다. 일어나 보니 긴키도 일어나 있었다.

"오콘, 오늘밤은 왠지 상서롭지 못한 일이 일어날 것 같아. 난 이제 돌아가야겠어."

이렇게 말하며 벌써 잠옷을 벗고 의복을 갈아입고 하오리 등을 걸친 뒤 베개 머리맡에 바로 앉으니, 오콘이 이상하게 여겨 물었다.

"뭐가 그리 상서롭지 못한데요? 돌아가다니 지금 이 시각에 어디로 돌아가요?"

"어디라도 상관없어. 이 집에서 자고 있을 수는 없어."

"왜요?"

"조금 전부터 잠이 깨 있는데 도둑이라도 든 것인지 벽장 속에서 이상한 소리가 나. 저기, 저쪽 도코노마*에 있는 담배합과 종이쌈지를 집어줘."

"뭐라고요? 도둑이 들 리 없잖아요. 혹시 모르니 확인해볼게요."

오콘은 이렇게 말하면서 일어나 뒤의 벽장문을 열었는데, 이게 어찌된 일인가. 속에서 한 사람이 자고 있는 게 아닌가. 오콘은 놀라 "아니?"라고 말하며 그 문을 닫아버리자 자고 있던 사람은 이 소리에 잠이 깬 것인지 문을 활짝 열고 날뛰듯 뛰어 나왔다. 자세히 보니, 이 사람은 긴키의 형인 진시네였다. 그제서야 알고 보니 시네는 아들 네지에게 요즘 오콘이 긴키와 함께 자신이 없을 때 집으로 자러 온다는 것을 알아내고는 반신반의로 오늘밤은 사실 여부를 확인하려고 이틀 숙박으로 요코하마에 간다고 집을 나서는 척 가장한 후 해가 지기 전에 이 벽장에 숨어

* 일본 건축에서 객실인 다타미방의 정면에, 바닥을 한 층 높여 만들어 놓은 곳

들어 있었던 것이다. 그러다가 밤 10시경까지 오콘과 긴키가 오지 않아 지쳐서 잠이 든 것이다. 특히 서양식 문이 달린 벽장 안에 꽉 갇혀 있다 보니 문을 여는 소리도 잘 들리지 않아 잠이 깨지 않고 있었던 것이다.

그건 그렇고, 오콘은 시네가 뛰어나오는 것을 보고 구르듯이 2층을 내려갔는데, 긴키는 과연 남자답게 괜히 도망만 쳤다가 나중에 증거가 될 만한 소지품 등을 남겨둬서는 아무런 소용이 없다고 생각했는지, 도코노마 쪽으로 뛰어가려고 했다. 그런데 그새 벌써 뒤쪽에서 날아든 칼에 등을 베이고 말았다. 오콘은 그때까지는 슬쩍 보고만 있었는데 그 뒷일은 어떻게 되든 말든, 이렇게 들통 나고 보니 어머니는 불러들인 죄가 있어 나중에 자신보다 더 혹독한 꼴을 당하지 않을까 싶어 놀라 갈팡질팡하고 있다가 어머니 손을 잡고 뒷문으로 곧장 도망쳤다.

오콘은 아자부 외곽에서 이전부터 함께 일했던 여자가 싸구려 여관 안주인이 되었다는 것을 알고 있었기 때문에 그곳으로 통과하는 차를 타고 의지할 마음으로 찾아갔다. 연유는 전혀 밝히지 않고 하룻밤을 청했는데 아침이 밝은 뒤에도 이 주변은 살인사건의 이야기도 들리지 않았다. 오콘은 그저 긴키가 살해된 건지 어떤지 그 처지가 걱정될 뿐이었다. 그러나 딱히 방도도 없어 어떻게 해서든 이후의 처신을 어떻게 해야 할지 결정하려고 궁리를 하고 있었다. 또 하룻밤을 묵었는데, 오늘 오후 1시 넘어 다니마다 경감이 찾아와 여러 가지를 심문한 것이다. 본래 자기에게는 죄라 할 만한 것이 있다고도 생각되지 않아, 있는 그대로를 다 밝히고 이렇게 어머니와 함께 끌려온 것이었다.

이상의 이야기를 다 듣고 오기사와 경부는 잠깐 생각한 뒤에 말했다.

"그렇다면 누가 살해당한 거지?"

오콘은 대답했다.

"누가 살해당했는지 그것까지는 모르겠습니다만, 아마 긴키가 아닐까 생각합니다."

"그래, 긴키가? …… 그런데 긴키는 어떤 모습을 하고 있었나?"

"긴키는 나가사키에 있을 때부터 일본인처럼 하고 있었습니다. 그제는 감색 세로줄무늬 홑옷에 니타코 줄무늬 하오리를 입고 하카타 오비를 매고 있었습니다."

"그래, 기묘하군. 머리는?"

"머리는 산발입니다."

"얼굴에 뭔가 표식이라도 있는가?"

"왼쪽 눈 밑에 사마귀가 있어요."

아, 이렇게 해서 의심의 덩어리는 풀렸다. 살해한 자는 지나인 진시네이고, 살해당한 자는 그 동생 진긴키이다. 조금도 일본 경찰이 관여할 바가 아니다. 다만 혹시 몰라 지나 영사에게까지 알리고 영사관에서 조사하니 시네는 갑자기 가게를 정리하고 7월 6일 오후 요코하마를 출항하는 영국배를 타고 상하이로 떠났다고 한다. 말할 때를 놓쳤지만 오토모가 신경 쓰던 것과 같은 여론을 일으킬 정도까지는 되지 않았고 오콘도 방면되었다. 오토모는 다니마다를 다음과 같이 평했다.

"경감의 정탐은 봉사 문고리잡기예요. 이번 일도 우연히 오콘의 머리카락이 곱슬머리여서 잘 되긴 했지만, 만약 오콘의 머리카락이 반듯했다면 죄도 없는 사람을 몇이나 잡아들였을지 모르는 거죠."

다니마다는 또다시 얼버무리는 얼굴을 하며 중얼거렸다.

"흠, 버릇없고 괘씸하고 건방진 놈."

오기사와 경부만은 혼자 이 젊은 탐정에게 앞으로의 바람을 담아 "자네는 항상 이야기하는 동양의 르콕*이 될 걸세, 될 거야." 이렇게 말하며 진심으로 격려한다고 말했다.

* 르콕은 세계 최초의 장편 추리소설 작가 에밀 가보리오의 대표작 『르콕 탐정』에 나오는 탐정이다.

# 법정의 미인

루이코 쇼시
(淚香小史)

원작은 프레데릭 존 풀거스의
『떳떳하지 못한 나날(dark days)』

## 전문(前文)

나는 일찍이 영국의 소설가 월키 콜린즈 작 『두 인연(Two Destinies)』을 읽고 그 취향의 묘미를 칭찬했다. 후에 또 『휴 콘웨이』(본명 프레드릭 존 풀거스의 『떳떳하지 못한 나날(dark days)』)를 읽게 되었는데 그 취향이 매우 비슷함에 놀라, 후자에 전자를 넣은 것인지 아니면 전자에 후자를 넣은 것인지 생각해봤다. 그렇지만 콜린즈는 딧켄에 이어 등장한 소설가로 『콘웨이』는 그야말로 이제 팔리기 시작했다. 콜린즈가 먼저 나왔고, 『콘웨이』는 뒤에 나왔다. 앞 사람이 뒷사람의 작품을 모방할 수 없으니, 만약 모방했다고 하면 모방한 잘못은 『콘웨이』에게 있다. 가령 모방하지 않았다 하더라도 역시 그런 경향을 모면할 수 없다. 나는 이런 경향이 있는 것을 번역하고 싶지 않으니, 『떳떳하지 못한 나날』을 번역하느니 차라리 『두 인연』을 번역하려는 생각뿐이었는데, 붓을 들게 되면서 다시 두 책을 대조해 읽어보니 그 재미는 『두 인연』에 없고 『떳떳하지 못한 나날』에 있었다. 그래서 다시 뜻을 바꾸었다. 나는 오로지 재미가 많은 것을 좋아할 뿐 그런 경향이 있고 없고를 무엇 때문에 따지겠는가. 하물며 그런 경향 같은 것은 단지 미숙한 내 마음에 떠오르는 하나의 공상으로 정말로 모방했는지 아닌지를 알아 뭘 하겠는가. 즉 『떳떳하지 못한 나날』을 번역해서 신문에 실으니, 이것이 바로 『법정의 미인』이다.

『떳떳하지 못한 나날』을 『법정의 미인』으로 번역한 것은 좀 부당하다. 아니 오히려 분수에 지나치다. 하지만 본문에 이르면 그 분수에 지나치다는 것보다 더 심한 것이 있다. 나는 한 번 읽고 가슴속에 기억되는 바에 따라 자유롭게 붓을 들어 자유로이 문자를 늘어놓았다. 원고를 쓰기 시작해서부터 이를 끝낼 때까지 한 번도 원작을 살펴보지 않았다. 원작을 서재에 놔두고 붓을 신문사의 편집국에서 들었다. 이렇게 해서 원작과 맞지 않는 것은 말할 것도 없고, 취향 또한 맞지 않다. 이를 번역이라고 한다면 극히 부당하지만, 번역이 아니라고 한다면 또한 표절 혐의, 모방 경향을 면할 수 없다. 따라서 번역이라 말해둔다. 본문이 이미 이와 같아서 표제가 원작과 다름을 책망은 할지언정 괴이하게 여겨서는 안 된다. 부당하다고 하거나 너무 지나치다고 나무란다면 나무랄지어다. 나는 스스로를 번역자로 자처하지 않는다.

-1889년 5월 독파(読破) 서재에서 루이코 쇼시(涙香小史) 적다.

## 1

독자여, 나는 27세 되던 해 여름에 학력 우수로 의과대학을 졸업하고 의학박사 학위를 받았다. 그 해 가을, 런던에서 60리 정도 떨어진 로뎅이라는 곳에서 병원을 열었는데 환자에게 인기가 있어 몇 개월도 채 지나지 않아 절약하면 어떻게든 생활할 정도의 소득이 있게 되었다. 어느 날의 일이다. 어딘가에서 한 통의 우편엽서가 와서 받아들고 읽어 내려가니, "다쿠조(卓三) 박사님, 제 어머니가 병이 들어 선생님께 진찰을 부탁드리고 싶습니다. 아무쪼록 오늘 오후 5시까지 제가 있는 곳까지 왕진 와 주실 것을 기다리고 있겠습니다. 몇 월 며칠 난카이 8번관에서 리파(璃巴)로부터"라고 쓰여 있었다. 리파 양이라는 사람은 지금까지 들은 바가 없는 이름이지만 나는 이 아가씨가 나중에까지 내 혼란의 씨앗이 되리라고는 알지 못한 채 즉시 그곳을 방문했다.

가서 보니 환자는 60세 정도의 노부인으로 만성적인 병을 앓고 있었다. 그 곁에 20세 정도의 여자가 시중들며 간병하고 있었다. 그녀는 병든 노부인의 딸로 엽서에 이름이 적혀 있던 리파 양이다. 나는 지금까지 귀부인 사회와도 교제해봤고 또 명성 높은 여배우 등도 만나봤지만, 이 리파 양만큼 아름답고 사랑스러운 여자는 만난 적이 없다. 길고 드문드문 나 있는 눈썹은 두껍고 크게 뜬 눈을 반쯤 가리며 그 안에 검고 맑은 선명한 눈동자의 청정한 모습은 그림으로도 글로도 다 표현하기 힘들 것이다. 나는 한눈에 보고 마음이 몹시 동하였지만 이날은 아무렇지도 않은 듯이 이별을 고했다. 그렇지만 이때부터 나는 완전히 리파 양의 노예가 되어 그녀를 위해서라면 명예도 재산도 생명도 아깝지 않다고 생각하게 되었다. 이는 독자도 알다시피 사랑이라는 마음이 일으키는 이치로, 즉 죽을 때까지 나의 망집(妄執)이 되어버렸다.

이때부터 나는 매일같이 리파 양의 집을 찾아가 있는 힘껏 친절하게 대했다. 그런 노력이 마침내 효과를 나타내 약 두 달이 지나는 동안 나와 리파는 정말로 둘도 없는 친구가 되었다. 형제라도 그렇지 못할 정도로 친한 사이가 되었다. 그러나 우정과 애정은 완전히 다른 것으로, 이미 격의 없는 사이가 되었지만 나는 아직 리파와 정면으로 부딪쳐서 사랑을 호소하지는 못해봤다. 몇 번인가 말을 꺼내려고 생각했지만 만약 말을 해서 받아들여지지 않을 때는 모처럼 여기까지 진행시킨 우정까지도 깨질 거라는 생각이 들어, 함부로 말을 꺼내지 못하고 소중히 간직하면서 이제나저제나 하며 하루하루를 보내는 사이에 더할 나위 없이 실망스러운 일이 일어났다.

그건 다름 아니라 리파 어머니의 상태였다. 요즘 들어 어머니의 병환이 조금 중해 복약만으로는 낫기 어렵기 때문에 공기가 맑고 깨끗한 곳으로 거처를 옮겨야 할 상황이었다. 이러이러하다고 설득해 어머니에게 거처를 옮기라고 하면 리파도 함께 떠날 것이 틀림없어, 나는 설득해야 하는 건지 그만둬야 하는 건지 2, 3일 마음속에서 갈등했다. 이 2, 3일 동안에도 어머니의 병환은 점차 중해져가는 상태여서 지금은 사랑의 감정 때문에 우물쭈물할 때가 아니라고 결심하고 환경을 바꿀 것을 권했더니, 어머니는 이미 약을 먹는 것도 질려 있던 참이어서 이러니저러니 할 것 없이 내가 권하는 대로 따랐다. 그녀는 아쉬워하는 기색도 없이 리파를 데리고 런던 리젠트 공원 옆으로 옮겨갔다. 이때 나는 일생의 행복을 빼앗겨 이제 이 세상에 희망이 없어진 것처럼 마음이 울적해졌다.

그런데 그 이틀 후, 리파에게서 편지가 왔다. 편지를 열어 보니 테두리가 검은 봉투에 어머니의 부고를 알리는 내용이 적혀 있었다. 어머니가 돌아가신 것은 한없이 슬픈 일이지만, 나는 결국 사랑의 장애가 사라진 느낌이 들어 지금이야말로 평소보다 더 친절하게 대해 리파의 마음을 움직일 때라고 생각하며 용기를 내어 런던으로 향했다. 가서 보니 리파는 검은 상복을 걸치고 몹시 근심에 빠져 있었지만 눈물에 젖은 눈동자로 내 얼굴을 바라보며 내가 서둘러 온 것을 기뻐하는 기색이었다. 이제 나는 소원의 절반은 성취된 것 같은 생각이 들었다. 모든 것을 내가 책임지고 떠맡아 사흘 동안 장례식을 마쳤다.

## 2

내 목숨을 내줘도 상관없을 그리운 리파 양의 신상을 여기에 간략히 적어두겠다. 아버지는 스페인 사람이고 어머니는 영국 사람이다. 리파가 태어나 한 달도 채 지나지 않아 아버지는 이 세상을 떠났고 리파는 홀어머니 손에 영국 땅에서 자랐다. 그녀는 상류층 사회와 교제했으며 고등교육을 받아 귀부인이 지녀야 할 예능은 하나도 빠짐없이 갖추고 있었다. 지금은 어머니 외에 혈연이나 친척이 없고 또 나 외에는 친구로 교제하고 있는 사람도 없다. 이렇게 의지할 곳이 적은 처지인지라 나는 충분히 소원 성취할 것으로 생각되어 내가 책임지고 떠맡아 장례 일체를 끝마쳤지만, 지금 이렇게 친절을 다하고 있을 때 말을 꺼내야 할 때가 아닐까 생각되어 스스로의 마음에 용기를 북돋우며 애정 어린 말을 건네 보았다. 이때 내가 한 말을 일일이 기억하고 있지는 않지만 나는 일생일대의 웅변이라도 하는 듯했다. 그런데 내 웅변은 아무런 효과도 없었다. 내 말이 채 끝나지도 않았는데 리파는 벌써 나를 만류하며 말했다.

"저는 어머니를 여읜 슬픔에 마음이 심란해 아직 사랑을 생각할 여유가 없습니다."

나는 긴장된 마음이 편해질 때가지 실망하고 있어야 했지만, 고쳐 생각하면 리파의 말도 무리는 아니다. 어머니를 여의고 아직 닷새도 채 지나지 않았는데 이러한 말을 꺼낸 것은 내 잘못이고 시기적으로도 이르다. 나는 곧 마음을 바꿔 소홀함을 사죄하고 앞에 한 말을 완전히 취소하였다. 또한 더할 나위 없이 더욱 친밀해져 지금까지의 우정이 깨지지 않기를 바란다고 사죄하자, 리파는 눈물지으며 고개를 끄덕이면서 가느다란 손을 뻗어 내 손끝을 잡았다. 지금 고개를 끄덕인 것은 앞말의 취소를 승낙한다는 표시이며, 손끝을 잡은 것은 이후의 우정을 깨지 말자는 대답이다. 앞말의 취소에 나는 매우 실망했지만 우정의 승낙을 얻은 것은 그런대로 다행이라고 스스로 자신의 마음을 위로했다. 이때부터 아무튼 더욱 리파의 마음을 누그러뜨릴 말을 하면서 해줄 수 있는 친절은 다 해주었다. 그런데 일이 있는 자가 언제까지고 런던에 머물러 있을 수도 없는 일이어서, 나는 매우 아쉬운 마음을 누르고, 다음날 리파에게 이별을 구하고 로뎅으로 돌아왔다.

독자여, 이루어지지 않는 만큼 더욱 한층 그리움이 깊어지는 것은 사랑하는 마음일 것이다. 나는 또 다시 리파에게 거절당하면서도 그만둘 마음이 전혀 없이, 이렇게 된 이상 다만 끈질기게 리파의 마음이 안정되기를 기다리는 수밖에 없다고 생각을 정리했다. 이로부터 약 3개월 정도는 참기 힘든 번뇌를 억누르며 무미건조한 세월을 보냈다. 그렇지만 나는 이 3개월 동안에도 그녀에게 때때로 위로 편지를 보냈고, 또 리파로부터도 우정어린 답장이 왔다. 3개월이 다 되어갈 무렵에는 주고받은 편지의 문장도 근심스러운 글에 머무르지 않는 정도까지는 진행되어 나는 이제 리파의 마음이 충분히 편안해졌을 것으로 생각해 다시 런던으로 향했다.

이때도 리파는 여전히 상복을 입고 있었지만 얼굴은 화색이 돌고 한층 아름다움을 띠고 있어 나는 충분히 우정 깃든 이야기를 하다가, 헤어질 시간을 계산해 다시 애정을 구하는 설득을 시작했다. 독자여, 이때야말로 내 마지막 설득이다. 일도양단으로 자신의 운명을 정할 때가 된 것이다. 리파는 내 말을 다 들은 후 아무렇지도 않은 말투로 말했다.

"저는 지금 잠시 친구 상태로 이제까지의 우정을 유지하고 싶어요."

이도 저도 아닌 대답에 나는 조바심이 났다.

"아니에요, 바로 결혼하자는 이야기가 아니에요. 당신이 나를 사랑한다고 한마디만 해주면 그걸로 충분해요. 그 말만 해주면 나는 2, 3년이라도 친구 상태로 기다릴 생각이에요. 아무튼 좋은지 아닌지 한마디로 내 마음을 정할 수 있도록 확실한 대답을 들려줘요. 네, 네?"

재촉하듯 묻자 리파는 매우 당혹한 듯이 잠시 있다가 결심한 듯한 표정으로 말했다.

"제가 오랫동안 죄를 지었다는 생각에 견디기 어렵습니다만, 무슨 말을 해야 할지 모르겠습니다. 다만 지금은 너무 늦었다는 한마디로 제 뜻을 헤아려주세요."

"아니, 때가 늦었다니 그건 다른 사람과 이야기가 되었다는……."

### 3

나의 재촉하는 물음에 리파는 얼굴을 붉히며 이윽고 왼손 약지에서 금반지를 빼내어 보여주고는 이렇게 말했다.

"이 반지를 보고 제 처지를 헤아려주세요."

리파는 이렇게 말하면서 반지를 내 쪽으로 내밀었다. 나는 눈동자를 크게 뜨고 그 손가락을 보고 있자니, 수상하구나. 빼내어 버린 반지 자국에 여전히 하나의 얇고 평평한 금반지가 있었다. 의심할 것 없이 혼인의 징표로, 남자에게 받은 것이었다. 나는 이것을 보고 리파가 사람들 몰래 결혼한 사실을 알고 단지 망연자실할 뿐이었다. 리파는 계속 말을 이었다.

"용서해주세요. 저는 어머니가 돌아가시고 나서 얼마 되지 않아 어떤 사람과 혼인했는데 조금 사정이 있어 누구에게도 알리지 못하고 3년 후까지 단단히 감춰두겠다는 약속을 했습니다. 그렇지만 당신은 둘도 없는 친구이고 이제는 감출 수 없어 어쩔 수 없이 말씀드린 거예요. 당신 같은 신분의 분이라면 넓은 세상에 아내로 맞을 미인이 많을 테죠. 어찌 당신의 후한 마음에 보답할 무엇이 제게 있겠습니까. 저를 잊으시고 다른 좋은 인연을 만나세요."

그녀는 상냥한 말로 위로했지만 내가 너무 실망한 모습이 몹시 리파를 놀라게 한 모양으로, 리파는 일어서서 내 옆으로 다가와 내 등을 어루만지며 말했다.

"다쿠조 씨, 당신은 학력도 좋고 명망도 있어서 이 정도의 일에 기운을 잃지 않을 거예요. 저는 지금 이미 다른 사람의 아내가 되었지만 예전처럼 당신의 둘도 없는 친구예요. 기운을 내서 제 경사스러운 혼인을 축하해주세요. 앞으로도 제 힘이 되어 주시고, 무슨 일 있으면 와서 저를 도와주세요."

리파의 말은 내 가슴에 하나하나 얼음보다도 차갑게 스며들었다. 이때 갑자기 뒤 장지문을 열고 성큼성큼 들어오는 사람이 있었다. 리파는 이 소리에 놀라 내 옆에서 물러났다. 나도 누군가 하고 머리를 들어보니 대략 서른 살 정도의 남자가 나와 리파의 얼굴을 비교하는 것처럼 빤히 바라보며 우두커니 서 있었다.

독자여, 이 남자가 바로 리파가 감춰둔 남편이다. 내 연적이다. 리파는 벌써 남자 옆에 다가가 나를 가리키며 말했다.

“이 분은 나와 어머니의 오래된 친구인 다쿠조 박사님이에요.”

이렇게 소개하고는 나를 향해 말했다.

“이 분은 하루마 씨예요.”

리파는 짤막하게 소개했다. 리파의 거동을 보니 이 하루마 씨를 남편으로 존경하는 모습이 충분히 보였다. 나는 하루마가 밉살스럽기 짝이 없었다. 독자여, 나는 실망스러운 모습을 들키지 않으려고 일부러 오만하게 앉아 그 남자의 용모를 보고 있었는데, 나보다 훨씬 뛰어난 미남자로 의복 등도 매우 신경을 써 유행하는 새로움을 모두 모아놓은 듯했다. 하지만 그 아름다운 안색 속에 어딘가 음험하고 무서운 인상이 있는 것처럼 보여 나는 질투와 분한 마음으로 리파의 앞날이 걱정되었다. 나는 이러한 곳에 오래 있어봐야 소용없다고 생각해 일어나 마치 기계가 움직이듯 멋도 정도 없는 무정한 목례를 하고 그대로 그 집을 나섰다. 실망스러운 나머지 신경이 미쳤는지 눈에 보이는 것들이 모두 빙글빙글 소용돌이치듯 보였다. 아, 실망스러운 의학박사로군. 독자여, 나는 이제 런던에 머무를 용건이 없다. 로뎅에 돌아가야만 하는데 지금은 이 세상의 희망이 모두 끝나버렸다. 고향에 돌아가 가업을 할 기력도 빠져 자포자기로 여전히 런던의 여관에 머물렀다.

이로부터 약 일주일이 지나 나는 하다못해 우울한 기분이라도 풀어보려고 하나 있는 친구와 함께 데홍 거리를 산책하고 있었는데, 이 방면에 통달한 사람들로 구성된 어느 클럽 앞에 왔다. 문득 뒤돌아보니 입구에 남자 하나가 서 있는데, 틀림없는 내 연적 하루마 씨였다. 나는 그 얼굴을 보고 붙잡아야 하나 하고 생각하고 있는데, 그는 벌써 내 기색을 알아채고 몸을 돌려 클럽 안으로 들어갔다. 나는 친구를 향해 방금 본 남자는 누구냐고 물었다. 친구는 이렇게 대답했다.

"그는 여자 밝히기로 유명한 남자야. 이 방면에서 냉정하고 빈틈없는 자라면 누구나 모르는 사람이 없을 정도지."

독자여, 나는 이 대답을 듣고 나도 모르게 몸이 부르르 떨렸다. 오, 리파가 염문(艶聞)이나 퍼뜨리고 박정하고 빈틈없는 자와 결혼하다니. 그는 박정한 마음으로 리파를 농락하고 있음에 틀림없어. 특히 결혼을 비밀리에 한 것은 후일 리파를 버릴 심산임에 틀림없어. 독자여, 내가 놀란 것을 헤아려주오. 나는 친구에게 더 물었다.

"그런데 그의 이름은 뭐야?"

"그는 남작으로 모리 히라노리라는 자야."

"그럼 하루마라는 건 거짓이었군."

"자네 뭐라고 했나? 하루마라니 누굴 말하는 거야?"

친구의 되물음에 나는 비로소 상황이 이해되었다.

"아니, 그가 혹시 하루마라는 이름으로 불리지 않나 해서."

"아니, 귀족명감에도 히라노리라고 나와 있어. 이름이 둘 있었구나."

이렇게 대답하는 친구 말을 듣고 나는 한층 더 놀랐다. 독자여, 그는 리파에게 거짓이름을 대고 후일 리파를 버릴 심산인 겁니다. 의심할 것도 없는 사실이에요. 이걸 이대로 놔둔다면 리파의 신상에 큰일이라서 나는 당장에 히라노리를 만나서 그가 리파를 속이고 부정한 결혼을 한 혐의를 따져야겠다고 생각했지만, 그보다 먼저 리파를 만나 혼인 절차를 철저히 따져보는 것이 중요하다고 생각을 고쳐먹었다. 바로 친구와 헤어져 리파가 묵고 있는 곳으로 달려갔다.

독자여, 이때도 역시 사후약방문이었다. 리파는 이미 짐을 싸 어디론가 떠나고 없었다. 나는 이것저것 숙소 주인에게 물었지만 아마 외국에 간 것 같은데 어디라고도 말하지 않았다고 대답할 뿐 찾아볼 방도도 없었다. 나는 이렇게 된 이상 이제 히라노리를 만나 직접 따지는 수밖에 없다는 생각이 들어, 다시 클럽으로 돌아갔지만 이때는 이미 밤 10시를 넘겨 클럽의 문이 잠겨 있었다. 나는 어쩔 수 없이 터벅터벅 숙소로 돌아왔는데 우울과 분노가 교대로 몸에 밀려와 한 순간도 잠들 수 없었다. 다음날 날이 밝을 것을 기다렸다가 곧바로 귀족명감을 구입해 보니 남작 모리 히라노리라는 이름이 역력히 적혀 있고 주소도 상세히 실려 있었다. 나는 곧장 마차를 불러 쏜살같이 그의 집으로 달려갔다. 독자여, 이렇게까지 일이 어긋날 수 있는가. 주인에게 손님을 안내하는 하인이 나왔다.

"히라노리 주인님은 오늘 아침 파리로 갔습니다. 아침 일찍 떠나셔서 언제 오실지 파리의 어느 숙소인지도 모릅니다."

하인의 이 한마디 말에 내 희망의 끈은 완전히 잘리고 말았다. 나는 세계에서 가장 불행한 사람이 되어 숙소로 돌아왔다.

## 4

독자여, 내가 제일 사랑하는 리파는 가짜 이름의 귀족 히라노리가 데리고 가버렸다. 본국에 있어도 나 외에는 의지할 데 없는 신세인데, 이제 아는 이 없는 타국으로 가버렸으니 리파의 운명은 그저 박정하구나. 히라노리 마음대로 되겠구나. 이를 생각하면 창자가 끊어지는 듯한 마음이지만 이제는 손 쓸 도리도 없고 어디로 갔는지 알아낼 방도도 없다. 나는 완전히 깊은 실망의 늪에 빠져 힘없이 고향 로뎅으로 돌아갔다.

그러나 오늘의 나는 어제의 내가 아니다. 어제까지는 리파와 혼인하려는 생각에 의욕을 내서 가업이 번창하는 것을 기뻐했지만 오늘부터는 세상에 바라는 바도 없고 가업의 번창이 다 뭐란 말이냐. 나는 기력이 완전히 소진하여 몇 번이고 자살까지 하려고 했지만 다만 행방을 알 수 없는 리파에게 미련이 남아 리파가 언제 어느 때 히라노리에게 버림받아 내 도움을 청하러 올지도 모른다고 생각하니 죽으려야 죽을 수도 없었다. 죽고 싶을 때마다 스스로 마음을 고쳐먹었다. 하지만 이제 내 번잡스러운 의사 직업을 영위해갈 수 없어 매일 방에 틀어박혀 오는 손님을 거절하고 진찰도 일절 거부했다. 그러는 사이 점차 환자도 줄어 일 원 반 푼의 수입도 없이 내일 입에 풀칠하는 데에도 지장이 있을 정도로 영락했다.

그래서 나는 서둘러 집을 팔아치우고 이제는 로뎅에서 30리 정도 떨어진 시골에 창고 비슷한 빈 집을 매입해 조금 수리한 뒤 나오스케라 불리는 충실한 하인을 데리고 이곳에 틀어박히게 되었다. 지금 생각해보면 나는 완전히 멜랑콜리라고 부를 만한 일종의 우울증에 빠져 있었다. 독자여, 나는 이렇게 완전히 폐인이 되었는데 나에겐 여전히 아버지도 있고 어머니도 있으며, 법률박사인 아버지는 어머니와 함께 런던 자택에서 30년 넘게 계속 변호사 업무에 종사하고 있다. 그 유명한 아일랜드 조례 제1항은 내 아버지가 초안한 법안이다.

그건 그렇고, 내가 시골에 틀어박혀 얼마 지나지 않아 아버지가 돌아가시고 약 30만 파운드(150만 엔)의 재산이 내 수중에 떨어졌다. 이 일을 어머니에게 전해 들었는데 나는 우울증에 푹 빠져 있던 때라 아버지의 죽음이 슬프게 생각되지도 않았다. 30만 파운드의 유산도 감사히 생각되지 않았다. 이 돈이 만약에 반 년 일찍 주어졌다면 이 돈으로 리파의 애정을 구할 수단을 생각해냈을지도 모른다. 지금은 실망의 늪에 몸을 묻고 세상을 버린 이가 그것도 우울증이 깊어갈 뿐으로 아버지 장례식에조차 입회하지 않다니, 지금 생각해보면 크나큰 불효이다.

독자여, 나는 시골 창고에서 6개월간 우울한 세월을 보냈다. 한 해가 어느덧 저물어 이듬해 정월도 벌써 절반이 지난 어느 날의 일이다. 나는 여전히 아침에 일어나 창고 한구석에 틀어박혀 날이 저물 때까지 하릴없이 리파를 생각하며 번뇌하고 있었다. 밤 7시경이었다. 창문 밖에서 눈이 내리기 시작한 듯 보였다. 별 생각 없이 창문을 열고 머리를 내밀어 좁은 앞마당을 내려다보고 있으려니, 누군가 창문에서 조금 떨어진 곳에 초연히 서서 등불 그림자 속에서 어두운 내 방을 들여다보고 있었다. 그 모습이 검은 외투를 걸친 부인 같았는데, 눈이 점점 머리에 쌓여 금세 정수리가 하얗게 되어가는데도 움직일 기색도 보이지 않았다. 보통 일이 아닌 것 같았다. 나는 너무 괴이해 눈을 모아 그쪽을 바라보았는데, 내 눈은 어둠에 익숙해져 점차 열렸기 때문에 밤눈에 밝지 않아도 역력히 그 부인의 얼굴을 알아볼 수 있었다. 하지만 그 모습이 너무나 이상해서 나는 거의 꿈을 꾸는 기분이었다. 자세히 잘 보니, 독자여, 내 놀라움을 헤아려주오. 우두커니 서 있는 부인은 내가 앓고 있던 오, 오, 리파였던 것이다. 나는 너무 놀라 자신도 모르게 말했다.

"오, 리파인가?"

말에 앞서 먼저 창문을 뛰어나가 리파를 끌어안았다. 끌어안아도 여전히 그 모습이 사라지지 않으니 이는 분명 꿈이 아니다. 유령도 아니다. 진짜 리파인 것이다. 독자여, 내 심중을 헤아려 주시오.

## 5

독자여, 나는 곧바로 리파를 데리고 거실로 들어와 우선 옷에 묻은 눈을 털어내고 스토브 앞에 있는 의자에 앉히고는 등불 심지를 돋우어 밝게 한 다음, 그녀의 모습을 찬찬히 살펴보았다. 안색은 매우 창백하고 그중에서도 눈초리가 거꾸로 선 것이 얼굴에 노한 기색이 가득해 보였다. 필경 보통 일이 아니다. 나는 오랜만인 만큼 마음이 들떠 말도 못하고 멍하니 얼굴을 바라보고만 있다가 이내 정신을 차렸다.

"잘 와 주었소. 아니, 어떻게 된 거요? 도대체 무슨 일이오? 잠자코 있으면 알 수 없으니까 자, 어떻게 된 건지 말해주오. 아무도 듣는 사람은 없으니 안심하시오. 나는 아직 옛날 그대로 둘도 없는 친구 아니오. 그러니 뭐라도 이야기를 들려주시오."

내가 채근해도 그녀는 대답이 없다. 독자여, 리파는 긴장한 나머지 말할 기력을 잃은 것이다. 나는 이때 문득 생각나는 것이 있어 자리에서 일어나 부엌으로 가서 한 잔의 냉수를 떠와 그녀에게 건넸다. 리파는 반가운 듯 마시기 시작했다.

"당신의 자애로운 사랑에 등을 돌려 벌을 받나 봅니다."

리파는 단지 이렇게 말하고 엎드려 울었다.

"아니, 벌이라니 당치도 않아. 벌 같은 것을 받을 리가 있나. 나는 조금도 원망하지 않소. 만약에 당신이 곤란한 때에는 옛 우정을 잊지 말고 찾아와주면 되는 거라고 매일같이 항상 생각하고 있었소. 이런, 울지 마오. 왜 그러는가? 도대체 당신 남편은 어떻게 된 거요? 우선 그걸 말해보오."

"저에게는 남편이 없습니다."

"그럼 히라노리는 죽은 건가?"

"아니에요, 그는 한 번도 내 남편이었던 적이 없어요."

"그렇지만 결혼식을 올린 것 아닌가?"

"글쎄요, 그 결혼이 법률에도 윤리에도 어긋난 부적절한 결혼이라서……. 부부로 가장한 것은 그가 거짓말을 해서 저를 완전히 속인 겁니다. ……."

독자여, 내가 앞에서 걱정했듯이 히라노리는 나쁜 놈이었다. 우려한 대로 청정무구한 리파를 농락한 것이다.

"알겠소, 알겠소. 당신이 겪은 수치는 이 다쿠조가 설욕해 주겠소. 그 복수는 내가 해줄 테니 울지 마오. 울지 말고 자세히 들려주오."

"울지 않고서는 못 견디겠어요. 이걸 보시고 제 마음을 헤아려 주세요."

리파는 울면서 한 통의 편지를 꺼내어 내게 건네주었다. 나는 편지를 집어 들고 읽어 내려갔다. 보낸 사람 이름은 쓰여 있지 않지만 찍힌 소인이 어제 파리로 되어 있었다. 편지에는 다음과 같이 쓰여 있었다.

"오, 리파여. 나는 당신 같은 사람을 부인으로 맞이하여 도저히 재미가 없기 때문에 이제라도 연을 끊으려 하오. 그러나 창자를 끊어내는 마음으로 말하겠는데, 나에게는 당신 외에 진짜 부인이 있었소. 지금은 이미 죽었지만 당신과 혼인했을 무렵에는 그 부인은 아직 살아 있었소. 그래서 나와 당신의 결혼은 부적절한 혼인이었던 거요. 무효인 거요. 하지만 당신은 그런 사정도 모르고 오로지 나에게 속아 결혼한 것이오. 하여 그 죄는 나에게 있소. 당신에게는 죄가 없고 수치도 느낄 것 없소. 리파여, 이후 불평 말아주오. 당신과 정리하기 위해 곧 귀국할 것이오. 모레 22일 저녁 무렵에는 기차로 로뎅의 정류장에 도착해 걸어서 당신 집으로 갈 테니 정류장에는 절대 마중 나오지 마시오."

나는 지금까지 이런 잔인하고 인정머리 없는 편지는 읽은 적이 없었다. 나는 그가 한 악행에 분노를 느끼고 또한 눈앞에서 엎드려 울고 있는 리파의 마음을 헤아리니 마음을 둘 데가 없었다. 히라노리 당신은 일부일처제 법률을 어기고 죄 없는 처녀를 능욕했다. 그것도 모자라 돌아와서 리파와 얼굴을 마주하려 하다니 이 다쿠조가 있다는 걸 보여주지. 내 어찌 당신을 가만 두겠는가. 나도 모르게 주먹이 단단히 쥐어졌다. 독자여, 나는 내일 밤 히라노리를 정류장으로 마중 나가 그가 기차에서 내리면 붙잡고 마음껏 복수해 리파의 수치를 설욕해주겠다고 결심했다. 지금까지 있었던 일의 자초지종을 리파가 눈물 흘리며 이야기하는 것을 들으니 그 대략은 다음과 같았다.

히라노리는 처음에는 말을 잘 꾸며 리파를 구슬리고는 조금 사정이 있어 가짜 이름을 쓰는 이유를 말한 다음 집안 상속문제가 있어 우선 비밀리에 결혼했다고 들려줬다. 그런데 3년 후가 될 때까지 누구에게도 결혼한 사실을 알리지 않겠다는 약속을 리파에게 하게 한 것이다. 하지만 결혼 절차만은 어떻게 준비해

서 했는지 그 절차의 정당함은 공증을 거쳤다. 리파는 공증을 믿었기 때문에 히라노리를 완전히 자신의 남편으로 받들며 3년의 세월을 즐거운 마음으로 기다렸던 것이다. 그러는 동안 히라노리가 하는 짓이 점차 사악해져 나중에는 발로 차기도 하고 때리기도 하는 등 이루 다 말할 수 없을 정도로 리파를 심하게 대했다. 하지만 리파는 소중한 남편이라고 생각하니 슬퍼하지도 않고 그의 사악함을 참고 견뎠다. 그러는 동안 히라노리는 리파에게 여행을 가겠다며 리파를 지금까지 있던 숙소에서 데리고 나와 자신의 친척인가 하는 오아쿠(お悪)라는 여자의 집에 맡겼다. 이 집은 역시 로뎅의 시골에 있는데, 내가 있던 집에서 조금 떨어진 곳이었다. 리파는 이 집에 맡겨진 뒤 얼마 지나지 않아 내가 시골에 틀어박혀 있다는 것을 알고 힘들 때 힘을 빌리려고 남몰래 기대하고 있었다. 그렇지만 남편이 부재 중에 다른 남자를 찾는 것이 꺼려져 더욱 근신하며 지금까지 내게 연락하지 않고 있었던 것이다. 그러는 사이에 마침내 오늘이 되었다. 오늘은 앞에서 말했듯이 잔혹한 편지를 받아 놀라고 분해 곧장 내 힘을 빌리려고 오아쿠의 집을 벗어나 내가 살고 있는 곳으로 찾아온 날이다.

## 6

나는 리파가 히라노리에게 능욕당한 자초지종을 듣고 나 역시도 놀라고 분해 이렇게 된 이상 리파를 내 집에 숨겨두고 리파를 대신해 내가 히라노리를 마음껏 벌주리라 결심했다.

"이제 당신은 그런 나쁜 사람을 만나서는 안 됩니다. 내일 밤은 내가 그놈을 붙잡아 마음껏 당신의 치욕을 설욕해 주겠소."

"저도 다시는 그와 얼굴을 마주할 마음이 없습니다. 제발 당신의 힘으로 이 이상은 치욕을 당하지 않도록 저를 도와주세요."

"물론 돕고말고요. 이제 내가 있으니까 괜찮아요. 안심하고 이 집에 숨어 있는 게 좋겠소."

"어차피 그렇게 해달라고 부탁드려야 할 것 같아요. 그렇긴 하지만 오늘밤은 우선 오아쿠의 집에 돌아가 짐을 좀 정리해서 내일 점심 때 지나 다시 올게요."

"아니, 오늘밤은 불길하오. 오아쿠의 집에 돌아가지 않는 게 좋겠소. 짐은 내일 아침 하인을 보내 가져오도록 할 테니."

"아니요, 오늘밤은 무슨 일이 있어도 돌아가야만 해요. 상황이 좋지 않아서요."

이렇게 말하며 리파는 떠날 채비를 했다. 나는 여전히 이런 저런 말을 하며 만류했지만 들으려는 기색이 없었다.

"그럼 내가 오아쿠 집까지 데려다 주겠소."

나는 재빨리 준비를 하고 리파의 손을 꽉 잡고 집을 나섰다. 이미 밤 9시를 지난 시각으로 조금 전 내린 눈이 아직 쌓여 있었다. 오아쿠의 집은 내 집에서 조금 떨어진 곳으로 정류장에 이르는 외길 길가에 있었다. 나와 리파는 곧 대문에 도착했는데, 먼저 리파를 거실로 보내놓고 응접실로 가서 기다리고 있으니 오아쿠가 나왔다. 우선 그 용모를 보니 나이는 약 28, 9세 정도인 듯이 보이는데, 근심 걱정으로 말라 보였다. 얼굴에는 애교가 이미 말라 비틀어졌고 눈동자는 움푹 패였으며 날카로운 눈매로 힐끔힐끔 내 얼굴을 바라보는 모양이 버릇처럼 보여 섬뜩했다. 나는 우선 명함을 내밀고 대충 인사를 했다. 리파의 오빠라고 둘러대고 내일 리파를 데리고 가겠다는 뜻을 전했다. 오아쿠가 내게 말했다.

"데리고 가시는 건 마음대로 하세요. 하지만 그 후에 뭘 하실 생각인지요?"

나는 갑작스런 질문에 뭐라 답해야 할지 몰라 우물쭈물하고 있는데 문득 생각나는 게 있어 대답했다.

"아니요, 리파도 건강이 좀 좋지 않은 것 같으니 잠시 외국에 데리고 가서 휴양시킬 생각입니다."

이렇게 대충 하는 말이 내 마음에 굉장한 고통의 시작이 되리라고는 나중에 되어서야 알았다. 이날 밤은 이미 밤이 깊어 나는 그대로 작별을 고하고 그 집을 나와 길에 한 치 정도 쌓인 눈을 밟으며 집에 돌아왔다. 그러고는 다음날 할 일을 이것저것 생각하며 잠자리에 들었다.

날이 밝아 1월 22일이 되었다. 오늘이야말로 히라노리를 정류장에서 기다렸다가 만나는 날이다. 리파가 나를 의지해 틀림없이 찾아올 거라고 생각하니 어제까지 실망의 늪에 빠져 있던 몸에서 갑자기 기운이 솟았다. 일찍 일어나 아침식사를 마치고 제일 먼저 하인에게 일러 리파의 짐을 운반해오도록 오아쿠의 집으로 보냈다. 얼마 안 있어 한 꾸러미의 짐을 마차에 싣고 돌아왔기 때문에, 이걸로 드디어 리파가 간밤에 한 약속을 어기지 않았다는 걸 알고 기뻤다. 이어 내 방 옆의 공간을 서둘러 꾸미게 하고 꽃병이나 긴 의자 등을 준비시키는 등 눈이 돌 정도로 나오스케에게 일을 시켜 드디어 귀부인의 방 준비를 끝마쳤다.

시각은 이미 오후 3시를 지나 있었다. 리파가 아직 오지 않아 나는 기차 시간표를 꺼내보니 로뎅의 정류장에 도착할 기차는 오후 6시 반 외에는 없었다. 히라노리는 필시 이 기차를 타고 돌아올 것이다. 그렇다면 늦어도 5시 반까지 내가 집을 떠나 정류장에 마중을 나가야 한다. 그 시간까지 리파가 오면 좋겠다 싶어 목을 길게 빼고 기다리고 있었다. 겨울은 날이 빨리 저물어 벌써 5시 반을 지났다. 하지만 리파는 아직 오지 않고 나는 시계바늘이 움직일 때마다 수명이 줄어드는 느낌이 들었다. 이제야 오려나 저제야 오려나 기다리던 중에 시계는 이미 6시를 알렸다.

독자여, 리파는 점심 지나서 오겠다고 약속했는데, 밤이 되어도 오지 않는 것은 추측건대 오아쿠의 집에서 히라노리의 귀가를 기다렸다가 자신의 원망을 늘어놓을 생각으로 마음이 바뀌었기 때문일 것이다. 오, 위태롭구나. 아무리 히라노리가 원망스럽더라도 그를 기다린다는 것은 아직 마음속에 미련이 있기 때문일 것이다. 히라노리도 그런 놈이긴 하지만 호락호락 리파의 말을 들어줄 리는 만무하다. 그가 또다시 말을 잘 꾸며대며 리파를 꾀어내기라도 한다면, 그렇다면 마음 약한 여자 몸이기도 하고, 특히 또 한 번 부인, 남편 하며 이야기를 나누는 사이가 되면 리파는 또다시 그에게 희롱당하고 다시 그의 독기어린 손에 능욕당할 것은 정해진 이치였다.

이렇게 생각하니 더 이상 한시도 있을 수 없어 나는 채비도 대충 하고 쏜살같이 집을 박차고 나갔다. 하늘에는 활꼴의 달빛이 구름 속에서 몽롱하게 새어나와 간밤에 녹지 않은 눈을 비춰주니, 밤이라고는 해도 어둡지 않았다. 나는 한걸음에 내달아 오아쿠의 집에 도착했다. 문밖에서 큰소리로 리파가 안에 있는지 물으니 오아쿠가 창으로 머리를 내밀고 리파 양은 방금 전 이 집을 떠나 아마 로뎅까지 히라노리를 마중하러 갔을 거라고 대답했다. 독자여, 나무아미타불, 부처님, 나는 또 때를 놓쳤나이다.

## 7

독자여, 나는 무슨 일이 있어도 리파를 쫓아가야만 한다. 만약 리파를 히라노리와 만나게 해서는 어떤 뜻밖의 사건이 벌어질지 알 수 없다. 나는 오아쿠의 집을 나와 그대로 정류장으로 향해 쏜살같이 달렸다. 때마침 날씨가 갑자기 변해 센 바람이 불어닥쳐 어느새 큰눈이 내리기 시작했다. 독자여, 매년 바람도 불고 눈도 오지만 이때의 바람과 눈처럼 강한 건 일찍이 없었다. 나는 열심히 달리려 했지만 바로 정면에서 불어오는 센 바람은 거의 나를 뒤로 쓰러뜨릴 정도였고, 특히 눈은 한쪽 눈이 빠질 듯이 내 얼굴에 쏟아져서 한걸음도 앞으로 나아가기 어려웠다. 그렇지만 나는 조금도 움츠러들지 않고 앞으로 고개를 숙이고 발에 힘을 주어 힘껏 밟으며 나아갔다.

약 1킬로미터 정도 갔을 무렵 간밤에 내린 눈이 채 녹지도 않았는데 그 위에 또 많은 눈이 내려 쌓이니 세상 전체가 하얗게 된 느낌이었다. 왕래하는 사람도 거의 없었다. 나는 이곳에 와서 만약 리파가 이 눈과 바람에 오도 가도 못하고 어느 처마 밑에서 있는 것은 아닌지, 길에 쓰러져 있는 건 아닌지 생각하니 걷는 중에도 방심하지 않고 눈빛에 비춰보며 길 좌우를 살폈다. 계속 걸어 이미 정류장에서 조금 떨어진 곳에 이르렀을 때 갑자기 저쪽에서 화살을 쏜 듯 달려와 나를 스치고 지나가는 자가 있었다. 나는 혹시나 하는 생각에 되돌아보니 벌써 6, 7미터 정도 멀어져 있었다. 검은 외투를 입고 흩날리는 눈발을 등에 맞으며 나는 듯이 달려가는 부인의 뒷모습은 리파를 방불케 했다. (독자여, 이날 밤은 어둠이 아니라 하늘은 온통 흐렸지만 하늘에 초승달이 떠 있고 특히 흩날려 쌓이는 눈 때문에 흐릿하지만 9, 10미터 앞까지는 비춰주었다.) 나는 뒤에서 그녀를 불렀다.

"리파 아닌가?"

큰 소리로 불러 세우며 한달음에 쫓아가서 곧 붙잡고 보니 생각했던 대로 리파였다. 나는 기쁜 나머지 달려들어 끌어안았다. 그런데 리파는 미친 듯이 몸을 비틀며 뿌리쳤다.

"이봐, 나야. 다쿠조야. 안심하오. 다쿠조 박사라고."

이렇게 말하자 이제야 들리는지 그녀는 차츰 조금씩 안정되어 갔다.

"자, 여기서 집으로 돌아가요. 이런 눈 속에 어떻게 된 일이오?"

"아니에요, 당신은 돌아가서는 안 돼요. 정류장까지 가서 배웅하고 오세요. 아, 후련하다, 후련해."

한껏 마음이 들뜬 목소리로 알 수 없는 말을 하는 것이었다. 나는 되물었다.

"누굴 배웅하고 오라는 거요? 무슨 일이오?"

"천벌을 배웅하고 오라는 거예요. 천벌을. 아, 후련하다, 후련해."

리파의 이런 모습은 매우 불쌍해 보였다. 내가 손을 뻗어 리파의 양손을 잡고 만류하자, 그때 오른손에서 달각달각 소리 내며 눈 속으로 떨어지는 것이 있었다. 내가 몸을 굽혀 그것을 집어 들려고 하자 리파는 그 틈을 타서 갑자기 몸을 흔들어 뿌리치고는 다시 기분 좋다는 소리를 연거푸 외치며 질풍처럼 사라져버렸다. 나는 방금 떨어진 물건을 집어 들고 살펴보니 신형 권총이었다.

독자여, 이 권총은 현재 리파의 손에서 떨어진 것이다. 이 권총도 그렇고 방금 한 말도 그렇고, 나는 어떻게 된 일인지 알 수 없지만 아무튼 이대로는 내버려둘 수 없었다. 어쨌든 우선 정류장까지 가서 리파가 배웅하고 오라는 자를 마지막으로 보고 오는 게 낫겠다는 생각이 들어 정류장으로 향해 눈발을 헤치고 서둘러 갔다. 약 30미터 정도 나아갔을 무렵 나도 모르게 앗, 하고 소리치며 멈췄다.

독자여, 대로 한가운데에 벌렁 누워 쓰러져 있는 사람이 있었다. 나의 놀라움을 헤아려주길 바란다. 옆으로 다가가 쓰러진 자를 살펴보니 틀림없는 모리 히라노리였다. 가슴팍에 권총으로 맞은 탄창이 있고 선혈이 흘러나와 눈에 스며들었다. 독자여, 히라노리는 누구에게 살해된 것인가. 내가 말하지 않아도 독자 여러분은 짐작할 거외다. 나는 아직 호흡이 있는지 어떤지 우선 맥을 짚어보고, 입과 코를 살펴봤지만 이미 숨이 끊겨 저 세상 사람이었다. 창백한 입술 언저리에 여전히 사람을 우롱하듯 비웃는 모양의 표정이 남아 있는 것은 아직도 리파를 조롱하며 밉살스럽게 말하고 있는 것처럼 느껴져 나도 또한 무심결에 중얼거렸다.

"속 시원하다."

## 8

독자여, 리파는 정말로 무서운 살인죄를 저질렀는가. 오늘밤 안으로 경찰에게 붙잡힐지도 모른다. 나는 무슨 일이 있어도 리파를 도와줘야겠다고 생각했다. 우선 히라노리의 사체를 감추려고 왼쪽에 있는 제방 아래로 굴려 떨어뜨리고 사방의 눈을 긁어모아 그 아래에 능숙하게 감추었다. 그리고 조금 전에 주운 권총을 몸에 지니고 있어서는 의심받을 화근이 되기 때문에 힘껏 멀리 저쪽으로 내던졌다. 이렇게 해서 우선 리파가 살인한 흔적이 누구 눈에도 띄지 않도록 완전히 눈으로 덮어버렸다. 그러고 나서 리파의 뒤를 쫓아 돌아가려고 일어섰다.

독자여, 돌아가는 길에 흡사 돛단배처럼 뒤에서 불어닥치는 거친 눈보라에 쓸려가 버리지나 않을까 몸서리가 쳐졌다. 한 발 내딛을 때마다 2미터 정도씩 불려가 30리 가까운 길을 꿈속인 양 내 집 문 앞에 도착했다. 우선 사방의 모습을 살펴보니 입구에 놓인 돌에 여자의 것으로 보이는 작은 신발 자국이 있어 벌써 리파가 와 있는 것을 알고 외투 눈을 털어내며 구두를 벗고 거실로 들어갔다. 리파는 스토브 앞에 앉아 있었다. 나는 성큼성큼 그 옆에 다가가서 물었다.

"어떻게 된 일인가?"

리파는 눈도 깜빡이지 않고 타오르는 불을 응시하다가 내가 들어오는 것도 몰랐던 모양이었다. 나는 수상히 여기면서 어깨에 손을 걸쳤다.

"아니, 어째서 그렇게 잠자코 있는 거요?"

내가 이렇게 묻자 아직 말이 채 끝나지도 않았는데 리파는 의자에서 벌떡 일어나 내 얼굴을 물끄러미 쳐다보았다.

독자여, 이때 리파의 안색은 섬뜩할 정도로 무섭고 눈초리가 위로 치켜져 양 눈에 핏발이 서 있으며 이를 꽉 문 채 입술을 벌벌 떨고 있는 모습은 처참하기 그지없었다. 나는 그녀의 분위기에 휩쓸려 마치 못으로 고정된 인형처럼 꼼짝도 못하고 말도 하지 못한 채 잠시 우두커니 서 있었다. 그러는 동안 리파는 매우 높은 목소리로 말했다.

"다쿠조, 당신 어떻게 이렇게까지 매정하세요? 나는 눈길도

마다 않고 찾아왔는데, 당신은 간밤의 약속과 다르게 어딘가에 가버려 나를 마중 나온 사람도 없었어요. 지금까지 오래 기다리게 해놓고는 나더러 나가라는 듯이 대하다니, 당신같이 인정 없는 남자는 보기만 해도 끔찍해요. 나를 찾아오지 마세요."

격한 말로 나를 비난하는 그 목소리가 너무 빨라 흡사 바위에 부서지는 계곡 물이 튀는 듯해서 일일이 알아들을 수 없었다. 독자여, 이 모습을 수상히 여기지 말길 바란다. 리파는 발광한 것이다. 아, 독자여, 리파의 발광은 내 몸에 또다시 고통을 안겨주었다.

오늘밤에 일어난 자초지종은 마음에 걸리는 점이 많았지만 우선 무엇보다도 먼저 발광하는 리파를 진정시키지 않으면 안 되었다. 만약 지금부터 10분 정도 이대로 두었다가는 발광은 더욱 심해져 리파는 평생 미치광이가 될지도 모른다. 예전의 몸으로 돌아가는 것은 어렵겠지만 지금은 일각이라도 꾸물거리고 있을 수 없다. 곧바로 적당히 진정시키고 충분히 자게 하는 수밖에 치료법이 없다.

나는 재빨리 한걸음 물러서 얼마 전에 이 집에 이사 올 때 나오스케의 배려로 가져다 놓은 얼마 안 되는 약품과 기구들을 꺼내어 미지근한 물에 아편(수면제)이 든 물약을 60방울 정도 떨어뜨려 술잔에 따랐다. 수면제는 리파의 생명의 관문이다. 만약 미쳐 날뛰어 이를 마시지 않는다면 발광은 도저히 낫지 않아 일생을 미치광이로 살아야 할 것이다. 나는 어떻게 해서든 마시게 하려고 하는데 적절한 방법이 없었다. 하지만 지금은 일 분이라도 궁리하면서 보내고 있을 때가 아니었다. 조심조심하며 리파의 곁으로 다가가니 리파는 벌써 내가 들고 있는 술잔을 보고 우두커니 서서 화난 눈빛을 해보였다. 나는 실패했다는 생각에 멈춰서서 어떻게 할까 생각하고 있는데, 그 사이 리파는 또 거친 목소리로 소리쳤다.

"다쿠조, 당신은 나에게 독약을 마시게 할 셈으로 그 술잔을 가지고 왔군요. 당신도 완전히 몹쓸 사람이군요."

리파는 이렇게 말하며 금방이라도 나를 향해 달려들 것처럼 험악해졌다. 독자여, 내 생각은 완전히 빗겨갔다.

## 9

나는 리파가 또다시 거칠게 날뛰는 것을 보고 당황해서 술잔을 손에 든 채 한발 두발 뒷걸음질 쳤다. 리파는 나를 보고 달려들 듯한 기세로 말했다.

"다쿠조, 힘이 되어주고 의지가 되었던 당신마저도 히라노리와 같은 일당이었군요. 나를 독살하려는 계략이라면 나는 이제 가망이 없습니다. 죽일 테면 죽이세요. 죽이라고요."

리파는 낯빛이 변하면서 나에게 다그쳤다. 이쯤 되면 어찌할 수도 없어 궁리하며 주저하는 사이에 리파가 성큼성큼 내 쪽으로 걸어와 술잔을 들고 있는 내 손끝을 꼭 쥐었다.

"나는 여자지만 어찌 호락호락 당신이 독살하는 것을 보고만 있겠어요? 스스로 깨끗이 이 세상을 뜨겠어요."

리파는 이렇게만 말하고 내 손에서 술잔을 뺏어들고 앗, 하고 말할 새도 없이 꿀꺽 단숨에 다 마셔버렸다. 독자여, 나는 이로써 살았습니다. 리파도 이로써 산 것입니다. 내가 안도의 한숨을 쉬고 있는 동안 60방울의 아편물이 벌써 몸 전체에 돌았는지 리파는 손에 든 술잔을 맥없이 떨어뜨리고 벌써 비틀거리며 쓰러지려는 것을 나는 얼른 안아 세웠다. 먼저 나오스케를 불러 함께 리파를 메어 올렸다. 아침 무렵에 마련해 놓은 옆방 침대 위에 조용히 눕히고 구두끈을 풀고 외투를 벗긴 다음, 각각을 정돈하고 적당히 따뜻한 침구를 덮어 푹 자게 했다. 그러고 나서 나오스케를 향해 말했다.

"이 여자는 내 여동생이네. 지금 심한 열병에 걸려 때때로 헛소리를 하더라도 이상하게 여기지 말게."

이렇게 말하자, 나오스케는 매우 정직한 자이고 보니 조금도 의심하는 기색 없이 예, 예 하면서 물러갔다. 독자여, 리파는 잠들었다. 이것으로 내 무거운 짐은 일단 내려놓았다. 하지만 이 무거운 짐을 내려놓은 뒤에 또 나올 무거운 짐이 있다. 이것보다 더 무겁다. 그건 다름 아니라 히라노리의 사체이다. 조금 전에 제방 구석에 눈으로 덮어 감추긴 했지만 눈은 언제까지나 녹지 않고 있는 것이 아니다.

'내일 아침햇살이 비추면 금방이라도 녹아 없어져 사체는 길바닥의 돌멩이와 함께 길 가는 사람 눈에 띄겠지? 조금 전에는 정신이 없어 내일 아침까지는 아무도 모를 거야. 그냥 묻어두기만 하면 그걸로 끝날 거라고 생각했는데, 눈으로 감춰둔 채 지금까지 안심하고 있었다니 내가 생각해봐도 아둔하구나. 이제야 생각하니 어째서 그가 가지고 있는 돈을 훔친 뒤 강도가 한 짓으로 꾸미지 않았을까. 아니면 어째서 그 권총을 그의 손에 쥐어주고 자살한 것처럼 꾸미지 않았을까. 아, 내 실패군, 실패야.'

독자여, 이런 생각을 하니 나는 지금부터 다시 로뎅으로 가서 그의 사체에 이런 계략을 꾸미고 올까 하는 생각이 들었다.

'그래, 그래.'

이렇게 결심하고 일어서려 하는데, '아니, 잠깐 기다려. 나는 리파라는 소중한 병자를 보살피고 있어. 지금이라도 내가 부재 시에 리파가 혹시 잠이 깨어 또다시 광포해지기라도 한다면 누가 나 대신 간호할 것인가. 나는 설령 어떤 일이 일어난다 해도 한시도 리파 곁을 떠나서는 안 돼. 아, 어찌 해야 하나, 어찌 해.'

독자여, 내 마음을 헤아려주오. 나는 여전히 곰곰이 생각해봤는데 나로서는 가장 무서운 사람은 오아쿠였다.

'만약 오아쿠가 세상에서 사라지면 설령 히라노리의 사체가 드러난다고 해도 곧 나와 리파가 용의자로 몰리지는 않을 거야. 하지만 오아쿠가 있는 한은 리파는 바로 의심받겠지. 독자여, 리파가 오늘밤 히라노리와 만나려고 로뎅으로 간 것을 비롯해 내가 그 뒤를 쫓아간 것, 리파가 히라노리를 원망한 것, 내가 리파를 데리고 간 사실 등을 오아쿠가 빠짐없이 알고 있는 한은, 다음날 아침에 히라노리가 살해된 사실이 알려지면 곧바로 나 아니면 리파의 짓이라고 생각하고 반드시 경찰서에 신고할 거야.

설령 신고까지는 하지 않더라도 그녀가 히라노리의 친척이고 보면 경찰에게 가장 먼저 불려갈 것은 뻔하다. 그러면 나와 리파는 오늘밤으로 끝나는 운명이다. 내일 낮까지는 붙잡히지 않을 거야. 이렇게 된 이상 리파를 데리고 어딘가로 도망쳐 몸을 숨기는 외에는 방법이 없어. 리파는 미치광이에 중병 환자다. 잠이 깨는 것도 해로운데 그녀를 데리고 도망치는 것은 도저히 불가능한 일이다. 아, 어떻게 해야 하나, 어떻게 해.'

## 10

나는 이래저래 생각해봤지만 리파를 데리고 외국으로 도망가는 것 외에는 방법이 없었다. 하지만 리파의 발광은 닷새나 열흘로 나을 리가 없다. 그동안은 위험하기는 하지만 이대로 머무르면서 치료를 받아야 한다. 내일이라도 경찰이 들이닥치면 만에 하나도 도망칠 방도는 없다. 나는 어떻게 리파를 도울 것인가 궁리에 궁리를 거듭한 끝에 마침내 스스로 리파를 대신해 살인죄를 뒤집어쓰기로 결심했다. 하지만 내가 만약 붙잡히면, 그렇게 되면 누가 나를 대신해 리파를 간호할 것인가. 독자여, 나는 우선 리파에게 부자유가 없도록 적절히 간호할 간병인을 고용해야 한다. 그래서 다음날 아침 첫 기차를 타고 나오스케를 런던의 중개회사에 보내 우수한 간호사 2명을 고용하기로 마음먹었다. 이러는 동안에도 날씨가 신경 쓰여 나는 살짝 창문을 열어봤다. 눈은 한층 더 많이 내려 이제는 한 척 이상이나 쌓였을 것이다. 이런 추세라면 내일 낮까지 히라노리의 사체는 눈 아래에 파묻혀 있을 것이다. 그럼 내가 붙잡힐 때까지 간병인을 고용할 여유도 있을 것이다. 독자여, 나는 하늘의 축복에 깊이 감사드리며 리파 곁으로 돌아갔다.

슬프구나. 리파는 자신의 몸에 위험이 닥친 것조차 모르고 죄도 없고 독기도 없는 사랑스러운 얼굴로 새근새근 잠들어 있었다. 나는 내일이라도 이 사랑스러운 리파와 헤어질 생각을 하니, 한편으로는 의학박사 신분으로 매우 무서운 살인죄의 낙인이 찍히는 것 같아 북받치는 눈물을 금할 길 없어 목소리를 죽이고 엎드려 좀처럼 울지 않는 사나이 울음을 터뜨렸다.

이렇게 우는 사이에 날이 벌써 환히 샜다. 나는 우선 나오스케를 불러 중개회사에 보내는 편지와 그 외에 대략 사들일 약품 목록을 건네주며 런던에 다녀오도록 했다. 그러나 만약에 나오스케가 도중에 히라노리의 사체라도 보지는 않을까 염려되어 출발할 때 일러두었다.

"이 심부름은 목숨이 걸린 중요한 일이니까 도중에 한눈을 팔면 안 된다. 무슨 일이 있어도 뒤돌아보지 말고 잽싸게 다녀 오거라."

나오스케는 고개를 크게 끄덕이고 나갔다. 이때도 눈은 여전히 처음처럼 계속 내려 쉽게 멈출 기색이 보이지 않았다. 나는 내 수명이 조금 길어진 것 같은 기분이 들어 더욱 하늘에 감사하는 마음이었다.

이윽고 이날도 오후 2시가 되었는데, 리파는 지난밤 10시부터 지금까지 16시간이나 잠속에 빠져들어 아직껏 잠을 깨지도 않았다. 만약 잠이 깨어 창밖의 눈을 보면 간밤의 범죄를 떠올려 또다시 광포해지지 않을까 생각되어 나는 우선 커튼을 빈틈없이 쳐놓은 다음, 하얀 물건을 보고도 자연스레 눈을 연상하면 안 되니까 방안에 있는 하얀 물건은 죄다 정리해버렸다. 이렇게 해놓고 잠이 깨는 것을 기다리고 있는데, 리파가 조금씩 몸을 움직이기 시작했다.

독자여, 이때 내 걱정은 실로 여간한 것이 아니었다. 리파는 정신적으로 미친 상태여서 이제 간밤의 일을 대체로 기억하지 못할 테지만, 만약 내 얼굴을 보면 모처럼 잊었던 것을 다시금 떠올려 광포해질지도 모르는 일이었다. 하얀 물건은 이미 죄다 감춰뒀지만 내 얼굴만은 감추려야 감출 수 없다. 나는 어찌하면 좋단 말인가. 이런저런 고민을 하는 중에 리파는 검은 눈을 번쩍 떴다. 나는 갑자기 마음이 혼란스러워졌지만 리파는 아직 비몽사몽으로 내 얼굴을 알아차리지 못한 듯이 그대로 힘없이 눈을 감았다. 나는 어수선한 마음을 얼굴에 나타냈다가는 그녀가 눈치 챌 것 같아 애써 마음을 안정시키고 아무렇지도 않은 표정으로 대기하고 있었다. 그러는 동안에 리파는 또다시 눈을 떴다. 이번에는 비몽사몽이 아니라 의심하는 듯한 표정으로 내 얼굴을 빤히 보기 시작했다. 이때 내 동맥은 파도보다 더 높게 때렸다.

## 11

독자여, 리파는 눈을 뜨고 내 얼굴을 바라보기 시작했다. 어수선한 마음을 들키지 않으려고 애써 얼굴을 부드럽게 아무렇지도 않은 듯한 태도로 있자니, 리파는 아직 의심하는 듯한 얼굴로 사방을 둘러보고 아주 약한 목소리로 내게 물었다.

"여긴 어디에요?"

나는 그냥 내 집이라고만 대답했다.

"내가 언제부터 여기에 있었나요?"

독자여, 나는 이때 진실을 말하면 눈치 챌 테고 거짓을 말하면 수상하게 여길 것 같아서 어떻게 대답해야 좋을지 당혹스러웠다. 하지만 그런 표정을 보여서는 안 된다고 생각할 겨를도 없이 대답했다.

"간밤에 왔소."

"아, 기억나요. 눈 속을……."

리파는 다시 힘이 빠진 듯이 눈을 감았다. 나는 그녀의 말투가 의외로 온화한 것을 보고 조금은 마음이 안정된 것으로 생각되었다. 그렇긴 하지만 방금 '기억나요'라고 한 것은 뭘 기억하고 있다는 것인가? 만약 간밤의 범죄를 기억하고 있다면 큰일이다. 이런 생각을 혼자 하면서 신경을 곤두세우고 있는데, 리파가 다시 눈을 떴다.

"나 너무 무서운 꿈을 꾸었어요."

독자여, 내가 예상한 대로 리파는 간밤의 범죄를 대략 기억하고 있었지만 스스로 꿈이라고 생각하고 있었다. 지금 말을 잘 꾸며 언제까지나 꿈으로 여기도록 해놓지 않으면, 마음이 진정되어 결국에는 실제로 일어난 일이라고 생각할지도 모른다.

"그렇고말고. 당신은 간밤에 열병이 났소. 열병이 날 때는 누구라도 괴로우니까 무서운 꿈을 꾸는 법이오."

"몸에 힘이 빠져버린 듯이 너무 나른해요……."

"열병 때문에 그런 거요. 당연히 나른하지."

"열병이 많이 심했나요?"

"한때는 상당히 안 좋았는데 이제 나았소. 조금씩 나아지고 있소."

독자여, 발광은 학질 같은 것으로 평소 같다가도 갑자기 미쳐 날뛰게 되는 질병이다. 때문에 리파는 지금은 진정되어 있지만 아직 발광이 나았다고는 할 수 없다. 지금이라도 미쳐 날뛸지 모른다. 하지만 이대로 되도록 간밤의 일을 기억하지 않게 되면 점차 마음이 안정되어 차츰 완쾌에 가까워질 테니까, 나는 조금도 쓸데없는 말을 하지 않고 우선 몸이 너무 쇠약해지지 않도록 강장제를 조금 주었다. 리파는 이의 없이 마시고는 그대로 잠자코 조용해졌다. 나는 오랫동안 얼굴을 보이고 있으면 예기치 못한 일이 일어날지도 모른다는 생각이 들어 조용히 내 방으로 돌아왔다. 독자여, 나는 몇 번이고 창밖을 바라봤다. 바람은 꽤 잠잠해졌는데 눈은 여전히 자꾸만 계속 내렸다.

'이런 추세라면 내 수명은 내일 아침까지 괜찮을 거야.'

이렇게 이날도 벌써 해는 지고 10시경이 되었다. 나는 어젯밤부터 조금도 잠을 자지 못해 몸도 마음도 몹시 녹초가 되어 수마(睡魔)를 이기지 못하고 이제는 거의 제정신이 아니었다. 하지만 나오스케가 간호사를 데리고 돌아올 때까지는 한 순간도 잠들어서는 안 된다고 생각하며 정신자극제를 조금 먹고 간신히 버티고 있는데, 고맙게도 지시한 대로 나오스케가 간호사 둘을 마차에 태우고 눈길을 헤치며 돌아왔다.

나는 우선 간호사에게 각각 주의사항을 일러둔 다음, 나오스케가 구입해온 약들로 리파가 위험해지면 이용할 수 있도록 마시는 약으로 조제했다. 이것도 간호사에게 건네고 리파의 방에 넣어두었다. 나는 이걸로 일단 안심했지만 만약 나오스케가 길에서 히라노리의 사체를 발견하지는 않았을까 걱정되어 나오스케를 불러 물었다.

"오늘 눈은 어땠나?"

"오늘만큼 이상한 날은 없었습니다."

나는 가슴이 뛰며 뭔가 이상한 생각이 들었다.

"어젯밤부터 저렇게나 내리고 있는데 로뎅의 길에는 조금도 눈이 쌓여있지 않았어요."

"뭐라고? 쌓이지 않았다니……. 그럴 리가 없는데."

"아니오, 쌓였다 해도 겨우 두세 치 정도예요."

나오스케가 하는 말을 듣고 나는 입술이 마를 정도로 놀랐다. 하지만 놀란 기색을 억누르며 말을 이었다.

"그것 참, 무슨 연유일까?"

"아니오, 바람이 심해 모조리 제방 쪽으로 불어내 길에는 조금도 쌓여 있지 않습니다. 그 대신 제방가는 8, 9척이나 쌓여 있어요."

독자여, 이 한마디를 들었을 때 내 기쁨은 이루 다 표현할 수 없었다. 독자여, 히라노리의 사체는 제방가에 묻혀 있으므로 지금은 8, 9척 아래의 바닥에 묻혀 있는 것이다. 아, 고마운 눈이여. 아, 고마운 바람이여. 나는 이로써 마음이 안정되어 다시 간호사에게 주의사항을 일러주고 침실로 가서 잠이 들었다. 아침까지 끊임없이 히라노리의 창백한 얼굴과 경관의 분개한 얼굴이 꿈에 나타났다.

꿈에서 간신히 깨어날 무렵, 점차 날이 밝아져 나는 침대에서 일어났다. 먼저 눈 상태를 확인하기 위해 동쪽 창문을 열어봤다. 독자여, 눈은 어느새 그쳐 있었고 그 위로 떠오르는 아침 햇살 그림자가 반짝반짝 빛나며 내 눈을 비추어 현기증이 일었다. 나는 아침 햇살이 눈에 비추자 거의 뒤로 쓰러질 정도로 놀랐다. 독자여, 내 수명은 하룻밤 사이에 줄어든 것이다.

## 12

나는 내리비추는 아침 햇살이 눈에 비쳐 몹시 실망했지만 정신을 차리고 창밖으로 머리를 빼고 내다보았다. 정 동쪽에서 불어오는 겨울바람은 차갑고 얼음처럼 내 얼굴을 깎아내리는 듯한 느낌이었다. 손을 뻗쳐 창턱에 쌓인 눈을 한줌에 움켜쥐니 눈은 가루처럼 부서졌다. 눈가루는 딱딱해서 녹지 않았다. 독자여,

눈은 그쳤지만 눈 위에 서리가 내려 눈송이가 딱딱하게 얼어붙은 것이다. 이처럼 서리 때문에 얼어붙었다면 이 눈은 쉽사리 녹지 않을 것이다. 나는 창문을 닫고 벽에 걸려 있는 풍우계를 쳐다보니 바늘이 서리 12도를 가리키고 있었다. 눈 내린 뒤 12도의 강한 서리가 내렸다면, 서리가 계속되면 눈은 더욱 단단히 얼어붙었을 것이다. 그렇게 되면 날씨가 이대로 계속되어 동풍이 부는 한은 히라노리의 사체가 사람들 눈에 띄는 일은 절대 없을 것이다.

독자여, 나는 어젯밤 눈에 살고 오늘 서리에 살았다. 천지자연의 법칙은 실로 나와 리파가 스스로를 동정하는 것과 닮았다. 리파의 방에 가서 살펴보니 리파는 침대 위에 누운 채 눈을 감고 있었다. 아직 자고 있는 것일 테다. 나는 간호사와 마주앉아 어젯밤부터 있었던 일들을 들었다. 리파는 오후 1시부터 3시까지 잠이 깨어 있었지만 딱히 아무런 헛소리도 하지 않고 그 사이에 내가 준 약 2회분을 먹고 그 외에 식사도 조금 했는데, 말이 매우 온화했다고 했다. 나는 이걸로 내 약의 효능이 있음을 기뻐하고 이런 추세가 계속되면 지금으로부터 열흘 정도면 완쾌할 거라고 짐작했다. 독자여, 로뎅의 눈이 만약 서리 속에 묻혀 지금부터 열흘 동안만 녹지 않는다면 나는 리파를 데리고 외국으로 도망갈 수 있을 것이다.

나는 리파에게 완전히 범죄를 잊어버리도록 할 생각으로 가능하면 리파의 침실에는 들어가지 않았다. 때때로 간호사를 불러 주의사항을 지시할 뿐이었다. 이렇게 해서 이날도 별 소득 없이 지나고 다음날도 또 아무 일 없이 저물었는데, 동풍과 서리는 더한층 계속되어 눈이 녹을 기색은 보이지 않았다. 리파는 점차 마음이 안정되어갈 뿐이었다. 이렇게 하루하루 보내고 범죄일로부터 열흘째 낮이 지나 나는 혼자 방에 틀어박혀 도망칠 준비를 이래저래 궁리하고 있는데 나오스케가 들어왔다.

"주인님, 손님이 왔습니다. 주인님을 뵙고 싶다면서 현관에서 기다리고 있습니다."

"뭐? 여기에 이사 온 후 찾아온 사람은 아직 한 사람도 없는데, 뭐라는 자더냐?"

"이름은 뭐라고도 하지 않았습니다만, 서른 정도의 험상궂은 부인입니다."

나는 혹시나 오아쿠가 아닐까 생각되어 가슴속이 떨려왔다. 우선 창문을 살짝 열고 현관 쪽을 바라보니 과연 오아쿠였다. 나는 깜짝 놀라 창문을 닫으려 했는데 오아쿠가 이미 내 얼굴을 보고 말았다.

"다쿠조 씨, 혹시 안 계시면 어쩌나 실은 걱정하고 있었습니다만 계셔서 다행입니다. 좀 여쭤볼 게 있습니다만."

독자여, 내 집은 이미 말한 바와 같이 창고 오두막 같은 누추한 곳으로 응접실도 없었다. 하나 비어 있던 옆방은 리파의 방으로 충당했기 때문에 오아쿠를 들어오게 하려면 내 방으로 안내해야 한다. 오아쿠가 어떤 말을 꺼낼지 모르는데 그녀를 내 방에 들이면 리파의 귀에 뭔가 들어갈지도 모른다. 만약 오아쿠가 히라노리의 일 등을 이야기해버리면 모처럼 잊어가고 있는 리파에게 또다시 범죄의 꿈을 상기시키게 되고 그 마음을 혼란스럽게 할 것이 틀림없었다. 나는 몹시 당혹했지만 이미 오아쿠가 말을 걸어버린 상태라서 돌려보낼 수도 없는 일이었다. 나는 주저주저하면서 그녀를 내 방으로 들였다.

"무슨 용건인지 모르겠지만 환자가 있으니 긴 이야기나 큰 소리는 삼가길 바랍니다."

"알겠습니다. 그런데 동생은 어디에 있나요?"

"병환으로 옆방에서 누워 있습니다."

"그럼 당신에게 묻겠습니다만, 동생은 히라노리가 지금 어디에 있는지 알고 있지 않습니까?"

"뭐라고요? 무슨 말을 하는 겁니까?"

"아니오, 동생 남편인 히라노리의 소재를 알고 싶다고 말씀드리는 겁니다."

"히라노리? 히라노리는 파리에 있다던가 하던데요."

"아니, 그날 밤 마지막 기차로 파리에서 돌아올 예정이었습니다. 그래서 동생이 일부러 정류장까지 마중나간 것 아닙니까? 그 후에 당신이 쫓아가지 않았습니까?"

"뭐라고요?"

"그때 이후로 당신도 동생도 전혀 소식이 없고, 또 히라노리도 돌아오지 않아서요."

"뭐라고요?"

"당신에게 물으면 알 수 있으려나 싶었는데."

"그건 나도 모르겠습니다."

"그럼 그날 밤 당신들은 정류장에 가서 어떻게 했습니까? 히라노리를 만나셨을 텐데, 이후로 히라노리는 어떻게 된 겁니까?"

"그건 잘 모르겠는데요."

"아니, 그걸 당신들이 모를 리가 없을 텐데요."

독자여, 오아쿠의 말은 점점 내 비밀을 들춰내려 했다.

독자여, 나는 오아쿠의 힐문으로부터 어떻게 빠져나가야 할지 생각하다 겨우 궁리한 끝에 말했다.

"아니오, 그날 밤 실은 로뎅에 갈 생각으로 조금 걸었습니다만, 아시다시피 대설과 폭풍으로 도중에 걸음을 되돌려 돌아왔습니다."

"그럼 로뎅에는 동생 혼자서 간 겁니까?"

"아니오, 동생은 당신 집에서 바로 우리 집으로 왔기 때문에 내가 돌아왔을 때에는 이미 이 방에서 내가 돌아올 것을 기다리고 있었습니다."

"그럴 리 없습니다만. 동생이 집을 나서서 로뎅 쪽으로 가는 것을 나는 확실히 창가에서 보고 있었습니다만."

"아니오, 그렇다 해도 내가 돌아왔을 때는 정말로 이 방에서 기다리고 있었습니다. 그렇다면 역시 동생도 도중까지 갔다가 되돌아간 거겠죠."

"뭐라고요? 동생이 당신에게 자세히 말하지 않았습니까?"

"이야기하긴 뭘 해요? 동생은 그날 밤부터 열병으로 앓아누운 채 말도 하지 못합니다."

나의 이런 대답에 오아쿠는 잠시 고개를 갸우뚱하고 의심하는 듯이 생각하다가 말했다.

"아, 그럼 그만 가보겠습니다. 실은 히라노리가 아직껏 돌아오지 않아 혹시 당신에게 물으면 알 수 있으려나 싶어 찾아왔습니다만."

오아쿠는 이 말을 남기고 떠나려 했다. 나는 안도의 한숨을 쉬려는데, 오아쿠가 갑자기 뭔가 생각난 듯이 다시 뒤돌아서 말했다.

"아 당신은 요전날 밤에 동생을 데리고 외국에 가겠다고 말했죠? 네?"

나는 이 말을 듣고 깜짝 놀랐다.

"아니, 외국에 갈 상태가 아니에요. 동생이 병중이라서요. 나을 때까지는 아직 어떻게 할 거라고 결정하기 어려워요."

"만약 외국에 가시게 되면 어디로 편지를 보내면 당신에게 도착할까요?"

"그건 아직 모릅니다."

"하지만 어차피 떠나실 때 환전하러 은행에 들르실 테니 당신이 자주 가는 은행을 알아두고 싶습니다."

"네? 은행이요? 은행은 런던은행을 자주 갑니다만 아직 어떻게 될지 모르니 은행 환전 쪽에 보낸 편지가 나에게 도착할 거라는 보증은 없습니다."

"아니오, 다만 은행 이름만 들어두면 그걸로 충분합니다."

오아쿠는 뭔가 있는 듯한 말을 남기고 그대로 가버렸다.

## 13

독자여, 나와 리파는 날씨 덕분에 오늘까지는 무사했는데 오아쿠가 히라노리를 찾으러 온 분위기도 그렇고, 특히 꼬치꼬치 캐물으며 내 행선지까지 묻는 모습을 보니 벌써 얼마간은 우리를 의심하는 듯했다. 날씨가 변해서 로뎅의 눈이 녹기 시작해 히라노리의 사체가 드러나지 않는 한 어떠한 사건으로도 될 수는 없다. 나는 어쩔 수 없는 경우에는 리파 대신이라도 될 요량으로 일단 결심했지만, 지금은 리파도 상당히 안정되었고 발광하는 기색도 없으니 아직 완쾌되지는 않았지만 여행 도중에 신중히 보살피면서 외국에 데려가면 이후에 충분히 휴양할 수 있을 것 같았다. 그래서 다음 날 아침 우선 런던까지 데리고 가서 일체의 준비를 한 다음 곧장 프랑스로 가기로 생각을 정했다. 현재 리파의 상태가 어떤가 싶어 나는 리파의 방을 들여다봤다. 리파는 여전히 힘없이 침대 위에 누워 있다가 내 발소리에 눈을 떠 나를 맞이하는 듯이 보였다. 나는 옆으로 다가가 물었다.

"어떻소, 기분은?"

"간호사가 친절하게 해줘서 거의 나았어요. 아직 몸이 나른하긴 하지만요."

"너무 방안에만 틀어박혀 있으면 좋지 않으니 내일은 런던까지 데려갈 생각인데, 어떻소?"

"저는 아직 당분간은 밖에 나갈 마음이 없어요."

"나른해서 나갈 수 없는 거요?"

"아니오, 나가지 못할 정도로 나른한 것은 아니지만요, 아무래도……."

리파는 말을 꺼내려다 머뭇거렸다. 이는 밖에 나갔다가 혹시 히라노리라도 만나면 어쩌나 걱정되는 때문일 거라고 짐작되었다. 독자여, 리파는 히라노리를 죽인 일을 이제는 거의 꿈처럼 여기면서 한편으로는 히라노리가 생존해 있지는 않을까 하는 생각도 하고 있을 것이다. 이러한 상태라면 나는 어디까지나 꿈인 양 그럴 듯하게 꾸며대고, 설령 도망친다 해도 리파에게 도망치는 거라고 말해서는 안 된다. 다만 여느 때와 같은 여행이라고 말하고 데리고 갈 수밖에 없다. 내 심중의 고통을 헤아려주오.

"어떻게 해서든 마차에 탈 수만 있다면 가지 않겠소? 기분전환이 될 거요."

"마차를 못 탈 정도는 아니지만 나는 한 가지 마음에 걸리는 일이 있어요. 그런 그렇고, 요전날 밤 나는 어쩌다 이 집에 오게 된 거예요?"

"눈길을 헤치고 왔는데 그때는 이미 상당히 열이 있었소."

"어디에서 왔을까요?"

"오아쿠의 집에서 곧장 온 모양입디다. 조금 전에 오아쿠에게 잠깐 들은 바로는 그날 밤 당신이 6시 지나 그 집을 나왔다고 하는데, 이 집에 6시 반 조금 지나 도착했으니까 아무래도 바로 온 거겠지. 옆길로 샐 여유는 없고말고."

"그렇습니까?"

"뭐, 그런 일은 아무래도 상관없소. 아무튼 내일 아침 런던에 가지 않겠소? 런던에는 내 어머니가 계시니까 당신 이야기 상대가 되어줄 거요. 항상 똑같은 간병인의 얼굴만 보고 있으면 안 좋지. 게다가 내 어머니는 친절하고 조금도 허물없는 분이오."

"하지만 이런 환자 모습으로 뵙는 것은 창피해요."

"뭐, 창피스럽게 생각할 분이 아니오. 그런 걱정은 조금도 하지 마오. 속는 셈치고 가 봅시다."

## 14

독자여, 나는 여전히 다양하게 말을 꾸며 결국 리파를 런던까지 가도록 설복시켰다. 지금부터 사람들 모르게 도망갈 채비를 갖추고 나오스케에게 건네줄 부재 중의 주의사항을 적는 사이에 날은 이미 저물고 밤이 벌써 깊어졌다.

다음날은 2월 2일로 범죄를 저지른 날로부터 11일째 되는 날이다. 나는 아침 9시경에 리파와 함께 단출한 마차에 올라타고 살던 집을 출발했는데, 리파의 발광이 아직 완쾌가 되지 않았기 때문에 만약 리파가 길에 녹다 만 눈을 보고 무서운 범죄 꿈을 떠올리지는 않을까 불안해하며 나아갔다. 이윽고 범죄 장소에 도달했는데 나오스케가 말한 대로 눈은 바람에 불려간 것으로 보이고 그 외에는 대부분 녹아 없어졌지만, 제방가는 아직 눈이 세 척 정도 깊게 쌓여 있었다. 나는 이 눈을 조금씩 쓸어내면 그 밑바닥에 히라노리의 창백한 얼굴이 나타날 것이라는 생각이 들자 소름 돋는 공포가 느껴져 이가 덜덜거리며 몸서리가 쳐졌다. 나는 이런 모습을 리파에게 들켜서는 안 된다는 생각이 들었지만 마음이 진정되지 않아 어쩔 수 없이 뒤쪽 창문으로 얼굴을 내밀고 리파에게 등을 돌린 채 앉아 있었다. 리파도 뭔가 마음이 동하는지 갑자기 나를 불러 질문했다.

"다쿠조 씨, 그 사람은 어떻게 되었을까요?"

나는 이 말에 배짱이 온데간데 없어져 어떻게 둘러댈까 궁리해봤지만 아무 말 못하고 있는 사이에 리파가 이어서 질문했다.

"그날 밤 돌아올 예정이었는데, 돌아왔을까요? 지금은 어디에 있을까요?"

나는 이제 흘려들을 수도 없어서 등을 돌린 채로 말했다.

"아직 돌아오지 않았을 것 같은데. 왜 그런 것을 묻는 거요?"

"나는 요전날 밤 매우 무서운 꿈을 꿨는데요, 지금 여기를 지나려니 그 꿈이 역력히 마음속에 떠올라 기분 나쁜 생각이 들어서요."

……

독자여, 지금 내 대답 하나로 리파의 마음은 또다시 미쳐 날뛸 것이다. 나는 이때야말로 절체절명의 순간이라는 생각이 들었지만, 완전히 변한 내 얼굴색을 리파가 보기라도 하면 더욱 그 마음을 어수선하게 할 거라는 생각에 여전히 뒤쪽을 보고 있는 상태로 목소리를 높여 웃어대면서 말했다.

"무슨 그런 말도 안 되는 소리를……. 열병으로 무서운 꿈을 꾸는 건 당연해. 그걸 일일이 신경 쓰는 사람이 어디 있소? 하하하."

나는 애써 웃어보였지만 마음은 우는 것보다 괴로웠다. 그러는 동안에 마차는 모퉁이 하나를 돌아 정류장 입구를 향했고 범죄가 일어난 장소는 보이지 않게 되었다. 나는 호랑이 입을 빠져나온 기분이 들어 겨우 마음이 진정되었다.

독자여, 내 어머니는 아버지와 사별하고 지금까지 살던 집을 남에게 세 내놓고는 런던 젤민가의 고급 호텔 방에서 지내고 있다. 이날 오후 1시에 우리는 어머니가 머무르는 숙소에 도착했다. 우선 리파와 내가 쓸 방 하나를 빌려 리파를 머무르게 하고 나는 급사에게 안내를 부탁해 어머니가 묵고 있는 방으로 갔다. 오랜만의 대면이었다. 내 인사와 그동안 연락이 끊긴 데 대한 사죄 등은 장황하므로 여기에 적는 것은 생략한다. 나는 약 15분 정도 세상의 이런저런 일을 이야기한 끝에 리파에 대해 이야기를 꺼냈다. 그녀가 의지할 곳이 별로 없다는 것에서부터 그녀의 애정을 얻으려고 지금까지 고생한 일, 또 그 외에도 온갖 친절을 다해 애정을 얻으려고 하는 것까지 어머니에게 들려줘도 상관없는 일은 모조리 털어놓았다. 독자여, 내 어머니는 지금까지 귀부인사회와 널리 교제하면서 상당히 고생스러운 사정을 알고 있었기 때문에 내 마음을 이해해주었다.

"나도 실은 이제 며느리가 있으면 좋겠다고 생각하고 있었는데, 마침 잘 됐구나. 여자의 사랑을 얻기에는 아직 네 친절이 부족하단다, 아직은. 좀 더 그녀를 위해 고생하는 게 좋아. 고생도 하지 않고 얻은 여자는 쉽게 질리거든. 방금 말한 여성도 조금의 친절에 바로 마음이 움직이는 거라면 믿음직스럽지 못한데, 꽤 괜찮다는 생각이 드는구나."

어쨌든 그녀를 만나보고 싶다는 말에 나는 힘을 얻어 즉시 일어나 리파가 있는 방으로 가서 그녀의 손을 잡고 어머니 방으로 돌아갔다. 이때 리파는 얼굴이 창백하고 특히 병으로 쇠약해 있었지만 타고난 천연의 아름다움은 조금도 변함없었다. 나는 먼저 리파에게 어머니를 소개했다.

"이분이 제 어머니세요. 지금 당신 처지를 상세히 말씀드렸더니 꼭 만나서 인사하고 싶다고 하시네요."

나는 리파를 어머니 쪽으로 다가가게 했다. 어머니는 양 팔을 벌려 다가와서는 리파를 안아주고 두세 마디 친절한 말을 건넸다. 그리고 옆에 있는 긴 의자에 둘이 나란히 앉았다. 나는 그 이야기를 엿듣는 것도 거북해 혼자 방을 나와 내 방으로 돌아갔다. 이때 날씨가 조금 흐려지는 것 같아서 창문을 열고 내다봤다.

독자여, 방금 전까지도 계속 불어대던 내 희망의 동풍이 어느새 그치고 남서쪽에서 따뜻한 바람이 마치 열병 환자의 호흡처럼 끊어질듯 이어지며 불어왔다. 이런 바람을 만난다면 아무리 단단한 눈이라도 즉시 녹아 사라질 것이다. 특히 하늘마저 흐려지더니 비가 내릴 듯해 점점 내 운은 다해 갔다. 이 바람에 비까지 내린다면 로뎅의 눈이 아무리 깊어도 내일 낮까지는 버티기 어려울 것이다. 나는 새삼스레 놀라서 창문을 닫았는데, 리파가 걱정되어 다시 어머니 방으로 가서 보니 리파는 어머니 가슴에 얼굴을 묻고 흐느껴 울고 있었다.

## 15

리파가 왜 울고 있는지 모르겠지만 내가 성큼성큼 그 옆으로 다가가자 리파는 겨우 얼굴을 들어 눈물지으며 나에게 말했다.

"당신이 베풀어준 친절은 저에게 과분합니다. 저는 당신의 친절에 보답할 길이 없습니다."

리파는 이렇게 말하고 또다시 엎드려 울었다. 나는 그녀의 등을 어루만지며 어머니를 향해 어떻게 된 건지 물었다.

"뭐, 장래에 네 부인이 되면 좋겠다고 하면서 네 처지를 이야기해 주었다. 병으로 마음이 약해져 있는 상태라 작은 일에도 슬퍼지는 거야. 내가 곁에 있을 테니 넌 걱정할 것 없다."

"그럼 어머니, 잘 부탁드려요. 저는 좀 나갔다 올게요."

나는 마음이 초조해져 리파를 어머니에게 부탁해놓고 바로 방을 나섰다. 구름의 형세가 점점 수상해져 지금이라도 비가 내리기 시작할 태세였다. 나는 우선 어느 나라로 도망가야 가장 안심이 될지 결정하려고 아버지가 살아계실 때 절친했던 변호사 요시다 씨의 집을 방문했다. 인사를 나누고 넌지시 묻자 요시다 씨는 매우 친절하게 이야기해 주었다. 그 이야기의 대략은 다음과 같다.

영국 정부는 1873년에 각국 정부와 범죄인 양도 조약이라는 것을 맺어 이제는 어느 나라로 도망쳐도 그 나라 정부에 붙잡혀 영국 정부로 양도되기 때문에 결코 안심할 수 없다. 그 중 동양 각국은 아직 이러한 조약을 맺지 않았지만 아무래도 각 나라의 호의로 역시 죄인을 양도하는 일이 있다. 예를 들어 요즘 일본에서 미국의 죄인 캘빈 플랫이라는 자를 붙잡아 미국 정부에 양도한 것도 이런 것이다. 그렇다면 지금 도망가서 정말로 안심되는 나라는 아프리카 내지 외에는 없다. 그렇지만 러시아, 터키, 포르투갈, 스페인 등은 정세가 충분히 안정되지 않아 도망가면 1, 2년은 포박을 피할 수도 있을 것이다.

독자여, 나는 지금까지 이렇게 엄한 조약이 있으리라고는 생각도 못하고 단지 외국으로 도망가기만 하면 충분히 안심할 수 있을 줄로 생각하고 있었는데, 요시다 씨의 말을 들으니 이제는 도망갈 곳도 없음을 알게 되었다. 하지만 정세가 불안정한 나라라면 1, 2년은 도망 다닐 수 있다고 하니 일단은 다행이다. 1, 2년 안에는 뭔가 다른 좋은 방법이 생기겠지. 아무튼 정세가 불안정한 나라로 도망가는 게 급선무다. 그건 그렇고, 스페인은 리파의 아버지 고향이고 특히 기후도 온화해서 스페인이야말로 최적이라고 자문자답하며 요시다 씨와 헤어졌다. 내가 숙소를 향해 돌아올 때 이미 비는 내리기 시작했고 곳곳의 지붕에 남아 있던 눈도 금세 씻겨 나가는 듯했다.

나는 도중에 필요한 것들을 조금 구입해서 숙소로 돌아왔다. 시각은 이미 밤 8시경이 되어 있었다. 곧 어머니 방으로 가보니 어머니는 벌써 리파와 많이 친해진 듯이 정답게 이야기를 나누며 내가 들어오는 것도 모를 정도였다. 나는 옆에 앉아 뭐라고 어머니에게 작별을 고할지, 뭐라고 리파에게 외국행을 설득할지 궁리하느라 고민하고 있는데, 이 모습을 어머니가 벌써 눈치 채고 물었다.

"넌 매우 울적해 있구나. 무슨 일 있니?"

"날씨 탓인지 두통이 있어서요."

나는 단지 이렇게만 대답했다.

"의학박사에게 어울리지 않는 이야기구나. 그럼 좀 자는 게 좋겠다. 리파는 오늘 밤 내 방에서 재울게."

나는 이때 리파의 상태를 살폈는데, 어머니에게 위로받은 덕분인지 마음이 많이 진정되어 보여 어머니와 함께 자도록 하는 것이 차라리 낫겠다는 생각이 들었다.

"그럼 잘 부탁해요."

나는 리파에게 밤중에 먹을 약을 준 뒤, 오늘 밤 천천히 잘 생각해보고 외국행 이야기는 내일 꺼내야겠다고 생각을 정리했다. 이윽고 어머니와 리파에게 인사를 하고 내방으로 돌아왔다. 이제부터 우선 침대에 누워 내일 일을 결정해야겠다고 생각하면서 그대로 잠자리에 들었다. 그러나 빗소리가 귀에 닿아 밤새 잠도 제대로 자지 못하고 근심하며 날을 샜다.

## 16

독자여, 날은 샜지만 비는 그치지 않았다. 나는 일어나 창문을 열었다. 지금은 지붕 어디에도 그늘진 곳 어디에도 눈이 없다. 이런 상태라면 세 척 쌓인 로뎅의 눈도 이미 녹아 평지에서 히라노리의 창백한 사체가 길가는 사람을 노려보며 나와 리파의 죄를 고발하고 있을 것이다. 내 희망은 오늘로 끝났다. 오늘 중으로 나와 리파가 혐의를 받게 될 것이다. 늦어도 점심때까지는 이 나라를 떠나지 않으면 치욕스럽게 포승줄로 포박당할 것이다. 사랑스러운 리파를 잃고 말 것이다. 아, 나는 뭐라고 설득해 리파를 외국에 데리고 갈 것인가. 어머니에게는 뭐라고 말하며 작별을 고할 것인가. 이래저래 궁리하느라 잠자코 있는데, 이때 누군가 서서히 들어오는 자가 있었다. 돌아보니 어머니였다. 나는 얼른 근심어린 얼굴을 감추려고 했지만 그럴 새도 없이 벌써 어머니는 이상해하는 눈치였다.

"뭘 그렇게 우울해 있는 거니? 게다가 얼굴색도 안 좋고……. 하룻밤 사이에 많이 창백해졌어. 무슨 일이야?"

어머니의 물음에 나는 바로 생각난 것을 말했다.

"제가 병이 있어요. 외국에 가서 휴양하려고 해요."

"무슨 병인데?"

"네? 병은 뭐, 무슨 병이라고 이름이 있는 건 아니고 외국에 가야 나을 수 있어요. 신경증이에요."

"넌 너무 참고 견디니까 신경증이 생기는 거야."

"네, 아주 많이 참고 견디는 성격이죠. 마음먹은 김에 즉시 외국에 가려고 생각해요."

어머니는 잠시 생각하는 모습이었다.

"외국에 나가 쉬는 것도 괜찮겠구나. 넌 내가 안 된다고 해도 결심한 일은 그만두지 않는 성격이니까 만류하지는 않겠지만, 갈 거면 나도 마침 여행할 생각이었으니 리파와 셋이서 가자꾸나."

독자여, 나는 바라지도 않은 어머니의 말을 듣고 기쁜 나머지 나도 모르게 뛰어올랐다.

"그것 묘안입니다. 그럼 10시 배에 늦지 않도록 폴크스톤까지 가요."

어머니는 놀라며 말했다.

"무슨 말을 하는 거야? 언제 간다는 거니?"

"오늘밤 10시에."

"말도 안 되는 소리. 아직 아버지 탈상도 안 했어. 봐, 아직 상복을 입고 있잖니. 60일째인 모레가 탈상이고 글피에 상복을 벗지만, 여행 준비도 해야 하지 않니?"

"아니오, 필요한 건 프랑스에서 준비할 거예요."

"그런 배 여행이 어떻게 가능하니? 빨라도 다음 달 중순까지는 떠날 수 없어."

"어머니, 그건 나더러 죽으라는 거와 마찬가지예요. 저는 한시도 여기에 머물러 있다가는 신경증이 심해질 거예요. 내일까지 우물쭈물하고 있다가는 미쳐버릴 거라고요."

"그럼 최대한 앞당겨서 다음 달 초에 떠나자."

"그건 무리예요."

"네가 오히려 무리하게 말하고 있는 것 아니니? 창밖에 내리는 비를 좀 봐라. 내일이면 비가 멈출 테니 비가 그치는 대로 필요한 것도 사 놓고, 그리고 나서 여기저기 작별인사도 하고, 또 정리도 하려면 아무래도 한 달은 지날 거야. 오늘이 2월 3일이잖

아. 이달은 28일까지 있으니 이제 25일밖에 남지 않았어. 그런데도 다음 달 초가 너무 늦다고 하면 그거야말로 무리야. 더구나 리파는 이제 겨우 병상에서 일어났잖니?"

"아니에요, 리파도 외국에 가면 꼭 나을 거예요. 작별인사 같은 건 됐으니까 바로 출발해요. 한시도 지체할 수 없어요."

"그래, 알았다. 그렇게 급한 일이면 너 혼자 먼저 가거라. 나는 리파와 둘이서 천천히 갈 테니까."

"농담 마세요. 리파를 남겨두고 가면 제 신경증이 한층 더 심해질 거예요."

"아니야, 농담이라니. 아직 여행자수표도 바꿔놓지 않았잖니?"

독자여, 나는 여행자수표라는 말을 듣고 나도 모르게 깜짝 놀랐다. 지금까지 눈치 채지 못하고 있었는데, 여행자수표를 바꾸려면 외무성에서 신분조사를 받아야 한다. 살인을 저지른 대죄인이 어떻게 신분조사를 받을 수 있는가. 독자여, 나는 실로 운이 없다. 하지만 나는 놀라는 기색을 보여서는 안 된다는 생각이 들어, 일부러 웃어대며 말했다.

"그런 일을 소홀히 했겠습니까? 어제 요시다 변호사에게 부탁해놔서 받기만 하면 됩니다."

나는 이렇게 말하긴 했지만 속에서는 애가 타들어갔다.

나는 일부러 신경증 증세를 꾸며 계속해서 몇 번이고 입씨름을 했다. 어머니는 마침내 내 신경증 구실에 지고 말아, 내일 출발하기로 이야기가 정리되었다. 나는 오늘 하루가 신경 쓰이는 신세라 내일이라는 말을 듣고 백년 뒤 같은 기분이 들었지만 이 이상은 싸울 말도 없어서, 결국 어머니 말에 따르기로 했다. 이제 리파에게 가서 어머니가 당신을 데리고 외국에 가고 싶어 하니 당신도 함께 가자고, 어머니를 구실로 여행 가자고 아무렇지도 않은 듯이 설득했다. 리파는 벌써 내 어머니를 자신의 어머니처럼 정겹게 생각하고 있었다.

"어머니와 함께라면 가지 말라고 해도 가겠어요."

의외로 일이 쉽게 정리되어 더 바랄 게 없다. 다만 잠시라도 범죄가 드러나기 전에 빨리 여행권을 받고자 빗속에도 불구하고 집을 나섰다.

## 17

나는 한시라도 빨리 여행자수표를 받으려고 빗속을 헤치고 집을 나섰지만, 스스로 경찰서에 출두하는 것은 극히 위험한 일이어서 요시다 변호사에게 부탁할까도 생각해봤다.

"아니야, 아니야. 요시다 씨에게는 어제 넌지시 말하긴 했지만 도망갈 방법을 문의해버렸는데, 이제 또 급히 여행권을 부탁하면 스스로 의심을 초래하는 꼴이 될 거야. 그보다는 다른 변호사에게 부탁하는 편이 안심되지."

역시 아버지 때부터 친하게 지내던 변호사로 셈스가에 살고 있는 아무개 씨(이름은 생략한다) 집에 도착했다. 수수료 60파운드(3백 엔)를 지불해야 한다고 해서 흔쾌히 받아들였더니, 그는 즉시 집을 나갔다. 일의 경과가 어떻게 될지 신경 쓰면서 기다리는 동안에 2시간이 훌쩍 지나갔다. 아무개 씨는 무사히 3장의 여행권을 구해 돌아왔다.

그건 그렇고, 아직 범죄가 경찰에 알려지지 않은 것 같아 무거운 짐을 내려놓은 기분으로 그 집을 나왔는데, 벌써 오후 5시경이었다. 나는 돌아가는 길에 이제 막 나온 석간신문 신문팔이 아이와 마주쳤다. 차 위에서 사들고 펼쳐 보았다. 독자여, 나와 리파에게는 치명적인 뉴스가 실려 있었다. 다음과 같다. 독자여, 읽어보시길.

무서운 범죄 발견. 오늘 오전 11시 직공 아무개 로뎅 길가에서 신사의 사체가 눈 속에 파묻혀 있는 것을 발견했다. 즉시 검시관이 출두해 검사해보니 권총으로 가슴을 맞은 것으로 보인다. 소지하고 있던 서류에 의해 죽은 자는 귀족 남작 모리 히라노리라는 사실이 밝혀졌다. 의사의 판단으로는 지난 22일 밤 눈이 내리기 시작했을 때 살해되어 지금까지 눈 속에 묻혀 있었던 것으로 보인다. 또 소지하고 있던 것은 일체 그대로 남아 있는 걸로 봐서 강도 등의 소행은 아니고, 뭔가 원한에 의한 것이 아닌가 생각된다. 또 주머니 속에 부인의 편지가 3통 있었다. 경찰은 즉시 히라노리의 친척에게 통보해 알렸지만, 아무튼 10일 이상이나 눈 속에 묻혀 있었기 때문에 범인은 그 사이 여유롭게 자취를 감추었을 것으로 추정된다. 추가로 드러나는 일이 있으면 내일 아침 호외로 보도하겠다.

독자여, 이 신문을 읽고 나는 거의 차 위에서 굴러 떨어질 정도로 놀랐다. 나는 어머니에게 신경증이라고 거짓을 고했지만 지금은 정말로 신경증에 걸리고 말았다. 신경증 가운데서도 가장 괴로운 공포증에 걸리고 말았다. 보는 것 듣는 것 어느 하나 공포의 원인이 아닌 것 없고, 뒤에서 달려오는 차 소리를 듣고 있자니 경찰관이 나를 쫓아오는 것처럼 여겨졌다. 앞에서 오는 사람이 내 얼굴을 들여다보는 것 같아, 마치 탐정이 몽타주와 내 얼굴을 비교하고 있는 것은 아닌가 하는 생각이 들어 그때마다 수명이 짧아지는 기분이었다. 하지만 이보다 더 두려운 것은 내가 없을 때 경찰관이 혹시 리파를 데리고 가지는 않을까, 만약 숙소 입구에서 경찰관이 내가 돌아오기를 기다리고 있지는 않을까 하는 걱정으로, 자신을 책망하며 이제는 살아도 살아있는 기분이 들지 않았다. 하지만 그렇다고 해서 숙소에도 돌아가지 못하고 이대로 도망치는 것은 더욱 어려운 일이어서, 나는 운명을 하늘에 맡겼다. 눈을 꽉 감고 서둘러 가도록 재촉했다. 이윽고 도착했다는 운전수의 말을 듣고 눈을 떠 살펴보니, 숙소 문이 보였다. 조심스레 사방을 둘러보니 경찰이 기다리는 듯한 분위기는 없었다. 혹시 이미 리파를 데리고 간 뒤가 아닐까 방에 올라가 봤더니 리파는 자취도 보이지 않았다. 즉시 어머니의 방으로 가봤는데, 어머니도 자취가 보이지 않았다. 황급히 급사를 불러 물으니 어디로 갔는지 모른다고 대답했다. 나는 한층 더 무서운 느낌이 들어 영혼이 몸에서 빠져나가는 것 같았다.

'리파는 어떻게 된 것일까? 내가 지금까지 애써서 그녀는 범죄 사실을 완전히 꿈으로 여기고 있었는데, 이제 경찰의 추궁을 받아 자신이 히라노리를 죽인 거라는 이야기를 듣게 되면 금세 그 일이 꿈이 아니라는 걸 깨닫게 되겠지. 법정에 서기도 전에 죽어버릴 거야.'

독자여, 이런 생각이 들어 내 공포증은 더욱 심해져 당장에라도 미쳐버릴 것 같았다. 나는 어머니 방의 긴 의자에 엎드려 두서없는 생각으로 괴로웠는데, 어찌 되었건 이대로는 내버려둘 수 없고 무엇보다도 우선 리파의 행방을 알아내야겠다고 생각을 정리한 후에 머리를 들었다. 이때 뒤에서 사람 발소리가 들려 돌아보니, 고맙게도 어머니와 리파였다. 나는 너무 기쁜 나머지 멍하니 있는데, 어머니는 내 얼굴색이 여느 때와 달라 의아해했다.

"네 얼굴이 왜 그러니?"

"이제 병이 깊어져 한시도 여기에 있을 수 없어요. 그보다 리파는 어디에 가 있었어요?"

"아니, 네가 너무 서두르니까 내가 쇼핑하러 데리고 나갔다 왔어."

"뭐라고요? 쇼핑 따위에 가서는 안 돼요. 이제 병상에서 일어났는데, 내일 출발 때까지는 잠시라도 밖에 나가서는 안 된다고요."

## 18

독자여, 드디어 나는 내일 아침 출발하는 데까지 이르렀다. 내 몸은 내일 아침까지 포박을 잘 피할 수 있을까? 어떻게 될까? 걱정하는 동안에도 나는 어머니를 재촉해 가능한 모든 준비를 하게 했다. 또 리파를 위로하며 외국여행의 재미를 들려주기도 했다. 그러는 동안에 별일 없이 점차 해도 저물고 이윽고 잠자리에 들 시간이 되었다. 이날 밤도 어젯밤과 마찬가지로 리파를 어머니와 함께 자도록 했다. 나는 다른 방으로 물러가 잠자리에 들었는데, 다음 날 아침 배를 탈 때까지의 일이 염려되어 아침까지 괴로움에 날을 지새웠다.

다음 날 아침 일어나서 나와 보니 날씨가 매우 맑아서 여행가기에는 최적의 상태였다. 나는 가장 먼저 신문을 사 보았다. 어느 신문이나 상세하게 사체 발견의 자초지종을 적고 있었다. 그리고 끝에 다음과 같이 적혀 있었다.

> 또 사체에서 50미터 가량 떨어진 눈 속에서 소형 권총이 발견되었다. 이 권총은 한 발만을 발포한 것으로 보이는데, 미처 치우지도 않고 그대로 버리고 가버려서 검사관의 말에 의하면 이거야말로 범죄에 이용된 것임에 틀림없다고 한다. 또 고물상을 하는 아무개가 증인으로 불려나왔는데, 충분히 범인의 단서를 찾아낼 가능성이 있다고 한다.
> 또 오아쿠라고 하는 사람이 오늘 아침 소환될 예정인데, 이 여인은 히라노리의 친척이라고는 하나 소문에는 아내라는 말도 있다.

나는 이 신문을 어머니와 리파에게 보여서는 안 된다는 생각에 재빨리 스토브에 넣고 태워버렸다. 그러고 나서 두 사람을 서둘러 준비시켜 마차를 불러 호룩스톤을 향해 숙소를 무사히 빠져나갔을 때는 오전 10시였다. 어머니와 리파를 먼저 보내고 나는 길을 돌아 런던은행에 들렀다. 이 은행이야말로 내가 전부터 가장 무서워하는 곳이다. 만약 경찰관이 이미 먼저 와서 나를 기다리고 있는 건 아닐까 심히 걱정되었지만 다행히 그런 모습은 보이지 않았다. 나는 비로소 안심하고 금화로 6천 폰드(3만 엔)를 인출했다. 또 내게 온 편지는 없는지 물어보니 방금 전에 도착했다면서 한 통의 편지를 건네줬다. 받아들고 보니 로뎅의 소인이 찍혀 있었다. 여자의 필적이 틀림없었다. 오아쿠가 보낸 것이었다. 편지를 받아드니 마음속이 어수선했다.

'이 편지는 여기서 읽을 게 못 돼. 충분히 마음이 안정되었을 때 살짝 열어봐야지.'

나는 편지를 주머니 깊숙이 넣고 호룩스톤을 향해 길을 서둘렀다. 독자여, 나는 이날 정오 12시에 어머니, 리파와 함께 별 문제 없이 프랑스행 기선에 올라탔다. 나는 어쩌면 프랑스에서 붙잡힐지도 모른다. 아니면 스페인 국경에서 붙잡힐 수도 있고. 한시라도 안심할 수 없는 상황인지라 아무튼 영국을 뒤로 하니 더할 나위 없이 행복했다. 나는 비로소 다시 태어난 것 같았다. 이제 슬슬 오아쿠의 편지를 읽을 생각으로 혼자 선실에 틀어박혀 편지를 꺼내 보았다. 그런데 나에게는 실로 의외의 내용이 적혀 있었다. 편지 내용은 다음과 같다.

다쿠조 씨, 당신과 리파 양의 지금까지의 모습은 석연치 않은 것이 많았지만, 히라노리의 사체를 지금 보니 모두 납득이 됐어요. 리파 양의 아름다운 얼굴과 어울리지 않게 대담한 행동에는 정말 놀랐습니다. 하지만 지금은 단지 당신과 리파 양을 위해 한마디 하려 합니다.
아, 대담한 리파 양이여. 그녀는 나보다 더 대담해요. 나도 그녀와 마찬가지로 박복했어요. 히라노리에게 버림받았어요. 나도 1년 전에 그녀와 똑같은 짓을 하려고 마음먹었지만 나는 히라노리와의 사이에 아이 하나가 있어 결국 마음이 약해져 그 일을 해내지 못했습니다. (단 그 아이는 곧 세상을 떠났습니다) 리파 양은 내가 1년 전에 해내지 못한 똑같은 일을 지금 해냈습니다. 저는 히라노리에게 능욕당했고 또한 버림받았을 뿐만 아니라, 그에게 돈을 받고 그의 하수인이 시키는 대로 리파 양을 우리 집에 숨겨둘 정도로 부끄러운 짓까지 했습니다. 이런 말을 하는 것은 내게 오빠가 한 명 있는데 어렸을 적에 헤어져 행방조차 모르고 있어서 그 행방을 알 때까지는 이 세상에 의지할 사람이 없어 부끄러운 줄 알면서도 어쩔 수 없이 지금까지 히라노리의 하수인이 시키는 대로 하고 있었다는 제 상황을 조금이나마 말씀드리고 싶어서예요. 히라노리에게 능욕당한 부인은 몇이나 더 있어요. 그 중 정당하게 혼인 절차를 밟은 사람은 리파 양과 전처 둘이에요. 전처도 리파 양과 마찬가지로 제 집에서 돌보고 있었는데, 근심으로 슬퍼하며 죽어갔지요. 리파 양이 히라노리와 혼인한 것은 전처가 죽은 뒤기 때문에 리파 양의 혼인은 법률에 저촉되지 않습니다. 하지만 나는 사정이 있어 전처가 죽은 사실을 그 후 얼마 정도 지날 때까지 히라노리에게 말하지 않았어요. 그래서 그는 리파 양이 정부인이라는 걸 몰랐던 거죠.

리파 양, 내가 설령 경찰에게 심문을 받는다 해도 리파 양의 죄를 발설하지 않을 거예요. 그녀의 죄를 내 입으로 결코 발설하지 않겠지만, 그러나 범죄에 사용한 권총이 이미 경찰 손에 넘어갔어요. 특히 증인까지 호출된 이상 그녀의 범죄가 절대 발각되지 않도록 조심하세요. 다쿠조 씨, 각오해 두세요. 리파 양이여.

나는 이 편지를 읽으면서 오아쿠의 처지를 알게 되었다. 특히 히라노리가 매우 인정머리가 없다는 걸 알고 많이 놀랐다. 그러나 다만 오아쿠가 리파의 범죄를 발설하지 않겠다고 말한 만큼 조금은 믿음직하게 생각되어, 이런 추세라면 더더욱 오늘 내일은 리파가 혐의를 받을 일은 없겠다는 생각이 들었다.

## 19

독자여, 나는 어머니, 리파와 함께 셋이서 무사히 프랑스를 통과해 스페인에 도착했다. 그동안에 다소의 이야기가 없는 건 아니지만 여행일지는 독자에게 그렇게까지 재밌는 것이 아닐 테니 생략하겠다. 나는 스페인에 들어가서 마음이 조금 안정되어 한가히 명승고적을 구경하면서 약 3개월의 시간을 보내고 5월

10일에 세빌이라는 곳에 도착했다. 리파의 병도 완전히 나아서 어머니에게 상담한 뒤 세빌에 깨끗한 집을 빌려 당분간 머무르기로 했다.

독자여, 세빌은 날씨가 따뜻하고 또 풍경도 멋져 여행 가서 머무르기에는 매우 즐거운 곳이다. 나는 이곳에서 리파가 내 여자가 될 때까지 머물러 있을 생각이었다. 나는 과연 이 생각을 이룰 수 있을까? 히라노리의 사체는 아직 내 눈앞에 언뜻언뜻 나타났다. 나는 이걸로 영국 정부의 추포를 벗어날 수 있을까?

나는 세빌에 도착한 이후 단지 리파의 사랑을 얻으려는 일심뿐이었다. 그밖에는 목적도 없고 볼일도 없었다. 오늘 말을 꺼낼까, 내일은 설득해볼까 생각하며 매일 호기를 노리고 있었다. 어느 날, 리파는 내 서재 처마 밑에 앉아 정원에 흐드러지게 피어 있는 등나무 꽃 한 가지를 꺾어 와서 여념 없이 향기를 맡고 있었다.

독자여, 지금이야말로 오랫동안 연모해온 마음을 밝힐 때이다. 요즘 리파의 모습을 이래저래 생각해보니, 이 세상에 의지할 곳 없음을 덧없이 여겨 지금은 나를 오빠처럼 받들고 지팡이로도 기둥으로도 의지하는 모습이 충분히 보이므로 이제는 말을 꺼내도 거절당하는 일은 설마 없을 거라는 생각이 들었다. 나는 살금살금 그녀 옆으로 가서 어깨를 나란히 하고 앉았다. 이때 내 맥박은 빠르게 뛰었지만 일생의 용기를 전부 짜내 호흡을 단전에 모아 마음을 진정시키면서 조용히 양손을 뻗어 옆에 있는 리파를 끌어안으며 우는 듯이 애원하며 애정을 호소했다. 리파는 몸을 빼내려고 바둥거리지는 않았지만, 몸을 부들부들 떨며 당혹해하는 모습이 충분히 느껴졌다.

아, 독자여. 내 사랑은 아직도 성취할 때가 오지 않은 걸까요? 나는 그녀의 얼굴을 보며 대답을 기다리는 사이에 리파는 깊은 긴 한숨을 쉬고는 양쪽 눈에 눈물이 글썽였다. 나는 그녀의 뺨을 어루만지며 안고 있던 손에 점차 힘을 더했다. 그녀의 몸은 힘없는 솜 같았지만 눈물은 계속 흘러내려 따뜻하게 내 손에 떨어졌다. 나는 견딜 수 없었다.

"리파여, 당신은 나에게 유일한 여자요. 나의 이 세상의 즐거움은 당신 외에는 없소. 당신에게 버림 받으면 나는 내일부터 아무런 희망도 없는 불행한 사람이 될 거요. 그런데 당신은 아직 나를 사랑하는 마음이 없는 거요? 아무 말도 하지 않는 것은 의리 때문에 대답할 수 없는 거요? 의리도 뭣도 필요치 않소. 좋은지 싫은지 한마디면 되오. 어떻소? 어떠냔 말이오?"

다그쳐 묻자 리파는 겨우 생각이 정리된 듯이 눈물지으며 나를 바라보고 말했다.

"나는 오늘로 작별해야 합니다."

리파는 이렇게 말하고 엎드려 울었다.

"뭐, 작별이라고? 그럼 나를 버리고 떠난다는 거요?"

"네."

눈물에 목이 메는지 대답소리도 제대로 들리지 않았다.

"그럼 정말로 나를 사랑하는 마음은 없는 거요? 또다시 나를 실망시키는구려."

나는 이렇게 말하면서 일어서려 하는데 리파가 내 손을 잡았다.

"말도 안 돼요. 지금까지 은혜를 베풀어 주셨잖아요. 당신 같이 마음씨 착한 분을 제가 어떻게 사랑하지 않는다 말할 수 있겠습니까? 제가 지금까지 당신의 손을 뿌리치지 않고 있는 것이 당신을 사랑한다는 결정적 증거입니다."

"그럼 지금 작별이라고 한 말은?"

"당신을 사랑하기 때문에 이대로 헤어지자고 말씀드린 겁니다. 나는 이미 히라노리 따위에게 능욕당해 더럽혀진 몸입니다. 이대로 당신과 하나가 된다면 깨끗한 당신의 명예까지 더럽혀질 거예요."

"무슨 말을 하는 거요? 난 전혀 모르겠소. 당신은 히라노리에게 능욕당했다고 하지만 그건 속은 거지 능욕당한 것이 아니오. 여자의 몸으로 속을 수도 있소. 그것이 어째서 내 명예를 더럽히는 것이란 말이오?"

"아니에요, 여자의 몸으로는 속은 것이 즉 능욕당한 것입니다. 제 몸이 깨끗하다고 누가 생각하겠습니까? 실은 영국을 떠날 때에도 더 이상 당신에게 폐를 끼쳐서는 안 된다고 생각했지만, 능욕당한 몸으로 영국에 남아 있는 것은 창피를 드러내는 것인지라 그게 싫어서 당신을 따라 나선 겁니다. 저 같은 것을 부인으로 삼으시면 당신은 다시 영국으로는 돌아가지 못할 거예요. 당신 명예에 누가 될 거예요."

"무슨 말을 하는 거요? 그런 걱정은 할 필요 없소."

"아니에요, 큰 은혜를 진 당신에게 저의 수치를 떠넘기는 건 양심적으로 안심이 안 됩니다. 뭐라 하셔도 저는 이대로 떠나겠습니다."

나는 계속 온갖 말을 다하며 이래저래 설득했지만 더 이상 들으려는 기색이 없었다. 그 모습은 이미 이 세상을 하직하려고 결심한 듯이 보여 나는 온 힘을 다해 설득했지만 듣지 않았다. 그러는 사이에 리파는 나를 젖히고 정원에서 대문을 향해 금세 달려 나가버렸다. 나는 그 뒤를 쫓았다.

"이봐, 기다려. 리파, 기다려줘. 할 말이 있어. 할 말이 있다고."

## 20

나는 도망가는 리파를 쫓아가서 곧 붙잡았다.

"이봐, 당신이 이대로 헤어지고 싶다면 그럼 좋소. 어쨌든 일단 돌아와 주오. 아직 할 말이 있소. 10분도 걸리지 않을 거요. 잠깐만 돌아와 주오."

나는 리파를 억지로 서재까지 데리고 온 다음 어머니 방으로 갔다.

"어머니, 잠깐 뵐게요."

나는 어머니 손을 잡고 다시 서재로 돌아왔다. 어머니는 울고 있는 리파를 보고 말했다.

"아, 알겠다. 젊은 사람들끼리 뭔가 싸운 게로구나."

어머니는 이렇게 말하며 리파 옆으로 다가가려고 했다. 나는 떨리는 목소리로 말했다.

"아니오, 싸운 게 아닙니다. 들어보세요. 오늘 다 털어놓고 리파에게 혼인하자고 말했어요. 그랬더니 리파는 마침내 다쿠조를 사랑하는 마음이 생겼습니다. 아니, 사랑한다고 말했습니다. 사랑하지만 부부는 될 수 없다고요. 어머니, 당신은 다쿠조의 어머니니까 이 혼인이 어울리는 인연이라고 생각되면 리파를 설득해주세요. 리파는 과거에 남자에게 속아서 이제 다쿠조의 아내가 되면 다쿠조의 명예에 누를 끼치게 될 거라고 합니다. 만약 명예에 누가 될 만한 여인이라면 당신이 결코 지금까지 다쿠조와 리파를 함께 두지 않았을 거예요. 어머니는 다쿠조의 명예를 가장 소중히 여기니까, 지금의 리파가 다쿠조의 명예에 누가 될지 어떨지 잘 아시겠죠? 다쿠조는 당신에게 맡기겠습니다. 당신의 생각 여하에 따라 어떻게든 결론을 지어주세요."

내 진심어린 호소를 어머니는 절절히 다 듣고 나서 말했다.

"좋다. 결론을 내가 내려줄 테니 너는 1시간 정도 밖에 나가 있거라."

이로써 나는 필시 원하는 대로 될 거라고 생각하며 어머니와 리파를 남겨두고 집 밖으로 나갔다. 나는 1시간 정도 시내를 산책한 후에 집에 돌아가 서재로 들어갔다.

독자여, 어머니만큼 고마운 존재는 없다. 어머니가 리파와 끌어안고 긴 의자에 앉아 있었다. 내가 들어가는 것을 보고 어머니는 곧 리파의 손을 잡으며 일어나 이쪽으로 왔다. 그러고는 나와 리파의 손을 잡아주고는 말했다.

"다쿠조야, 넌 정말로 행복한 사람이다. 오늘부터 세계 최고의 미인이 네 아내야. 보거라, 이 아름다운 얼굴을."

이때 리파는 부끄러움과 정겨움, 사랑, 기쁨을 띤 눈을 들어 겁먹은 내 얼굴을 바라봤다. 실로 세계 최고의 미인이다. 나는 이대로 당장에 죽는다고 해도 한이 없을 것 같다. 독자여, 다음날 곧 세빌 사원에서 리파와 나는 결혼식을 올렸다. 내 마음속의 기쁨은 장황하게 적지 않아도 독자여, 헤아려주시길.

독자여, 나는 결혼식을 올린 3일째 되는 날에 리파를 데리고 세빌에서 얼마 떨어져 있지 않은 가지스라는 곳으로 밀월여행을 떠났다.(서양에서는 젊은 부부는 반드시 여행 가는 관습이 있다. 이를 밀월여행이라고 한다.) 젊은 부부의 여행만큼 세상에 즐거운 것은 없다고 들었는데, 나와 리파에게는 이 여행만큼 불행한 여행이 없었다. 이 여행에서 나와 리파의 범죄는 사건 발각의 단서가 되고 말았다. 그 경위를 이제부터 적어 내려갈 테니 이를 읽어주길.

나와 리파는 가지스에서 열흘간 체류했는데 때마침 한창 여름이라 여행에는 매우 불쾌한 날씨였다. 벌써부터 여행길에 자는 데 질려 열흘째 되는 날은 이미 세빌에 돌아가기로 의논했다. 돌아가는 차편은 배를 타고 고달키바 강을 내려가는 것이 시원할 테고, 또 경치도 좋을 걸로 생각했다. 마침내 강 증기선을 타게 되었는데 본래 아주 작은 증기선이다 보니 특실이라고 해도 이름뿐으로 방 사이에 칸막이도 없고 겨우 양질의 까는 이불과 좋은 의자를 마련해 놓고, 여기에 특별히 시중드는 급사가 곁에 있을 뿐이었다. 그 외에는 보통실과 다른 점이 없고, 쥐나 개나 다 타고 있었다.

나는 리파와 함께 특실 한 구석에 자리를 잡았는데, 우리 옆 자리에 영국인 둘이 있었다. 그 용모를 보니 나이는 30세 전후로 의복도 훌륭한 걸로 봐서 한 가닥 하는 신사로 보였다. 나는 배를 탄 이후 꾸벅꾸벅 졸음이 쏟아졌다. 잠시 후에 눈을 떠보니 배는 벌써 몇 십 리나 강을 내려가 증기 기관음을 높게 울리고 있었다. 나는 눈을 비비면서 별 생각 없이 옆을 봤는데, 신사 한 사람이 이쪽을 향해 줄곧 나와 리파의 얼굴을 바라보고 있었다. 독자여, 이 신사야말로 나와 리파의 행복을 없애버릴 악마였다.

## 21

독자여, 내 얼굴은 원래 검은 편이지만 특히 수개월 돌아다니다보니 햇빛에 그을려 누구의 눈에도 어느 나라 사람인지 파악하기 힘들었다. 또 리파는 스페인의 피가 흐르고 있어 눈동자가 맑고 영국 부인에게는 찾아보기 어려울 정도로 애교가 있어서, 예의 신사는 나와 리파를 스페인 부부로 생각하고 영어를 못 알아들을 걸로 생각했던 모양이다. 잠시 후에 갑(甲) 신사는 을(乙) 신사를 향해 영어로 말했다.

"좀 봐봐. 멋지고 예쁜 여자 아닌가?"

"그렇군. 나도 아까부터 실은 넋을 잃고 보고 있었는데, 정말로 드문 미인이군."

"험한 말을 잘 하는 자네가 그 정도로 칭찬하는 걸 보니 상당한 미인임에 틀림없군."

"실은 말이야, 어떤 여자라도 내가 보면 만족스러운 모습은 하나도 없었는데, 이 여자만은 신비하군. 아무리 봐도 흠 잡을 데가 없어."

"아깝지 않나? 이런 예쁜 여자를 저런 검은 촌뜨기가 데리고 있게 내버려두는 건."

"남편이 아닐 거야. 하인이겠지."

"야, 또 험담이 시작됐군. 하인일 리가. 남편이야."

"남편이라니 원망스럽군. 우리가 만약 저런 아름다운 여자의 손을 잡고 영국에 돌아가면 귀부인사회와 미남자사회의 시세가 심하게 오르내리겠는걸."

"그렇게 되면 정말로 자네는 하인으로 오해받을 걸세. 하하하."

"하하하."

이 대화를 듣고 나는 화가 났지만 리파가 칭찬 듣는 것은 더할 나위 없이 어깨에 힘이 들어가는 느낌이었다. 나는 여전히 귀를 기울여 그들의 대화를 듣고 있는데, 신사의 이야기는 다른 화제로 넘어가 리파에 대한 비평은 이걸로 끝나버렸다. 나는 다시 졸았다. 듣고 있는 것도 아니고 자고 있는 것도 아닌, 비몽사몽의 경계를 왔다 갔다 하는 사이에 신사 목소리에 '히라노리'라는 말이 역력히 내 귀에 들어왔다. 나는 이 말에 놀라 갑자기 눈을 떴다. 리파는 줄곧 귀 기울여 두 신사의 이야기를 하나도 빠짐없이 들으려는 듯이 몸을 기울여 듣고 있었다. 두 신사는 우리를 눈치 채지 못하고 계속해서 히라노리에 관한 소문을 이야기하고 있었다.

“아, 히라노리 말이군. 잘 알고 있지. 인정머리 없는 놈이지? 그가 왜?”

“자네, 그자 이야기를 아직 듣지 못했나?”

독자여, 나는 그 말이 리파의 귀에 들어가서는 안 된다는 생각에 손을 잡아끌었다.

“이봐, 리파. 갑판에 나가 시원하게 있다 옵시다. 이봐, 리파. 가자고, 응?”

나는 리파를 부추겼지만 그녀는 꼼짝도 하지 않았다. 갑 신사는 계속 말을 이었다.

“그렇겠군, 자넨 그때 외국에 있었으니까 당연히 못 들었을 거야. 히라노리가 살해됐어.”

독자여, 내 마음속은 타올랐다. 나는 리파를 억지로 나가게 하려 했지만 그녀는 더욱 움직이지 않았다. 나는 발을 동동 구르며 신사의 말을 멈추게 하고 싶었지만, 신사는 이야기에 몰두해 있어서 내 쪽은 눈치 채지 못했다.

“살해당했다니 불쌍하군. 누구에게 살해당했는데?”

“내가 영국을 출발할 때까지는 아직 하수인은 잡히지 않았어. 그런데 큰눈이 내린 날 밤에 살해되어 2주일이나 눈 속에 파묻혀 있어서 하수인은 그 사이에 외국에라도 도망갔을 거라더군.”

독자여, 내 운은 이걸로 끝이 났다. 신사의 말을 리파가 들은 이상 지금까지 꿈으로만 생각하고 있던 무서운 범죄는 역력히 리파의 가슴에 떠올라 리파를 매우 괴롭힐 것이다. 나는 그저 어찌 해야 할지 몰라, 어떻게 할 것인지 생각하는 사이에 리파의 얼굴이 창백해졌다. 그러고는 눈 깜짝할 사이에 이를 악물고 쿵 소리를 내며 기절해버렸다. 나는 리파를 갑판 위로 안고 올라갔다. 선장의 침대를 빌려와서 그곳에 눕힌 뒤 햇빛을 가리고 깨끗하고 시원한 공기를 쐴 수 있도록 해주었다. 또 냉수를 입으로 불어 얼굴에 뿌리는 등, 간호에 정성을 다했지만 정신이 드는 기색이 전혀 없다.

그런데 부인이 뭔가에 놀란 나머지 기절하는 일은 통상 있는 일로, 기절은 길어도 5시간을 넘기지 않는다. 집에 돌아와 상당한 양의 약을 투여했기 때문에 곧 정신이 들 테고, 이는 별로 놀랄 만한 일이 아니다. 다만 마음에 걸리는 것은 리파가 정신이 돌아온 후의 일이다. 지금까지는 범죄를 꿈으로 여겨 마음이 점차 안정되었는데 이제 그것이 꿈이 아니라는 것을 알게 되면 양심에 가책을 느껴 어떻게 돼버릴지도 모른다. 혹은 또다시 발광할 수도 있고, 그렇지 않으면 스스로 자신을 힘들게 해 근심의 바닥으로 가라앉아 평생 이 세상의 즐거움을 모르게 될지도 모른다.

아, 어떻게 그녀의 마음을 위로해야 할까? 어떻게 다시 즐거운 시간 속으로 되돌려 놓을 것인가? 이런저런 생각에 나는 더욱 마음이 편치 않았다. 그러는 사이에 해는 저물고 배는 이윽고 세빌에 도착했다. 나는 사람을 시켜 기절한 리파를 들것에 태워 메고 집으로 돌아왔다. 어머니에게는 리파가 뱃멀미를 했다고 해두고 취침인사를 했다. 여전히 리파는 회복되지 않고, 아, 아.

## 22

기절한 리파를 그대로 자도록 두고 나는 거실로 가 약을 챙겨서 다시 침실로 돌아왔다. 방문을 꽉 닫고 자고 있는 그녀 옆으로 다가갔다. 이때 리파는 자연스럽게 숨을 다시 쉬고 있었다. 리파는 잠시 잠자코 뭔가 생각하고 있다가 조금 전 배에서 들은 이야기가 떠올랐는지 얼굴에 알 수 없는 두려움을 띠고서는 엎드리나 했더니 이내 소리를 내어 울기 시작했다. 나는 그녀의 등을 쓸어주며 말했다.

"왜 우는 거요? 리파 양, 울지 마오. 무사히 집에 돌아왔잖소. 이젠 내가 옆에 있고. 울 일이 아니오."

나는 그녀의 마음을 위로했다. 리파는 간신히 고개를 들어 주변을 살폈다.

"아, 집이었군요. 저는 당신과 함께 감옥에 갇혀 있는 줄 알았어요."

"무슨 그런 쓸데없는 말을 하는 거요? 정신을 안정시키고 조용히 생각해봐요."

나는 그녀의 하얀 이마에 입술을 대고 가볍게 키스했다. 리파는 비로소 마음이 안정된 듯이 보였다.

"아, 생각났습니다. 히라노리가 살해됐다고 했죠? 그 눈 오는 날 밤에. 아, 조금 전에 배에서 들었어요."

나는 뭐라고 위로의 말을 해야 할지 생각이 잘 나지 않았다. 아무튼 그 일을 기억에서 지워주고 싶었다.

"당신은 또 꿈이라도 꾼 것일 거요. 뱃멀미 때문에 괴로워서."

"아니오, 꿈이 아니에요. 당신 이제 감추지 마세요. 조금 전에 배에서 이야기를 듣고 모두 생각났어요. 저는 이제까지 꿈이라고만 생각해버리고 가능한 한 떠올리지 않으려고 했어요. 그러면 잊을 수 있을 거라고 안심하고 있었던 거죠. 그런데 이제와 생각해보니 무서워요."

"그런 쓸데없는 말 하지 마오."

"아니오, 당신이 감추신 게 원망스러워요. 저는 기억하고 있어요. 히라노리가 눈 속에 죽어 있던 것을 저는 확실히 봤습니다. 결코 꿈이 아니에요. 맞아요, 저는 오로지 미운 생각에 히라노리를 죽인 것이 틀림없어요. 저는 왜 그를 죽였을까요? 당신, 빠짐없이 모두 들려주세요. 다 들려주지 않으면 한시도 안심할 수 없어요. 제 스스로가 무서워요."

그녀는 숨이 끊어질 듯이 울부짖었다. 독자여, 이 이상 감췄다가는 리파는 또다시 발광하고 말 것이다. 이제 전말을 들려주는 것이야말로 오히려 그녀의 마음을 안정시키는 길일 것이다. 결국 이렇게 되고 말았다는 생각이 들었다.

"히라노리는 권총에 가슴을 맞아 죽어 있었소."

"네? 그 사악한 가슴을 권총으로. 나는 어떻게 권총을 지니고 있었을까요? 그 권총은 어떻게 됐어요?"

"내가 버려버렸소."

"그럼 당신도 현장에 있었던 겁니까?"

"아니, 같이 있었던 건 아니오. 실은 이러저러한 사정으로…….”

나는 그날 밤 일을 남김없이 들려줬다. 리파는 다 듣고 나서 혼자 슬프게 우는 소리로 이야기했다.

“그렇다면 아무리 생각해도 내가 죽인 것이 틀림없군요. 저는 지금까지 제 부족한 점은 잘 알고 있었지만 남자를 죽일 정도로 매몰찬 여자라고는 생각 못했습니다. 제 몸은 살인죄로 더럽혀졌습니다. 당신은 그걸 알면서 왜 저를 구해주시고 오늘까지 보살펴 주셨습니까? 정말 당신의 처사는 너무 정이 많아 원망스러워요. 당신은 살인이라는 대죄를 저지른 저를 사랑합니까? 당신의 사랑은 도리에 맞지 않습니다. 더럽혀진 사랑입니다. 진심으로 저를 사랑하신다면 왜 빨리 재판소에 신고하지 않았습니까? 이제와 생각하니 황급히 영국을 떠나온 것도 저를 구해주려고 그런 거군요. 왜 이런 더럽혀진 저를 그렇게까지 사랑합니까? 저를 구해줄 생각이라면 지금이라도 영국에 데려가서 재판소에 자수하도록 해주세요. 저를 사랑하신다면 제 마음이 평안해질 수 있도록 교수형의 처벌을 받게 해주세요. 사람 한 명을 살해해 놓고 외국에 도망 와 있다니, 죄에 죄를 더하는 거예요. 당신이 결정하지 않으면 저 혼자서라도 마드리드(스페인의 수도)로 가서 영사관에 이야기하겠어요. 우리 이제 이걸로 헤어져요.”

리파는 기어들어갈 듯이 엎드려 울었다. 나는 그녀의 울부짖는 소리를 듣고 한마디도 되돌려줄 말이 없었다. 사랑 때문이라고는 하지만 늠연한 리파의 마음에 비해 내가 한 행동은 부끄러웠다. 어떤 말로 풀어야할지 잠시 궁리하다 마음을 결정하고 말했다.

"리파 양, 용서해주오. 지금까지의 일은 다쿠조가 잘못한 나머지 당신을 지나치게 아껴 얼토당토않은 고생을 시킨 것이오. 완전히 다쿠조의 생각이 잘못된 것이오. 후회가 되오. 즉시 영국으로 함께 돌아가 죄를 자수할 테니 용서해주길. 이상한 사람으로 보일까봐 걱정되오? 이제와 후회해도 어쩔 수 없소. 나쁜 인연을 맺은 걸로 단념하고 용서해주오."

즉시 영국으로 돌아가겠다고 하면서도 나도 또한 엎드려 울었다. 리파는 이걸로 조금 안심된 모양인지 다시 일어나 격식을 차리고 말했다.

"그렇게 결정하신 거면 이제 슬퍼할 것 없습니다. 즉시 내일 준비해서 모레 떠나요. 당신께는 지금까지 오랫동안 수고를 끼치고 은혜도 갚지 못하고 이대로 교수대에 걸려 이 세상을 하직하는 것은 매우 마음에 걸리지만, 슬퍼해도 돌아갈 수 없으니 거듭 당신의 용서를 빕니다. 아무쪼록 제가 없어진 뒤에도 어머니의 마음에 드는 아내를 맞이해 저라고 생각하며 귀여워 해주세요. 오늘까지는 어머니도 이렇게까지 무서운 죄를 지었을 줄 모르고 저를 며느리니 딸이니 아껴주셨는데 제가 처형됐다는 말을 들으시면 분명 몸서리치며 무서운 리파라고 말씀하실 거예요. 저는 정말로 당신 가문의 명예를 더럽혔어요. 이런 저런 모든 것을 이제는 돌이킬 수 없어요. 이제 당신은 혈통 바른 부인을 얻어 어머니도 안심시키고 가문의 명예도 새롭게 하는 방법 외에는 없습니다. 지금까지 당신의 신세를 망친 것만으로도 저는 죽어도 없어지지 않을 정도의 죄를 지었습니다. 그걸 생각하면 훗날이 무서워요."

끝없이 되풀이되는 말에 밤은 벌써 8시가 되었다. 저녁식사 시간이었다.

## 23

리파는 벌써 자수할 것을 결정하고는 마음이 충분히 안정되었는지 눈물을 거두고 유유히 내일 할 일을 이야기했다. 나는 그녀의 결심이 단호한 것을 보고 놀랐다. 이때 때마침 저녁식사 준비가 됐다는 어머니의 목소리가 들려 자세한 이야기는 내일 의논하기로 했다. 나는 한 발 먼저 방을 나와 내 방에 들어갔다. 신문 배급소에서 우리가 부재 중에 배달한 영국 신문 5, 6매가 책상 위에 있어서 별 생각 없이 그 중 하나를 집어 들고 펼쳐보았다. 그런데 놀랄만한 소식이 실려 있었다. 다음과 같은 내용이다.

> 아이자와 소키치의 공판. 남작 모리 히라노리를 살해한 혐의로 붙잡힌 아이자와 소키치는 오는 21일 중남 공소원에서 공판에 회부된다.

독자여, 이 신문에 의하면 아이자와 소키치라는 사람은 불행히도 히라노리를 죽인 혐의를 받고 그야말로 억울한 죄를 뒤집어쓰게 된 것이다. 리파 대신이 되려는 것이다. 나는 한시라도 빨리 리파를 데리고 영국에 돌아가 중남 공소원에 자수해서 이 아이자와라는 자의 목숨을 구해야만 한다. 독자여, 나는 지금까지는 리파의 사랑에 눈이 멀어 헛되이 법률을 피해 도망 다닐 것만 생각하고 있었는데, 지금은 리파의 결심에 자극 받아 선한 마음이 간신히 돌아와 조금의 미련도 없이 잘 생각해보니, 살인죄가 있는 리파를 데리고 외국으로 도망친 것도 매우 깊은 죄였다. 더 이상 죄 없는 아이자와라는 사람을 리파 대신 희생시켜버리면 내 죄는 더욱 무거워질 것이다. 지금 법정에 자수하면 리파는 남편을 죽인 죄로 사형에 처해질 것은 필연의 결과이고, 나도 또한 얼마간의 벌을 받을 것이 틀림없다. 저지른 범죄는 어쩔 수 없으니, 더 이상의 죄를 짓지 않는 것이야말로 바라는 바이다.

이렇게 곧 생각을 정리했지만 한 가지 어려운 문제가 있다. 독자여, 아이자와의 공판은 오는 21일인데 오늘은 16일 밤이니 남은 날은 불과 닷새다. 세빌에서 런던까지 한달음에 가도 열흘은 걸리는 거리다. 지금 서둘러 출발한들 어떻게 공판 시간에 맞추겠는가. 우리가 영국에 도착하기 전에 아이자와는 처형될 것이다. 아, 어떻게 하면 좋을까? 만약 이 일을 리파에게 알리면 리파는 얼마나 슬퍼할까? 독자여, 실로 진퇴양난이란 말은 지금의 내 상황을 가리키는 말이다. 나는 신문을 손에 든 채로 망연자실해 우두커니 서 있었다. 문 밖에서 리파의 발소리가 들렸다. 독자여, 리파는 나를 식당에 데려가려고 방으로 들어오려던 참이었다. 나는 당황해서 예의 신문을 들고 창문에서 정원으로 던지려고 했지만 보람도 없었다. 리파는 벌써 수상히 여겨 캐묻듯이 물었다.

"당신, 그 신문에 중요한 일이 적혀 있는 것 아니에요?"

그 말 한마디는 뇌수에 손을 집어넣어 휘젓는 것보다 더 괴로웠다. 나는 이렇게까지 된 바에야 생각을 고쳐먹고, 면목 없지만 제정신을 차렸다.

"실은 뜻밖의 일이 있어 놀라서 나도 모르게 뛰쳐나갔소. 이걸 좀 봐요."

내가 신문을 내밀자 리파는 손에 들고 조용히 다 읽은 후 긴 한숨을 쉬고 있을 뿐, 딱히 근심어린 표정을 짓지는 않았다. 잠시 뭔가를 생각한 후에 말했다.

"그럼 내일 아침 일찍 출발해요."

"내일 아침 출발해도 시간에 맞추지 못할 거예요."

"아니오, 특별기차로 밤낮 쉬지 않고 가면 21일 오전 11시에 중남 공소원에 도착할 거예요."

나는 한마디 대답도 하지 않고 오로지 죽을 결심인 리파의 침착함에 놀랄 뿐이었다.

"지금부터 식당에 가서 어머니에게 작별인사를 해요."

"아니, 작별인사 같은 걸 하면 큰일 나요. 어머니에게 말하면 얼마나 슬퍼할지 몰라요. 게다가 꼭 함께 영국에 가겠다고 할 거예요. 이게 보통 하는 여행이라면 좋겠지만, 밤낮 쉬지 않고 하는 거니까 같이 가는 것은 도저히 안 돼요. 어설프게 걱정시키는 것보다는 어쩔 수 없는 용무로 급히 일주일 정도 여행 다녀오겠다는 편지를 써서 영국에 도착하는 대로 나오스케를 마중 나오게 해 부치기로 해요. 나오스케는 아직 로뎅에서 짐을 보고 있으니까."

"그렇지만 저는 이것이 마지막으로 다시는 뵙지 못하잖아요."

이렇게 말하며 한 방울 뚝 떨어지는 눈물은 견디기 어려웠다. 나는 여전히 이런저런 이야기로 설득했다. 마침내 어머니에게는 알리지 않기로 약속하고 무거운 발을 끌며 식당에 들어갔다. 이미 밤 9시가 지나 있었다. 어머니는 기다리다 지친 듯이 보였다.

"너무들 늦어서 아직 뱃멀미가 진정되지 않았나 걱정하고 있었어."

마음의 수심을 들켜서는 안 된다는 생각에 일부러 가볍게 잡담을 했다. 리파도 나와 같은 생각을 한 듯 웃는 얼굴을 지어보이며 이래저래 어머니의 기분을 즐겁게 해드리려고 했다. 하지만 마음속은 어땠을까? 이렇게 배려하는 그녀는 더욱 괴로웠을 것이다. 이윽고 아무 일 없다는 듯이 저녁식사를 마치고 나는 먼저 일어나 식당을 나오면서 눈짓으로 리파를 재촉했다. 리파는 어머니에게 안겨서 여느 때보다 더 정중히 작별을 고했다. 이것으로 나와 리파는 서로 손을 잡고 내 방으로 돌아왔지만, 조금 전부터 참고 있던 눈물이 일시에 쏟아졌다. 둘은 서로 끌어안은 채 소리 죽여 울었다. 이제부터 둘은 조용히 여행 채비를 했다. 간단히 짐을 싸고는 어머니에게 보내는 편지를 적고 있는 사이에 여름밤은 빨리 흘러 7월 17일 오전 4시가 되었다.

## 24

나는 5시에 리파의 손을 잡고 정원에서 문 쪽으로 나갔다. 그런데 이상도 하다. 문이 이미 열려 있었다. 이는 필시 간밤에 하인이 문 닫는 걸 잊은 탓일 거라고 생각하며 심각하게 마음에 두지 않고 떠났다. 이윽고 정류장에 도착해 즉시 역장실 대기소에 가서 이란(프랑스와 스페인의 경계)까지 특별 기차를 주문했다. 역장은 곤란하다는 표정으로 말했다.

"이제 막 어떤 사람의 부탁으로 이란을 향해 특별기차가 출발하려는 참입니다. 특별기차는 하루에 1회로 정해져 있으니까 이외에는 나가기 어렵습니다."

나는 한 발 늦은 것이 분했다.

"그렇다면 바로 지금 출발하는 특별기차에 태워주실 수는 없겠습니까? 운임은 얼마든지 내겠습니다."

"특별기차에는 결코 다른 사람을 태울 수 없습니다."

"그 사람에게 부탁해서 그 사람만 승낙하면 당신에게 문제는 없을 거라고 생각하는데요."

"물론 특별기차는 그 사람에게 전세로 빌려준 것이므로 빌린 사람만 승낙하면 저는 이의 없습니다. 그러나 오늘 아침에 빌린 사람은 귀부인이기 때문에 부탁해도 같이 태워주지는 않을 거라고 생각합니다."

"아니오, 나와 제 아내(리파)는 귀부인사회의 예절을 잘 알고 있기 때문에 결코 실례되는 짓은 하지 않아요. 아무쪼록 당신의 주선으로 일단 부탁드려주셨으면 합니다."

이렇게 말하며 나는 명함 한 장에 조금의 돈을 얹어 역장에게 건넸다. 역장은 곤란한 듯한 얼굴로 일어서 나갔다. 잠시 후에 역장이 돌아왔다.

"진심으로 사정을 이야기하고 부탁했더니 귀부인이 같이 타는 것을 허락했습니다. 곧 출발할 예정이니 얼른 타야 합니다."

나는 주선해준 것에 깊게 감사하고 즉시 리파를 데리고 기차에 올라탔다. 그런데 이게 어찌된 일인가. 역장이 귀부인이라고 말한 사람은 바로 어머니였다. 나는 놀란 나머지 꿈이 아닌가 생각했다. 말도 나오지 않았다. 얼굴을 바라보고 있는 사이에 기차는 벌써 출발했다. 어머니는 내 쪽을 보려고도 하지 않고 리파를 무릎에 앉히고는 말했다.

"리파 양, 요령 없는 다쿠조에게 사랑 받은 것 새삼 후회스럽죠? 이 어머니 얼굴을 봐서 용서해줘요. 실은 어제 리파 양이 기절해서 돌아왔을 때 너무 이상해 보여서 뱃멀미가 아닐 거라고 생각했고, 잘못인 줄은 알지만 엿들었어요. 당신의 깨끗한 마음에 감탄해 눈물이 났어요. 더욱이 둘이 없을 때 읽은 신문에 아이자와의 공판이 실려 있어서 이래저래 생각을 맞춰봤죠. 다쿠조의 요령 부족으로 죄 없는 사람을 죽일지도 모른다는 생각이 들었어요. 그걸 도와주고도 싶었고, 특히 당신을 다쿠조에게 맡겨뒀다가는 갖가지 어떤 말로 당신의 깨끗한 결심을 교묘한 말로 구슬려 영국에는 돌아가지 않고 또다시 타국으로 데리고 갈지도 모른다는 생각이 들었어요. 그래서 오늘 아침 먼저 특별기차를 주문하고 이렇게 기다리고 있었던 거예요. 나쁘게 생각하지 말아줘요."

어머니의 다부진 말을 듣고 나는 쥐구멍에라도 들어가고 싶은 심정이었다.

"잘못했습니다. 어머니, 용서해 주세요."

어머니 무릎에 엎드려 울고 있던 리파도 눈물을 거두기 어려웠는지 소리 내어 울기 시작했다. 어머니는 계속 말을 이었다.

"다쿠조는 외아들로 너무 제멋대로 자랐어요. 그래서 이렇게 생각이 없는 인간이 되어 자신도 고생스럽고 남들에게도 폐를 끼치고 있어요. 부모가 잘못을 빈다고 되는 일은 아니지만 만약 당신이 언제까지나 범죄를 모르는 상태라면 다쿠조는 잘 됐다 생각하면서 불행한 아이자와라는 남자가 죽어가는 걸 보고도 모른 척했을 거예요. 내 아들이지만 정나미가 떨어져요. 리파 양, 당신도 아주 무서운 남자라고 생각하겠죠? 맺은 인연은 어쩔 수 없다고 생각하고 용서해주세요. 더군다나 어젯밤에 들으니 리파 양이 나에게 작별인사를 하려는 것을 무리라고 만류하고서는 나에게는 비밀로 하고 출발하자는 둥, 이 어미를 홀로 남겨둘 생각이더군요. 정말 당신과는 하늘과 땅 차이로 다르네요."

이런 이야기를 하는 사이에 말이 흐려지는 것은 감춰도, 감출 수 없는 마음속은 눈물이 흘렀을 것이다. 나는 면목이 없어 고개를 숙이고 아무 말도 못한 채 옆에서 기다리고 있었다. 리파는 눈물을 닦아냈다.

"어머니, 안타까워요. 이런 모든 것이 저를 위한 것이었어요.

다쿠조 씨가 지금까지 그릇된 생각을 한 것은 모두 저를 사랑해서 생긴 일이에요. 마음에 죄는 없어요. 매사에 미숙한 저를 이렇게까지 깊게 사랑한 사람은 세상에 또 다시 없을 거예요. 그걸 생각하면 어제까지 부부인데도 마음속으로 딴 생각하고 있었던 게 원망스러워요. 이런 고마운 남편과 혼인한 지 한 달도 지나지 않아 생이별이라니, 제 불찰의 죄라고는 하지만 가능하다면 하다못해 한 달이라도 함께 생활해 지금까지 베풀어준 정에 보답하고 싶어요. 지금까지 어머니에 대한 다쿠조의 그릇된 생각은 모두 제가 그렇게 만든 것이니 아무쪼록 이걸로 용서하세요. 제가 처형된 후에는 마음에 드는 며느리를 맞이해 저로 생각하고 봐주세요."

끝없는 눈물의 넋두리에 기차가 달리는 것도 몰랐다.

이렇게 하여 어머니의 마음도 점차 풀렸고, 기차는 밤낮으로 계속해서 서둘러 달려, 5일이 지난 21일 아침 무렵에 영국에 도착했다. 어머니는 볼일이 있다며 런던에서 차를 내렸다. 그때부터 나와 리파 둘이서 오전 10시에 리버풀에 도착해 숙소에서 복장을 단정히 하고 중남 행 기차에 올라탔다. 독자여, 중남 재판소는 10시부터 개정이다. 아이자와는 지금 이미 조사를 받고 있을 시간이었다. 만약 1시간이라도 여유를 부렸다가는 사형선고를 받게 될 것이다.

## 25

나와 리파는 오전 11시에 중남 정류장에 도착했다. 마음이 급해 곧장 마차를 빌려 약 25분 지나 시니어홀(재판소) 문전에 도착했을 때는 7월 21일, 뜨거운 태양이 내리쬐는 한여름이었다. 나는 의복을 비롯해 모자에서 구두에 이르기까지 눈처럼 하얀 것을 착용했지만, 리파는 이에 비해 새까만 겨울옷을 몸에 걸치고 있었다. 털가죽을 안에 댄 외투에 머리에는 겨울 모자를 쓰고 세심하게 짠 복면에 얼굴을 감추고 발에는 겨울 부츠를 신었다. 독자여, 리파가 이렇게 이상한 모습을 하고 있는 것은 이미 죽음을 각오한 징표로, 즉 올해 1월에 눈 속에서 모리 히라노리를 죽였을 때와 조금도 다르지 않은 복장이었다. 그 섬뜩함은 이루 말할 수 없었다.

나는 그녀의 손을 잡고 재판소 철문을 통과했다. 이제 때가 온 것이다. 리파는 사형선고를 받게 될 거라는 생각에 몸에 소름이 돋아 여름인데도 추위를 느꼈을 것이다. 독자여, 나는 태어나서 한 번도 재판소 문을 지나본 적이 없다. 방청은 어떻게 하면 허락되는지 그것도 모를 정도였다. 문을 지나 사방을 둘러보니 정원의 넓은 잔디에 돌길이 몇 갈래로 갈라지고 구름에 닿을 듯한 높은 석조건물이 준엄하게 솟아 있었다. 어느 쪽으로 가야 좋단 말인가? 좌우를 둘러보니 때마침 경찰관으로 보이는 자가 내 옆으로 걸어왔다.

"당신들, 뭐하는 사람들이오?"

이에 다행이다 싶어 명함을 내밀고 아이자와 소키치 공판장에 들어가려고 한다는 뜻을 말하자, 방청은 이미 시간이 늦었고 지금은 선고할 시간이라고 대답했다. 나는 살짝 10파운드 은행권을 꺼내어 그의 손에 쥐어주고 부탁했다.

"꼭 방청할 수 있도록 손 좀 써주시오."

경관은 은행권을 잽싸게 챙기고 주변을 살피면서 떠나갔다. 이제 됐다 싶어 기뻐하며 나는 리파의 손을 잡고 그 뒤를 따라갔다. 돌로 지어진 복도를 몇 굽이 돌고 돌아 어느 한 입구에 도착했다. 올려다보니 이 입구는 떡갈나무로 만들어진 상감무늬 문으로 금색의 고대 영문자로 형사재판정이라 적혀 있다. 우리에게는 지옥의 입구이리라. 이곳으로부터 6미터 가량 떨어진 곳에 작은 쪽문이 있었다. 경관이 먼저 이 문을 열고 들어갔다. 나와 리파는 그 뒤를 따라 주저주저하며 들어갔다. 이곳은 마침 방청석의 뒷자리였다.

독자여, 나는 이 법정의 모양을 한 번 보는 것만으로 이미 살아 있는 느낌이 들지 않았다. 굳게 결심한 리파도 그 모습을 보고 겁이 난 모양인지, 내가 잡고 있는 손끝이 갑자기 얼음보다도 차갑게 느껴졌다. 둘러보니 이백 명 정도 있을까 싶은 방청객은 우리 바로 앞에서 몇 겹으로 줄지어 앉아 있었다. 그 정면에 붉은 옷을 입고 꽃으로 좌우를 장식한 의자에 태연히 앉아 있는 60세가량의 노관은 대법관일 것이다. 그 오른편에 조금 떨어진 곳에 줄지어 앉아 있는 12명의 신사는 배심원인 것 같았다.

독자여, 이 배심원 중에는 내가 본 적이 있는 얼굴도 두세 명 있었다. 또 왼편 의자에 앉아 하얀 가발을 쓰고 있는 사람은 서기관인 것 같았다. 그 옆에 대기하고 있는 사람은 재판정 관리인일 것이다. 그러나 나는 이런 사람들에게는 눈길도 보내지 않고 가장 먼저 리파 대신 있는 사람, 용의자 아이자와 소키치가 어떤 사람인지 눈여겨봤다. 그는 대법관 정면의 낮은 철책 속에 힘없이 서 있고 그 좌우로 간수 같은 사람 둘이 붙어 있었다. 조금 떨어진 곳에 변호사로 보이는 사람이 있었다. 이 자가 바로 가여운 아이자와임에 틀림없구나. 지금이라도 리파 대신에 처형될 처지의 바로 그 장본인이다. 내가 있는 곳에서 보면 뒷모습이 보여 그의 얼굴은 알 수 없지만, 키가 크고 야위었으며 더러운 망투를 입고 있었다. 그렇게까지 부유한 사람은 아닌 것 같고, 사기꾼 살인자로 오해 받기 쉬운 모습이다.

독자여, 나는 실로 아슬아슬한 참에 들어왔구나. 5분이 지나 이미 때는 늦었다. 아이자와는 도저히 구해낼 수 없는 상태였다. 간신히 시간에 맞췄다면 나에게는 다행인가, 불행인가. 나는 스스로 판단하기 어려웠다. 내가 밀치고 들어갔을 때는 이미 전체적인 절차가 끝나고 서기관이 의자에서 일어나 죄상을 읽어가려던 참이었다.

## 26

좌석을 가득 메운 방청객은 빼놓지 않고 다 들으려는 듯이 찬

물을 끼얹은 것처럼 조용했다. 그 조용한 모습이 죽은 사람들 같았다. 이윽고 서기관은 죄인을 향해 말했다.

"당신 아이자와 소키치는 히라노리를 살해했다. 그 증거는 눈 속에서 발견된 권총이다. 당신은 이 죄를 기억하고 있는가, 없는가?"

서기관의 캐묻는 목소리가 낭랑하게 법정 구석구석까지 빈틈없이 울렸다. 죄인 아이자와 소키치는 서기관의 말을 듣고 기억에 없는 죄를 뒤집어쓴 게 화나는 것인지 잠시 아무런 대답이 없었다. 이때 리파는 내 손을 떨치면서 앉아 있던 의자 위로 벌떡 올라서서 검은 복면을 올리고 높이 쇳소리를 내면서 법관에게 말을 건넸다.

"법관님, 법관님."

이 소리를 듣고 놀라서 법관, 서기관 및 방청객은 말할 것도 없고 아이자와 소키치까지 무슨 일인가 하고 이쪽을 돌아보며 창백해진 리파의 얼굴을 응시했다. 독자여, 지금 돌아본 방청객 속에 오아쿠가 끼어 있는 것을 나는 보았다. 그러나 내가 놀란 것은 변호인이었다. 이 변호인은 전에 내가 영국을 도망쳤을 때 넌지시 외국에 대해 물었던 요시다 리키치 변호사였다. 리파는 심박이 올라갔는지 법관을 부르려고 하는데 말문이 막혀 한마디도 나오지 않았다. 그러는 사이에 법관 옆에 앉아 있던 관리인이 일어나 우레 같은 큰소리로 정숙하라고 호통을 쳤다. 나는 바로 일어나 리파를 도와주려 하는데, 옆에 있던 경관이 재빨리 나와 리파를 붙잡아 힘주어 엎드리게 했기 때문에 꼼짝할 수 없었다.

독자여, 이 경관은 조금 전에 내가 은행권을 쥐어준 사람이다. 만약 다른 경관이었다면 곧바로 우리를 문밖으로 끌어냈을지도 모른다. 다행히 돈의 힘으로 끌려 나가지는 않았다. 이때부터 잠시 동안 나도 리파도 엎드린 채로 머리도 들지 못해 무슨 일이 일어났는지 알 수 없지만 방청객 사람들이 와글와글 떠들어대는 소리 속에 가여운 아이자와가 뭔가를 말하고 있는 것이 들렸다. 이윽고 방청객의 소란이 조금 조용해질 무렵, 법관의 목소리로 뭔가 들려주는 듯했다. 우리는 엎드린 채로 귀 기울여 듣고 있었다.

독자여, 이것이 바로 재판관의 판결문이다.

"그대 아이자와 소키치는 이러이러한 악의를 가지고 히라노 리를 살해한 것으로 판단한다. 우리 법관의 직무로 그대에게 무섭고 슬픈 사형을 선고한다."

리파는 이 말을 듣고 이제 한시도 지체하고 있을 수 없다고 생각한 것인지 필사적인 힘으로 경관을 물리치고 다시 앉아 있던 의자 위로 올라갔다.

"법관님, 이 재판에 대해 고발할 것이 있습니다."

구슬이 부서져 쇠를 관통하는 듯한 목소리로 막힘없이 늘어놓는 말이 채 끝나기 전에 다시 관리인이 일어나 소리쳤다.

"저 소란스러운 자를 끌어내라!"

리파는 여전히 굴하지 않고 말했다.

"저는 소란을 피우고 있는 게 아닙니다. 말씀드릴 것이 있어요."

벌써 사방에서 경관 대여섯이 달려 나와 리파를 붙들어 문밖으로 쫓아내고는 문을 닫아버렸다. 독자여, 나와 리파는 스페인에서 주야로 서둘러 달려와서 호소할 것을 호소 못하고 결국 죄 없는 아이자와 소키치가 사형 선고를 받게 된 것이다. 리파는 마치 미쳐버린 듯이 날뛰면서 밖에서 법정 문이 깨져라 두드렸다.

"이것 열어줘요. 열어줘요."

나는 경관에게 또다시 호통을 맞으면 귀찮은 일이 생길 것 같아 그녀를 뒤에서 꼭 껴안았다.

"이보게, 리파 양. 순서가 틀렸어. 아무리 소리쳐도 소용없어. 이렇게 된 이상 변호사에게 부탁해 응당한 절차를 밟아 호소하는 수밖에 없어."

여러 가지로 리파를 설득하는 사이에 벌써 재판은 끝난 듯이 보였다. 저쪽 입구에서 방청객이 파도처럼 몰려나왔다.

"아, 불쌍하구나."

"사형이라니, 너무 잔혹해."

방청객은 제각기 이야기를 하며 사라졌다. 나는 이런 모습을 보이는 것이 부끄러워 억지로 리파를 세우고 한쪽 출입구 쪽으로 몸을 피했는데, 이쪽은 법관들이 출입하는 곳으로 보였다. 방금 전에 본 서기관, 관리인을 비롯해 10명 정도가 줄지어 나왔다. 나는 나쁜 쪽으로 돌아 나오고 만 것이다. 호통 치면 어떻게 할까 다시 고민되었다.

## 27

지금 나온 10명의 법관은 다행히도 나와 리파가 있는 것을 눈치 채지 못하고 그대로 한쪽에 있는 대기실처럼 보이는 곳으로 들어갔다. 비로소 안도의 한숨을 쉬고 있는 사이에 또다시 나오는 한 사람이 있었다. 누구인지 살펴보니 변호사 요시다 씨였다. 나는 요시다 씨야말로 최고의 상담 상대라는 생각이 들어 즉시 그를 붙잡고 말을 건넸다. 요시다 씨는 놀란 듯이 이쪽을 쳐다보고 말했다.

"아니, 조금 전에 실은 법정에서 당신들의 이상한 모습을 보고 어떻게 된 일인지 의아했어요."

"저, 급히 그 일에 대해 긴히 상담할 게 있습니다."

"아무튼 여기서는 이야기하기 힘드니까 내 출장소까지 함께 갑시다."

이렇게 말하며 그는 앞서 걸어갔다. 나는 리파의 손을 잡고 그 뒤를 따라 재판소 옆문을 나왔다. 이곳에 이미 요시다 씨의 마차가 대기하고 있어 셋은 마차에 올라탔다. 마차는 곧 요시다 씨의 출장 사무소가 있는 어느 숙소에 도착했다. 세 사람은 모두 요시다 씨가 전세로 빌린 곳으로 들어갔다. 자리에 앉아 분위기가 안정되길 기다렸다가 나는 우선 말문을 열었다.

"오늘 죄인은 결국 사형을 선고 받았습니까?"

"그래요. 나도 증거가 불충분하니까 충분히 변호해서 무죄로 할 생각이었지만, 도저히……."

"그야 당연히 증거가 불충분할 거예요. 진짜 범인은 따로 있거든요."

"아니, 범인이 따로 있다니?"

"저, 진짜 범인이 그 남자를 구해주려고 자수할 생각으로 일부러 스페인에서 급히 왔는데, 아까 보신 대로 법정에서 소란을 피운 거죠."

"자네가 무슨 말을 하는지 모르겠군. 좀 더 침착하게 들려주게."

이때 리파가 말을 꺼냈다.

"실은 히라노리를 죽인 진짜 범인은 접니다. 정말로 제가 히라노리를 죽였으니까 아무쪼록 선생님이 힘을 다해 자수 절차를 밟아주시면 좋겠습니다."

요시다 씨는 얼굴색이 하얘질 정도로 놀랐다. 이때부터 나와 리파는 번갈아가며 히라노리를 죽인 경위를 비롯해 스페인으로 도망친 일부터 오늘 재판소에서 소동을 벌인 일까지 빠짐없이 이야기했다. 요시다 씨는 다 듣고 나서 손뼉을 쳤다.

"아, 이제 이해가 되는군. 오늘 재판만큼 이상한 적이 없었는데, 이제야 알겠네. 진짜 범인이 따로 있었구나. 그러나 당신들 염려할 거 없어요. 자수해도 아직 늦지 않아요. 선고는 오늘 내려졌지만 처형될 때까지는 이삼 일 시간이 있으니까 내일 자수하면 충분해요. 그렇게 되면 재판은 다시 열리니까."

"그렇지만 가능하면 지금 바로 자수하고 싶어요. 죄 없는 사람을 하루라도 길게 괴롭히면 더욱 죄를 짓는 게 되니까요."

"아니오, 오늘은 이미 시간이 끝나버렸어요. 내일이 돼야 가능해요."

"그럼 우선 내일 바로 자수하기로 하고, 물어볼 게 있어요. 오늘 재판이 이상하다고 했는데, 그 밖에 뭔가 이상한 것이 있었습니까?"

"아, 이렇게 된 거예요. 죄인 아이자와가 자네 부인(리파)이 일어선 것을 본 뒤 갑자기 태도가 달라지면서, '정말로 히라노리를 내가 죽인 게 틀림없어요. 이 방청객 중에 상세히 전말을 알고 있는 부인이 있으니까 나는 아무 말도 하지 않겠습니다. 변호도 필요 없으니까 바로 사형선고를 내려주세요'라고 말했거든요. 지금 생각해보니 그자는 자네 부인이 자수하려고 일어선 것을 눈치 챈 거네요. 일단 사형선고를 받으면 자네 부인이 더욱 그 자를 불쌍히 여길 테니 한시라도 빨리 자수해줄 거라고 생각한 거예요. 그래서 조금 전처럼 자신이 죽였다고 한 거죠. 즉 자네 부인을 격려해서 한시라도 빨리 자수시킬 계략을 세운 거예요. 틀림없어요."

이 말을 듣고 나도 리파도 그야말로 감탄했다. 리파는 여전히 요시다 씨를 향해 말했다.

"지금 말씀하신 대로라면 아이자와는 오로지 우리 자수를 기대하고 있을 테니 부디 오늘 안에 수순을 밟아 내일은 빨리 자수하겠습니다."

"알겠습니다. 그러나 이에 대해서는 되도록 당신의 죄가 가벼워지도록 조금 조사해 놓은 증거물 등도 있으니까 저는 이제부터 그 조사차 외출하겠습니다. 제가 돌아올 때까지 여기서 3시간 정도 기다리세요. 다쿠조 씨, 기다려줘요."

그는 이렇게 말하면서 일어나 어딘가로 외출했다.

독자여, 나는 스페인을 출발해 오늘까지의 일, 그리고 내일부터 앞으로 어떻게 될 것인지 등을 생각하니 실로 꿈속에서 꿈을 꾸는 듯한 생각에 마음이 심란했다. 리파를 위로할 만한 말도 떠오르지 않고 리파도 마찬가지로 마음이 심란해졌는지 약 2시간 남짓을 둘이서 묵묵히 고개를 숙이고 있는데, 안내하는 이도 없이 황급히 들어오는 사람이 있다. 돌아보니 독자가 알고 있는 오아쿠였다. 얼굴색이 창백하고 날카로운 눈에 눈물을 글썽이며 화난 듯이 보이기도 하고 슬픈 듯한 모습도 보였다. 무슨 일인지 나도 리파도 뜻밖의 대면이고 보니 아무런 말도 나오지 않았다. 오아쿠는 거칠게 말했다.

"리파 양, 다쿠조 군. 나는 당신들의 죄를 감추려다 우리 오빠를 죽이게 됐습니다. 오늘 당신들을 대신해 사형 선고를 받은 아이자와 소키치는 내가 오랫동안 찾아다니던 친오빠예요. 얼굴도 모르고 이름도 달라져 있어서 지금까지 눈치 못 채고 있었는데, 확실히 들었습니다. 자, 한시라도 빨리 자수해주세요. 오빠를 살려주세요. 당신들이 우물쭈물 하고 있으면 내가 직접 신고하겠어요. 빨리 자수해서 아이자와 오빠를 살려주세요."

오아쿠는 이렇게 말하며 좌우로 나와 리파를 쳐다보았다. 나는 뜻밖의 일에 너무 놀라 붙잡힌 채 아무 생각도 떠오르지 않았다. 이런 차에, "무슨 일이야?"라고 말하면서 들어온 사람은 조금 전에 외출한 요시다 씨로 그 뒤에는 내 어머니도 같이 있었다.

## 28

독자여, 오아쿠가 나와 리파를 끌어내려고 하고 있던 차에 내 어머니를 데리고 돌아온 요시다 씨는 소동이 일어난 속으로 뚫고 들어왔다.

"무슨 일인지 모르겠지만 그 소동을 잠시 멈추고 기다려주게. 오늘만큼 뜻밖의 일은 없을 걸세. 이 편지를 읽어보게. 여러분, 이 편지를 읽어보면 착각한 것을 알 수 있습니다. 울 것 없어요. 소동 피울 것 없습니다."

요시다는 이렇게 말하면서 책상 위에 한 통의 편지를 던졌다. 모두 눈을 보아 이 편지를 보니, 봉투에 다음과 같이 쓰여 있다.

> 아이자와 소키치가 히라노리를 죽인 경위 및 자백
>
> 사형 선고를 받은 아이자와 소키치 적다.

나는 의아해하며 물었다.

"그럼 요시다 씨, 이건 아이자와 자신이 쓴 겁니까?"

"그래요, 자네 부인의 자수 수순을 밟으려고 내가 지금 감옥에 갔다가 아이자와를 만나 받아온 거예요. 그리고 돌아오는 길에 자네 어머니를 만나 동행한 거네."

나는 우선 재빨리 위의 편지봉투를 뜯어내고 책상 한가운데에 펼쳐놓고 읽어갔다. 다음과 같다.

사형 선고를 받은 아이자와 소키치가 최후의 순간을 맞이하여 이 편지를 남긴다. 나는 외국에 갔다가 오랜만에 올해 1월에 귀국했다. 1월 22일에 런던으로 돌아왔다. 돌아오는 도중에 여비를 모두 다 써버려 런던에 도착했을 때는 돈 한 푼 남아 있지 않아 매우 당혹스러웠다. 이때 어렸을 적에 헤어진 여동생 한 명이 로뎅에 살고 있다는 것을 들은 적이 있어서 여동생을 찾아가 응분의 도움을 받을 생각이었다.

그런데 로뎅으로 가는 기차를 탈 차비도 없어 이런저런 궁리 끝에 마침 지니고 있던 신형 권총을 팔아치우려고 여기저기 고물상에 가봤다. 그러나 수상한 물건으로 생각되는지 어디서도 매입하겠다고 나서는 자가 없었다. 이 권총은 결코 부정한 물건이 아니에요. 내가 프랑스에서 잘 아는 사람에게 산 것입니다. 이 권총은 이번에 그 사람이 새로 발명한 것으로 실은 세상에 퍼트리기 위해 나에게 준 거예요. 이렇게 말해봤지만 권총을 살 사람이 없어 어쩔 수 없이 속옷 두 벌을 벗어 이를 팔아 로뎅까지의 차비를 마련했다. 이것으로 로뎅에 가서 여동생이 사는 집을 수소문했지만 전혀 알 수 없었다. 이제 숙소를 잡는 것도 저녁밥을 먹는 것도 할 수 없었다. 어쩔 수 없이 다시 권총을 팔려고 로뎅의 고물상으로 나왔는데, 역시 거절당했다.(그 후 내가 범죄의 증인이 되어 법정에 끌려오게 된 것은 이 고물상에서이다.)

나는 속옷도 안 입고 있어서 추위에 견딜 수 없어 부들부들 떨며 어떻게 할지 생각에 잠겨 걷고 있는데, 언제부터인가 로뎅 정류장 쪽으로 가게 되었다. 추위를 견딜 수 없어 정류장 대합실에 들어가 난로에 몸을 쬐면서 어떻게 할지 생각하고 있는데, 6시 반에 하행선 기차가 도착했다. 기차 안에서 나이 서른두셋 정도로 보이는 신사가 내리는 걸 보고 나는 생각을 결정하고 그 옆으로 가서 곤궁한 처지를 털어놓고는 저녁밥값을 달라고 해봤다. 그러나 신사는 "패기 없는 놈이군"이라고 하면서 나를 밀쳤다. 그는 나를 조롱하고 로뎅 쪽으로 사라졌다.

나는 분하기도 하고 유복한 모습이 부럽기도 해서 여러 생각을 하다가 문득 이 신사를 쫓아가 죽이고 싶은 생각이 들었다. 그를 죽이면 우선은 지금 당장의 원한을 풀 수 있을 테고, 또 하나는 주머니에 돈도 있을 거라고 생각했다. 몇 번을 다시 생각해봐도 얼마간이라도 극한의 곤궁함에 절박한 상황이라 어쩔 수 없다고 생각하며 곧장 달려 신사보다 백 미터 정도 앞서 갔다. 이렇게 해서 기다리고 있다가 신사가 걸어오는 것을 보고 그 앞을 막아서며 탕, 하고 한 발을 쏴서 명중시켰다. 신사는 그 자리에서 쓰러졌다. 그리하여 그 옆에 다가가려고 하는데 이때 차갑게 내 머리에 닿는 것이 있었다. 깜짝 놀라 잘 보니 이제 막 내리기 시작한 눈이었다. 눈에 놀랄 정도로 마음이 약해서는 안 된다고 정신을 차리고 그 옆에 다가가서 바로 주머니를 뒤지려고 하고 있을 때였다. 뒤에서 발소리가 들려 돌아보니 검은 옷을 입은 스물두셋으로 보이는 여자였다. 얼굴은 창백하고 눈초리는 치켜 올라간 모습이 광기에 틀림없었다. 지금이라도 나에게 달려들 것처럼 생각되었다. 나는 놀란 나머지 손에 들고 있던 권총을 그녀에게 던지고 도망쳤다. 돈도 아무것도 얻어내지 못했다.

그로부터 20일째 되는 날 나는 체포되었다. 법정에 끌려 나갔다. 법정에서 발뺌할 생각으로 여러 가지로 항변해봤는데, 갑자기 뒤에서 어수선한 소리가 들려 무슨 일인가 돌아보니 바로 내 범죄를 목격한 여자가 뒤에 서서 재판관에게 말을 걸고 있었다. 이 부인은 필시 내 죄를 고발할 생각으로 일부러 방청석에 와 있는 것이 틀림없다고 생각했다. 특히 이 여자는 의복까지 내 범죄를 목격했을 때와 같은 검은 겨울옷을 입고 있는 걸로 봐서 확실히 내가 빠져나가지 못하도록 하려는 걸로 생각되었다. 이 여자를 보고나니 갑자기 공포가 느껴지고 도저히 도망갈 수 없다고 체념했다. 그래서 나는 마침내 위의 사실을 자백하게 된 것이다. 나는 어렸을 적 이름이 벤기치이고, 오아쿠라고 하는 여동생이 하나 있지만 지금은 행방을 모른다. 이상 한마디도 거짓은 없다.

- 1886년 7월 21일 적다.

독자여, 이 편지에 의하면 히라노리를 죽인 것은 리파가 아니라 전적으로 아이자와이다. 리파는 단지 범죄 현장에 있었을 뿐이다. 위의 자백한 글을 읽고 잘 생각해보라. 나도 리파도 청천백일의 몸이 되어 혐의가 풀렸다. 다만 내가 리파를 죄인이라고 생각하면서 숨기려고만 한 것은 정말로 무거운 죄를 지은 것이지만, 나는 악한 마음에 리파를 숨기려고 한 것이 아니라 내 마음이 너무 약하고 애정이 깊은 까닭에 죄라고 생각하면서도 리파를 숨긴 것이다. 독자여, 나, 리파 그리고 어머니의 기쁨과 오아쿠의 슬픔은 여기에 적지 않겠다. 이로써 히라노리의 생전의 재산 20만 파운드(100만 엔)는 친척이 없기 때문에 리파의 것이 되었다. 리파는 그 절반을 오아쿠에게 주고 아이자와의 죽음을 애도했다.

독자여, 리파는 이제는 영국에서 여왕폐하 다음을 이을 정도로 귀부인사회에서 존경받는 교제의 여왕으로 불리고 있고, 나는 그 남편으로 왕국의학박사회원의 대표가 되었다. 나와 리파가 무죄라는 것을 알리기 위해 나 자신이 붓을 들어 이 책을 엮었다. 전부 다 쓴 후에, 하인을 불러 일러뒀다.

"이봐, 나오스케. 이 원고를 서점으로 보내주게."

"네, 네." 대답하며 나오스케가 나갔다. 나는 그 뒤를 배웅하며 혼잣말을 했다.

"로뎅에 있을 때는 저 녀석을 꽤 혹사시켰는데, 변함없이 정직한 사람이구나."

# 유령

구로이와 루이코

# 서(序)

세상에 귀신 이야기를 지어내 괴담으로 만들고, 기이한 이야기를 끌어다 사람들을 전율시키는 이야기를 만들어서, 이를 토대로 연극이나 만담 연예장에서 수상한 형태의 시체를 만들어 설치하고 있다. 이렇게 하여 미개하고 몽매한 세상에는 그야말로 망령이 나타나 극악무도한 일당을 괴롭히고 집념을 남기는 등, 그야말로 불법(佛法)의 방편에서 나온 것이 전해지고 있다. 이러한 이야기의 주안점은 악인을 선인으로 이끌어 가르침을 주려고 하는 데에 있다. 그러므로 악인으로 하여금 사람을 죽이거나 혹은 사람을 벌하게 하여 결국 스스로 정신을 괴롭혀서 본 적도 없는 망령을 나타나게 하는 것이다. 이는 매우 신중하지 않으면 안 된다. 미야코(都) 신문의 주필 루이코(淚香) 선생이 구미의 소설을 번역하여 매회 동 신문지상에 게재하는 이야기는 기이하고 괴이해서 사람의 마음을 즐겁게 해줄 것이다. 그런데 번역한 소설의 대부분은 재판에 관련되든가 아니면 탐정에 관련된 내용이었다. 그러던 중에 마침 이 유령담을 번역하게 된 것이다. 이는 일본의 괴담과는 달라서 선생이 이전에 다음과 같이 말한 바 있다.

"유령은 터무니없는 게 아니다. 정말로 근거가 있다."

유령은 과연 있을까, 없을까? 나는 이를 잘 모르지만 바로 이 책 덕분에 이것이 정말로 유령일 것이라고 비로소 알게 되었기 때문에, 세상 사람들이 유령의 실제 모습을 알고 싶으면 이 책을 펴서 읽어보면 정말로 그 실체를 상세히 알 수 있을 거라고 말하는 바이다.

- 1889년 말 나카인(中院)* 소설관 주인 적다.

## 1

유령을 신경병 때문이라고 하는 것은 너무 구식의 이야기로 지금은 문학자 중에서도 유령이 있다고 하는 사람이 많다. 아무튼 여기서 이야기해보겠다. 유령은 괴담이나 귀신 이야기의 부류가 아니다. 마을 사람들이 빠짐없이 본 것은 유령이었다. 하지만 괴담에 전해지는 바와 같이 무서운 원한이 있어 나타나는 것은

* 사이타마(埼玉)현 가와고에(川越)시에 있는 사찰

아니다. 매우 길고 긴 사정부터 이야기를 시작해보자. 독자여, 바라건대 인내심을 가지고 유령이 나오는 곳까지 계속 읽어주길.

영국의 수도 런던에서 그리 멀지 않은 가로메다라는 마을에 지쿠부 요시나리(竹生義成)라는 오래된 시골 무인(武人)이 있다. 요시나리는 서른의 나이에 홀어머니, 여동생과 셋이 살고 있다. 여동생의 이름은 오시오(お鹽)로 올해 스무 살. 봄을 맞이하여 시골에 있기에는 아까운 미인이다. 어머니, 오빠 모두 원하는 사윗감이 있으면 인연을 맺어주려고 남몰래 신경을 쓰는 사이에 생각지도 못한 일이 일어났다. 어느 날 저녁 무렵, 오시오가 밖에 나간 뒤에 어머니는 요시나리를 향해 목소리를 죽여 말했다.

"너, 내 말 좀 들어볼래? 오시오에게 황당한 일이 일어났어."

"황당한 일이라뇨? 무슨 일인데요? 얌전한 여자애니까 설마 애비 없는 아이를 뱄을 리도 없을 텐데요."

"그런 일은 아닌데, 어느 사이엔지 가로메다의 차남과 부부가 될 약속을 했다고 하는구나. 나도 오늘 아침에 남한테 처음으로 듣고 설마 그럴 리가 있을까 싶어 오시오를 불러 자초지종을 물어보니, 어머니, 죄송하지만 실은 이러이러해서 나쓰오(夏雄) 씨와 부부가 되지 못한다면 죽어버릴 거예요, 라고 말하고 나서 계속 울고만 있구나."

"그것 큰일이군요. 원래 영국은 자유결혼을 허용하는 나라로 당사자끼리 약속하면 부모나 형제라 해도 이러쿵저러쿵 말하는 것은 안 돼요. 그건 그렇고, 가로메다의 차남 나쓰오라면 이것 참 곤란하군. 나쓰오는 어머니도 알다시피 패기가 없잖아요. 설령 혼례를 치른다 해도 나중에 오시오를 위해서는 좋지 않아요."
"나도 그렇게 생각하니까 이렇게 이야기하는 거 아니냐. 정말로 가로메다 마을의 가로메다라고 할 정도로 옛날에는 우리 조상도 그 집의 소작인이었다고는 하지만, 지금은 저런 상태잖니?"
"뭐, 지금도 가세가 기울었다고는 하지만 가산으로 치자면 이 마을 최고잖아요."
"최고여도 차남이니 별 수 없잖아. 나쓰오는 형에게 의절당하다시피 된 상태라 여자를 힘들게 하는 외엔 뾰족한 수도 없잖니."
"그렇긴 하죠. 본인이 확고한 사람이라면 비록 지금은 가난해도 나중에는 희망이 있겠지만 지금처럼 패기가 없어서는……. 특히 가산은 모두 형 것이고. 정말 고민이군요. 제가 잠시 집에 있을 수 있으면 뭐 오시오와 이야기를 좀 해본 다음에 나쓰오를 만나 충분히 이야기해보겠는데, 아시다시피 내일 아침 먼 나라로 떠나 당분간은 돌아오지 않을 건데……."
"이장인 도다 헤이타로(戶田平太郎) 영감에게 부탁해보려고 생각하고 있어."
"아, 그게 좋겠어요. 도다는 이장을 하고 있는 만큼 사리가 있는 사람이니까요. 제가 곧장 가서 도다를 만나 만사를 부탁해놓을게요. 물론 이제 와서 부부가 되지 않겠다고 하는 것은 안 되겠지만 그래도 도다 헤이타로에게 오시오의 후견인이 돼줄 것을 부탁해놓으면 제가 있는 것과 마찬가지일 거예요."
"그렇지만 되도록 나쓰오에게 이번 혼인을 단념하도록 하는 게 좋을 거야. 난 뭔가 예감이 좋지 않구나. 오늘 아침부터 벌써 가슴이 계속 두근거려. 아, 나쓰오의 아내가 되어버리면 언제 어떻게 될지 몰라. 꼭 슬픈 일이 일어날 것 같은 생각이 드는구나. 아무쪼록 부부가 되지 않는 게 좋겠어."

요시나리는 어머니의 끝없는 되풀이를 뒤로 하고 이장 도다 헤이타로의 집을 향해 달려갔는데, 때마침 일이 잘 되려고 그런지 도중에 헤이타로를 만났다.

"아, 마침 좋은 때에 만났군요."

"아, 나도 자네 집에 가는 중이었어. 실은 자네 여동생 일로 흘려들을 수 없는 소문을 들어서."

"그 소문 말인데요, 이미 당사자끼리 약속한 거라면 이제 와서 그만두라고 할 수는 없지만, 그래도 나쓰오를 만나 장래의 목표까지 충분히 물어보고 평생 오시오에게 부족함이 없이 해주고, 또 불성실한 일은 하지 않겠다는 약속을 받아 확실하게 먼 장래까지 다짐을 받아야겠어요."

"그렇지. 나쓰오가 만약 형에게 얼마라도 가산을 나눠 받아 앞으로 굳건히 제 몸을 책임진다면 또 모르겠지만."

"게다가 저는 내일 먼 나라로 떠나 그런 다짐을 받을 시간이 없어서 모든 일을 이장님께 부탁해두고 싶습니다."

"그게 좋겠군, 그렇게 하게. 나는 이제 손자까지 있을 정도로 나이 들어 연륜이 있으니, 상황을 잘 살펴 좋은 쪽으로 조처하겠네."

이장이 이렇게 말하고 있는데, 때마침 저쪽 나무그늘에서 나오는 28, 9세가량의 용모 훤칠한 남자는 예의 가로메다의 차남 나쓰오이다. 요시나리는 그에게 달려가 매우 날카로운 말투로 물었다.

"나쓰오 군, 자네 실로 괘씸한 짓을 했더군. 내 여동생과 부부 약속을 했다던데."

"아니, 괘씸한 짓이 아니에요. 서로 사랑하고 있으니 당연한 거죠."

"당연하다고? 자네 그렇다면 정말로 오시오를 사랑하고 있단 말인가?"

"정말로 사랑하니까 약속한 겁니다. 무슨 일이 있어도 결코 변심하는 일은 없을 거예요."

"변심이고 뭐고 간에 자네는 당장 어떻게 해서 오시오를 먹여 살릴 텐가? 부인을 맞아들이면 지금까지처럼 형 집에서 식객으로 있을 수도 없는 노릇이고."

"아니오, 형에게 가산을 나눠달라고 해서 결코 여동생을 고생시키지 않겠습니다."

"그렇지만 형님이 과연 가산을 나눠 줄까? 그것도 확실한 건 아니잖나? 이미 형과 의논이라도 한 건가? …… 대답 못하는 걸 보면 아직이지? 부디 오시오와 한 부부 약속을 취소해줬으면 좋겠네만."

요시나리는 이 지방에서 마을 사람들에게 존경받는 남자여서 그의 입에서 나오는 날카로운 말에는 패기 없는 나쓰오도 조금은 태도를 바꾸어 말을 이었다.

"아니오, 이제 취소할 수 없어요. 이미 옆 마을에 있는 절에 가서 지금 혼례를 마치고 돌아오는 길이니까요."

요시나리는 울컥 화가 치밀었다.

"뭐라고? 그런 무례한 짓을. 우리 마을에도 절이 있는데, 옆 마을의 절에 가서 비밀리에 혼례를 치르다니. 왜 미리 내게 한마디 의논하지 않은 건가? 왜 더러운 비밀 혼례 따위를 한 거냐? 지금 돌아오는 길이라니 실로 무례하군."

요시나리는 이렇게 말하면서 화를 참지 못하고 멱살을 잡으려고 하는데, 이장 도다 헤이타로가 끼어들었다.

"아니, 요시나리 군, 화도 나겠지만 이미 스님까지 입회해서 혼례를 마쳤다고 하니 취소할 수 없는 일 아닌가? 그 대신에 이 자리에서 앞으로 평생 오시오를 고생시키지 않겠다는 약속을 하라고 하세. 나쓰오 씨에게도 훌륭한 형이 있으니까 부인을 맞이하면 설마 가산을 나눠주지 않겠다고는 안 할 걸세."

이장의 중재 덕택에 나쓰오는 요시나리에게 충분한 약속을 했다. 요시나리는 하는 수 없이 화를 삼키고 어머니가 계시는 곳으로 돌아갔다. 어머니는 벌써 딸이 비밀 결혼을 올린 이야기를 듣고 소리 내어 울고 있었지만, 이제 어찌할 수 없는 일이라 억울하지만 참고 넘어갔다. 제일 사랑하는 딸 오시오를 패기 없는 나쓰오의 아내로 내주게 된 일이 이 이야기의 발단이다.

## 2

서양에서는 혼례가 끝나면 남녀가 곧바로 손을 잡고 여행을 떠난다. 젊은 부부의 첫 여정인 것이다. 이것만큼 즐거운 일은 없다. 따라서 이 여정을 밀월여행이라고 하기도 한다. 정말로 가로메다의 차남 나쓰오는 오시오와 혼례를 마치고 다음날 곧바로 밀월여행을 떠났는데, 이것은 단지 구실일 뿐으로 불과 반달도 채 지나지 않아 벌써 여비를 탕진했는지 가로메다 마을에 돌아오고 말았다. 그의 형은 매우 화가 나서, 장래 가망도 없고 제멋대로 혼인하는 너 같은 놈은 내 형제가 아니라며 집에 오지도 못하게 했다. 오시오의 어머니는 심히 걱정되어, 지금은 다행히 요시나리도 여행을 떠나 집에 없으니 형의 기분이 풀릴 때까지 당분간은 처가에서 머무르라고 딸을 걱정하는 마음에서 친절하게 권했지만, 나쓰오는 언제 요시나리가 돌아올지 모른다며 이를 걱정해 어머니의 뜻에도 따르지 않았다.

그렇다고 해서 달리 거처할 곳이 있는 것도 아니어서 곤란하던 차에 이장인 도다 헤이타로 노인이 차마 보다 못해 우선 자신의 집에 데리고 갔다. 그러고는 나쓰오를 대신해서 그의 형에게 사죄했다. 올곧은 형이지만 노인의 지당한 말에는 등을 돌릴 수 없어, 다시는 형에게 성가신 일이 없도록 만약 타국에 가서 살림을 차린다면 그 자본으로 돈 천 파운드(5천 엔)를 주겠다고 하자, 나쓰오는 더할 나위 없이 기뻐했다. 고향에 있어봤댔자 누구 하나 신경써줄 사람도 없는 신세이고 보니 타국에 가는 것을 왜 꺼리겠는가. 그렇다면 미국에 가서 천만 엔 이상의 가산을 만들 때까지는 다시는 이 나라에 돌아오지 않을 거라고 약속하겠다는 서약서를 주고 5천 엔을 받았다. 이것을 들은 오시오의 어머니는 미국에 가는 것을 말렸다.

"바다를 사이에 두고 멀리 떨어져 있는 미국에 가는 것만은 그만 두거라. 알다시피 요시나리도 타국에 가 있는데 너마저 가버리고 나면 나는 이 마을에 홀로 남게 돼. 생활하는 데 곤란은 없다고 하지만 점차 나이들 테고 어떻게 살 수 있겠니? 그래서 말하지 않더냐. 장래 전망이 없는 사람에게 시집가면 자신뿐만 아니라 나한테까지 걱정을 끼친다고 그렇게 말렸는데 말도 안 듣고. 이젠 그것도 지난 일이니 어쩔 수 없지만, 이런 상태로 미국에 가면 언제 돌아올지 짐작할 수도 없고. 나쓰오에게 그렇게 말하고 미국으로 가는 것만은 그만둬라."

어머니는 울면서 설득하며 말렸지만 오시오는 나쓰오와 헤어질 생각이 없고, 나쓰오도 또한 돈 5천 엔을 가지고 미국에 가면 가만히 누워 있어도 재산이 생긴다고 생각했다.

"아니에요, 내년 말까지는 꼭 돌아올 거예요. 프랑스에 간 형님보다 제가 더 빨리 돌아오게 될 겁니다."

이렇게 나쓰오는 아무렇지도 않은 듯이 말해버리고는 마침내 오시오를 데리고 미국으로 건너갔다. 그 무렵은 아직 미국과 영국 사이에 해저 전신이라는 것이 없었고, 또 같은 미국 안에서도 동쪽 해안에서 서쪽 해안까지 가려면 목숨을 걸고 가야 한다는 말이 있을 정도로 열려 있지 않은 시대의 일이라, 어머니는 오시오를 지옥에 보내는 것보다 괴로워했다. 울면서 지내는 동안에 바야흐로 별 일 없이 5년의 세월이 지나갔다.

처음 3년 동안은 석 달에 한 번 정도씩 오시오에게 편지가 왔지만 그 후 2년은 거주지도 생사도 몰랐다. 지금까지의 편지로 생각해 보면 나쓰오 부부는 뉴욕을 거처로 하고 일자리를 찾아 여기저기를 돌아다닌 것으로 보인다. 어떤 때는 남쪽 끝에서 편지가 오기도 하고, 또 어떤 때는 서쪽 끝에서 편지가 오는 등 거주지가 여전히 정해지지 않아 어머니가 보내는 편지는 모두 주 거주지인 뉴욕의 모 회사 주소지로 보내면 그 회사에서 나쓰오 부부에게 보내주게 되어 있었다.

이윽고 5년째 되는 해가 끝나갈 무렵, 행운은 누워서 기다리라는 말처럼 가로메다 마을의 가로메다로 불리는 나쓰오의 형이 병으로 죽어 가산이 모두 나쓰오의 손에 떨어지게 되었다. 본래 가로메다의 가산은 전답과 그 외를 포함해 10만 엔이 넘었는데, 옛날부터 오로지 아들에게만 물려주는 관습에 따라야 하지만 형에게는 아들이 없었다. 통례라면 그 부인의 것이 될 테지만 여자에게는 물려주지 않는 터라 이장 도다 헤이타로의 주선으로 나쓰오의 이름으로 바꿔 써 넣게 된 것이다. 하지만 나쓰오 부부는 지금 미국의 어디에 있다는 말인가. 두 해나 이런 식으로 소식 하나 없으니 우선 뉴욕의 모 회사에 이 일을 알렸다. 이때 마침 나쓰오는 볼일이 있어 혼자 그 회사에 돌아와 있어서 바로 그 편지를 받아보고 예정보다 빨리 돌아왔다. 오시오의 어머니는 기뻐하며 나쓰오를 만나 오시오의 안부를 물었다.

"오시오는 지금 샌프란시스코라는 미국의 서쪽 끝에 있어요. 오랜 병으로 저와 함께 뉴욕까지 올 수 없었어요. 그래서 어쩔 수 없이 남겨두고 왔습니다. 형의 유산을 받을 게 틀림없으니까 병이 나으면 바로 돌아오도록 잘 말해뒀습니다."

나쓰오가 친절하게 말하자 어머니는 실망하면서도 조금은 안심했다. 세상의 끝에서 오랜 병이라니, 어떤 사람에게 간병을 받고 언제 완쾌할지 이것만을 염려하고 한탄하며 날을 보냈다. 그건 차치하고, 나쓰오는 돌아왔지만 여전히 가로메다의 집에는 형수도 있고 얼마간의 유산을 받은 뒤에 고향으로 돌아갈 예정이기 때문에 그때까지는 밖에 숙소를 잡는 편이 형수를 위해서도 자신을 위해서도 편할 터였다. 그렇긴 하지만 숙소를 잡으려면 당장에 얼마간의 비용도 있어야 하고 또 이름을 바꿔 써 넣을 때까지는 많은 수수료도 지불해야 하니 이러저러한 비용으로 이장 헤이타로에게 천 파운드를 빌렸다. 이 돈으로 숙소를 정하려고 찾아다니는 동안에 우연히 친해진 자는 요즘 어디선가에서 이곳으로 흘러들어온 변호사 네부카 스케토모(根深祐友)라는 사람이었다.

이 사람은 변호사를 업으로 하고 있지만 아직 단골도 없어 이제부터 가로메다 집안의 주인이 되려는 나쓰오를 확보하는 게 앞으로를 위해서도 좋을 거라고 생각했는지, 갖가지 술수를 써서 당분간 나쓰오를 집에 머무르도록 했다. 그런데 이 네부카에게는 오토시(お年)라고 불리는 딸이 있었다. 나이는 스무 살을 둘셋 정도 지났고 오시오에게도 뒤떨어지지 않는 미인으로 아

직 정해진 남편도 없었다. 갖가지 안 좋은 평판이 있어 이장 헤이타로는 불쾌하게 생각해 나쓰오를 만날 때마다 하루라도 빨리 그 집을 떠나 가로메다로 옮겨야 한다고 권했지만, 나쓰오는 그저 알겠다고 대답할 뿐이었다. 명의 변경 작업이 끝난 후에도 역시 네부카 스케토모의 집에 머물렀는데, 그 동안에 나쓰오와 오토시는 남매처럼 매우 친밀한 관계가 되었고 때때로 손을 잡고 시골길을 산책하는 일조차 있을 정도의 사이가 되었다. 나쓰오는 본처 오시오가 세상의 끝에서 홀로 오랜 병으로 고생하고 있는 것을 잊고 있었다. 오시오의 어머니는 이걸 보고 혼자서 힘들어하고 있었다.

## 3

나쓰오는 네부카 스케토모 변호사의 집에 머무르면서 딸 오토시와 보통 이상으로 친밀한 상태가 되었다. 이에 대해서 이장도다 헤이타로는 안 좋은 일로 생각해 어느 날 한 통의 편지를 보냈다. 이제 재산 명의 변경도 끝났고 형수도 친정으로 돌아갔으니 하루라도 빨리 가로메다의 집에 돌아와야 한다, 언제까지나 네부카의 집에 있으면 좋지 않다고 간곡히 훈계하는 글을 써, 이를 마쓰조라고 하는 심부름 하는 아이에게 전달하게 했다. 마쓰조는 이윽고 네부카의 집에 도착했는데 전해줄 사람이 나올 때를 기다리고 있으려니 들으려고 들은 건 아닌데, 분명 옆방에서 나쓰오와 네부카가 이야기하는 소리를 들었다.

"자네, 어떻게든 저 애를 부인으로 맞아주게."

"아니오, 저도 그러고는 싶지만."

"싶지만이 아니라 꼭 그렇게 해주게. 손잡고 걷기까지 해놓고 이제 와서 모른 척하게는 두지 않을 테니."

"아니, 모른 척 하는 건 아니지만 알다시피 혼례를 치를 수 없는 사정이 있잖습니까."

"아니야, 자네가 부인으로 맞을 생각만 있다면 어떠한 사정이 있어도 할 수 있는 법이네."

이때 마침 마쓰조가 예의 편지를 건네주고 돌아갔다. 이로부터 나쓰오는 이장 노인의 말을 따르기로 한 것인지, 가로메다의 집을 여러 곳 개량하고 약 두 달 정도 지나 네부카의 집에서 이곳으로 옮겼다. 하지만 이후에도 여전히 때때로 네부카와 왕래했다. 특히 네부카의 딸을 자기 집에 데리고 오는 일도 자주 있어, 이장 노인은 어느 날 또 나쓰오에게 말했다.

"자네는 평생 버리지 않겠다고 약속한 부인이 있다는 걸 잊었는가? 요즘은 네부카의 딸과 친하게 지내는 모양이네만."

이렇게 이장이 넌지시 쐐기를 박자 나쓰오는 태연하게 웃으면서 말했다.

"아니오, 이장님. 그냥 친하게 지낼 뿐으로 아무 일도 아니에요."

"흠, 아무 일도 아니라면 다행이지만 네부카의 딸은 지금까지 이미 신사를 속이는 등의 일도 했었다고 하네."

이장은 이렇게 말하고 헤어졌다. 다시 한 달 정도 지나 미국에 남겨두고 온 나쓰오의 아내 오시오는 오랜 병중에 샌프란시스코에서 죽었다고 뉴욕 모 회사에서 연락이 왔다. 오시오의 어머니 지쿠부 부인은 큰 슬픔에 탄식하며 비통해했다. 그러나 나쓰오는 그다지 애도하는 기색도 없이 단지 미국에 있는 오시오의 유품만을 즉시 보내달라고 할 뿐이었다. 실로 사랑하는 외동딸을 타국의 끝에서 잃은 부인의 심중이 어땠을지는 생각하는 것만으로도 가련하도다.

그건 그렇고, 이 연락이 오고 나서 불과 5일째 되는 날이었다. 도다 노인은 심부름 하는 아이 마쓰조를 데리고 논밭을 돌아보다가 날이 저물어 돌아가는 길에 이전부터 알고 있던 우편배달부 아시야마라는 자를 만나 그를 불러 세우고 물었다.

"이봐, 아시야마. 나한테 온 편지는 없는가?"

"아, 편지 한 통이 있으니까 여기서 드리죠."

아시야마는 이렇게 말하면서 자루를 뒤지더니 편지 한 통을 꺼내 건넸다. 노인은 이를 받아들었다.

"아니, 이거 아닌데? 뭔가 본 것 같은 글씨이긴 한데 나는 아니야. 가로메다 나쓰오에게 갈 편지네. 그런데 외국에서 온 건데 누구지?"

노인은 편지의 앞뒤를 뒤집어봤다. 원래 서양에서는 편지 겉봉에 보내는 사람 이름을 쓰지 않는 관습이라 누가 보냈는지 알 수 없었다.

"이건 나한테 온 게 아니네. 자네가 잘못 안 거야."

노인의 말에 아시야마는 비로소 알아챈 모양이었다.

"아, 착각했군요. 영감님에게 드릴 것은 이겁니다."

아시야마는 또 한 통의 편지를 집어 들어 건넸다.

"그렇군."

편지를 받아들고 떠나려는 도다 노인을 아시야마는 다시 붙잡고 말을 건넸다.

"영감님, 알고 계십니까? 가로메다의 이번 주인이 내일 아침 절에서 네부카의 딸과 혼례를 치른다고 합니다."

노인은 놀라 호통하듯 말했다.

"뭐, 그런 일이 있을 수 있어? 아내 오시오가 죽었다는 연락이 온 지 아직 일주일도 지나지 않았는데. 누구한테 들었는지 모르겠지만 그런 근거 없는 소리는 하지도 말게."

"아니, 근거 없는 말이 아닙니다. 정말로 틀림없습니다. 제 여동생이 옷수선집에 일하러 다니는데 오늘 혼례 예복을 준비해서 네부카의 집에 갖다 줬다고 하더라고요."

"그럼 다른 사람이 시집오는 거겠지. 나쓰오가 뭣 때문에 오토시 같은 여자를 부인으로 맞겠는가?"

노인은 아무 일도 아니라는 듯이 무시해버리고 돌아갔다. 그런데 다음날 아시야마가 말한 대로 나쓰오는 네부카의 딸과 결혼식을 올리고 손을 맞잡고 가로메다의 집으로 돌아왔다. 이장 노인은 너무 놀라 곧장 가로메다에 가서 나쓰오를 힐난했다.

"오시오가 죽은 지 일주일도 지나지 않았는데 부인을 맞다니, 대체 무슨 일인가? 지쿠부 부인의 슬픔은 생각지도 않나?"

노인이 엄하게 호통치자 나쓰오는 말했다.

"아니오. 오시오가 죽었다는 편지는 5일 전에 도착했지만, 그녀가 죽은 건 3개월 전이에요. 6개월 동안 혼자 살았으니까 지쿠부 부인에게 조심할 시기는 이미 지났어요. 아내가 없으면 가로메다의 집안은 유지하기 힘들어요."

나쓰오는 입만 살아서 이렇게 대답하는 것이었다.

"하지만 이렇게 혼례를 올리고 어떻게 행복하게 살 수 있겠나? 일 년도 지나지 않은 새에 정말 말도 안 될 일이 일어났군."

노인은 그렇게 말했다.

## 4

가로메다 나쓰오는 네부카의 딸을 두 번째 아내로 맞이했는데, 혼례를 치른 지 6개월 되는 때에 아내는 벌써 남자아이를 낳아 부모 이름을 합쳐 나쓰토시(夏年)라고 이름 지었다. 달 수가 부족한 아이라고는 하지만 불과 6개월 만에 태어나는 것은 드문 일이어서 마을 사람들은 여러 소문을 떠들어대고 있었지만 나쓰오는 애써 마음에 두지 않고 있다가, 언젠가 도다 노인에게 말했다.

"이 애는 혼례를 올리기 4개월 전에 아내의 뱃속에 있었어요. 그건 제가 기억하고 있어요."

나쓰오는 아무렇지도 않은 듯이 말했다. 아무튼 남자아이고 보니 가로메다의 가산은 남자 외에는 물려주지 않는 전통을 생각하며 오토시는 매우 기뻐했다. 손 안의 옥처럼 사랑하며 소중히 키우는 사이에 벌써 반년이 지나갔다. 이전의 네부카 딸, 지금의 가로메다 부인은 이미 재산이 자기 것이라도 된 양 바지런히 하인 하녀들을 사정없이 부리며 일했지만, 어떻게 된 건지 나쓰오는 나날이 몸이 쇠약해져 지금은 옛날 모습을 찾아볼 수도 없었다. 특히 마음도 빠져나가버린 것처럼 만사에 그저 아내 마음대로 될 뿐이고, 조그만 일도 잊어버리고는 잘 몰랐다고 하기도 했다. 도다 헤이타로 노인이 빌려준 천 파운드의 돈도 이미 약속한 기한을 넘겼지만 돌려줄 생각도 하지 않고 있었다. 노인은 그걸 재촉하려고 어느 날 심부름하는 아이 마쓰조를 데리고 가로메다에 갔는데, 때마침 나쓰오가 문 앞에서 산책하고 있었다. 곧 노인은 이야기를 시작하려고 하던 차에 예의 우편배달부 아시야마가 와서 두 통의 편지를 나쓰오에게 건넸는데, 그중에 한 통을 잘못해 떨어뜨려 마쓰조가 주워서 나쓰오에게 건넸다. 노인은 노안이긴 하지만 겉봉을 힐끔 보니 놀랍게도 이전에 아시야마가 잘못해서 노인에게 건네준 편지와 같은 글씨체로 써 있었다.

"아니, 그 겉봉에 쓰여 있는 글자는 어디선가 본 것 같은데. 며칠 전에도 이상하게 생각했는데. 그렇지, 마쓰조?"

"네, 그 편지와 똑같은 글씨입니다."

나쓰오는 이 말을 듣고 매우 의아해하는 얼굴이 되었다.

"뭐라고요? 이건 외국에 있는 친구가 보낸 것으로, 영감님이 알고 있는 사람이 아닙니다."

나쓰오는 봉투를 뜯지도 않고 옷 주머니에 집어넣었다. 노인은 그다지 신경 쓰지 않았다. 예의 빌린 돈 이야기로 화제를 바꿨지만 나쓰오는 완전히 기가 빠져버린 것인지, 아니면 달리 마음을 빼앗길 일이라도 있는 것인지, 무슨 말을 해도 전혀 움직이는 기색도 없고 얼토당토 않은 대답을 할 뿐이었다. 노인은 이상하게 생각했다.

"자네에게 말해도 소용없으니 자네 변호사 네부카 스케토모에게 이야기하겠네."

노인은 이렇게 말하고 돌아갔다. 함께 따라온 마쓰조도 나쓰오의 상태를 보통 일이 아니라고 생각했는지 돌아가는 길에 노인에게 말했다.

"주인어른, 좀 이상하죠?"

"흠, 상당히 이상하더구나. 이 세상 사람이라고는 생각되지 않아. 하기는 예전부터 더할 나위 없이 지혜가 없긴 했지만 사람이 하는 말 정도는 알아들었는데, 저렇게 멍하니 있다니 이해가 안 되는군."

다음 날 노인은 다시 네부카를 만나서 드디어 원금을 돌려받았다. 이로부터 다시 반년이 지나 아들 나쓰토시의 생일이 되었다. 가로메다 부인은 화려하게 축하 연회를 열기 위해 평소 친하게 지내는 곳곳에 초대장을 보내고, 전처 오시오의 어머니 지쿠부 부인에게까지 안내장을 보냈다. 부인은 이 안내장을 받고 분해 눈물을 흘리며 곧장 도다 노인의 집으로 찾아갔다.

"가로메다의 후처가 이런 짓을 하는군요. 평소에는 길에서 만나도 말도 하지 않는 주제에 오늘은 여봐란 듯이 안내장을 보냈어요. 저는 너무 분해서…….”

부인은 이렇게 말하면서 울기 시작했다. 노인은 위로하며 말했다.

“정말로 그건 실례군요. 만약 전처 오시오의 어머니라는 것 때문에 안내장을 보내려거든 나쓰오가 와서 말하는 게 도리죠. 이 일은 제가 나쓰오를 만나서 엄하게 야단치겠습니다.”

“게다가 이장님, 나쓰오가 현재의 아내를 소중히 하는 것처럼 오시오를 소중히 대했더라면 여행지에서 죽지는 않았을 거예요. 너무 몰인정하다는 생각이 듭니다. 영감님, 오시오의 유품도 바로 미국에서 도착할 수 있도록 하겠다고 말만 해놓고, 벌써 일 년 반이나 지났어요. 보내주지도 않고 여자라고 신경도 안 쓰고 있는 걸 생각하면……. 요시나리가 집에 있으면 충분히 재촉할 수 있겠지만. 게다가 오시오는 어렸을 적부터 하루도 빠짐없이 일기장을 썼으니까 유품 안에 필시 그 일기장도 있을 거예요. 그게 있으면 미국에 가서 어떻게 살았는지, 왜 병사했는지 모두 알 수 있을 텐데요. 저는 그것이 도착하기를 매일 고대하고 있어요. 그런데도 지금은 유품의 유자도 나에게 말을 안 해요.”

“뭐, 탄식할 것 없어요. 내일은 나도 초대되어 가니까 부인을 대신해서, 또 요시나리를 대신해서 충분히 일러두겠습니다. 유품 재촉하는 것도 잊지 않고 할게요. 그래요, 그래.”

노인은 여러 말로 위로했다. 이럭저럭해서 지쿠부 부인을 돌려보냈다. 다음 날은 드디어 연회 당일이었다. 노인도 축하 자리에 앉아 있었는데, 날이 저물어 나쓰오가 손님과 함께 뒷마당 정원으로 나가는 것을 보고 그 뒤를 따라가 한쪽에 있는 나무 그늘로 불렀다.

"자네는 맏아들 생일이라 이러한 연회를 여는 것도 좋지만, 그렇다고 지쿠부 부인에게 안내장을 보낸 것은 너무 심하지 않은가?"

나쓰오는 이상하다는 듯이 눈을 크게 떴다.

"네? 지쿠부 부인에게는 안내장을 보내지 않았습니다."

"아니야, 안 보낸 게 아니야. 부인이 어제도 내 집에 찾아와서 분해 울면서 이야기했네. 자네가 아니라면 자네 부인이 보냈겠지. 그러나 이건 지나간 일이니까 아무래도 상관없지만, 자네 미국에 오시오의 유품을 보내달라고 말했나?"

"유품이라뇨?"

"그렇게 멍하게 있으면 곤란해. 바로 미국에 보내달라고 하겠다고 지쿠부 부인에게 약속했다면서?"

"아, 그거요? 그건 뭐냐, 맞아요. 아직 보내주지 않았어요."

"오지 않으면 오지 않는다고 재촉해야 하지 않겠나? 내일 한다고 하지 말고 지금 즉시 내 눈앞에서 재촉 편지를 보내는 게 좋겠네."

"그럼 오늘 밤에라도 보낼게요."

나쓰오는 이렇게 대충 말해놓고 다른 손님 쪽으로 가버렸다. 노인은 화가 났다.

"저 녀석, 스스로도 양심에 찔리는 모양이군. 오시오 이야기가 나오면 말꼬리를 흐린다니까. 저렇게 쇠약해진 것도 역시 그게 신경이 쓰인 탓일 거야."

노인은 이렇게 중얼거리며 돌아갔다. 이후 노인도 가로메다의 집에는 가지 않았다. 또 3개월이 지난 어느 날의 일이다. 저녁 해질 무렵에 노인의 집 현관을 두드리는 손님이 있었다. 노인은 마쓰조를 향해 말했다.

"아, 오늘밤은 이웃마을에서 주민들 일을 돌봐주는 사람이 오기로 돼 있었어. 약속시간까지는 아직 이르지만 우선 이쪽으로 모셔라."

마쓰조는 노인의 말을 듣고 현관문을 열었는데, 이웃마을에서 일보는 사람이 아니라 여행 복장을 한 부인 한 사람이 서 있는 것이었다.

"영감님께서 댁에 계시면 오시오가 미국에서 지금 돌아왔다고 전해주게."

마쓰조는 놀라 그 얼굴에 불빛을 비쳐보니, 아무래도 예전에 본 기억이 희미하게 있는 가로메다의 전처 오시오였다. 2년 전에 죽었다는 여자가 어떻게 여기에 나타난 것일까.

## 5

2년 전에 여행지에서 죽은 가로메다의 전처 오시오가 살아 고향에 돌아오다니 받아들이기 어려웠다. 이는 유령인가? 아니, 아니야. 아직 유령이 아니야. 정말로 이 세상에 살아 있는 오시오였다. 오시오는 사실 죽은 게 아니라 지금까지 무사히 살아 있었던 것이다. 마쓰조는 오시오를 현관에서 기다리게 해놓고 도다 노인의 방으로 들어갔다.

"이웃 마을의 사람을 어째서 이곳으로 모시고 오지 않은 거냐?"

"아니오, 그분이 아닙니다. 죽었다고 생각하고 있던 부인이 살아 왔습니다."

"네가 무슨 말을 하는지 정말 모르겠구나. 빨리 말해 보거라. 누구냐, 누구?"

"영감님, 너무 놀라시면 안 됩니다. 가로메다 집안의 전처입니다. 오시오 부인이에요."

"아니, 오시오가 살아 돌아왔다는 거냐?"

"아니오, 살아 돌아온 게 아닙니다. 한 번도 죽은 적이 없는 거예요. 죽지 않고 미국에서 돌아와 영감님을 뵙고 싶다고 합니다."

"그것 큰일이구나. 이쪽으로 모시고 와라."

마쓰조는 알겠다며 오시오를 현관에서 맞이하여 데려왔다. 노인은 그녀의 손을 잡았다.

"오, 살아 있었구나. 잘 돌아왔다. 죽었다는 건 거짓이었구나."

노인은 기뻐서 코끝이 찡했다. 오시오도 잠시 동안은 말도 못하고 그저 눈물에 목이 멜 뿐이었다. 이윽고 오시오는 얼굴을 들고 이야기했다.

"이미 죽은 사람으로 여겨지고 있을 거라는 생각이 들었습니다. 하지만 어떻게 해서 제가 죽었다느니 하는 잘못된 이야기가……."

"잘못된 이야기가 아니야. 나도 그렇게 생각하고 있었어."

"하지만 이렇게 살아 있는데."

"그러게나 말이다. 살아 있는데 죽었다고 생각하다니. 정말로 잘못이기는 잘못이구나. 어쨌든 잘못된 것이기는 하지만 뉴욕에서 분명히 부고 편지가 왔어. 나도 분명히 읽었어. 긴 병 끝에 죽었다고 쓰여 있었어."

"아니, 긴 병이라뇨? 그런 적 없는데요."

"하지만 분명히 부고 연락이 왔어."

"누가 그런 장난을 친 거죠? 죽지도 않은 사람을 죽었다고 하다니. 나쓰오도 필시 슬퍼했겠죠? 아, 불쌍하게도."

"아니, 나쓰오가 슬퍼하는 그런 일이 있겠냐?"

노인은 이렇게 말하다 뭔가 알아차린 듯이 말했다.

"어떡하지? 이것 참 큰일 났군. 이건 아무래도 정말로……."

"아니오, 저 알고 있습니다. 나쓰오가 저 말고 부인을 맞아들인 거죠?"

노인은 애초에 감출 일이 아니라는 생각이 들어 다 말해줬다.

"실은 부인을 맞아들였다. 맞아들여 지금은 아이도 생겼어. 아무튼 큰일이구나. 그래서 내가 말렸는데. 아, 곤란하게 됐구나."

"아니오, 곤란하게 생각하실 것 없습니다. 제가 운이 없는 거라고 체념하면 그뿐입니다."

이렇게 말하는 목소리에도 눈물이 배어 있었다.

"체념하다니, 이건 체념할 수 있는 일이 아니야. 네가 결혼할 때 오빠 요시나리가 나에게 부탁했어. 가로메다 나쓰오는 패기도 없고 장래에 오시오에게 뭔가 고생을 시킬지도 모르니까 그 때는 신경 써달라고 말이야. 나도 그렇게 하겠다고 했고. 네가 살아 있는 걸 보니 아무래도 그 후처를 쫓아내고 가로메다의 재산을 네 것으로 해놓지 않으면 내 체면이 서지 않아. 요시나리에게 약속한 것도 있고 내가 미안하구나. 체념할 것 없다. 나쓰오가 몇 번이고 잘못한 거니까."

"아니오, 나쓰오는 잘못한 게 없습니다. 정말로 제가 죽은 줄 알고 후처를 맞아들였겠죠. 오는 내내 생각했습니다. 만약 나쓰오가 후처를 맞이해서 아이까지 태어났다면 이제 자신의 불운으로 생각하고 단념하는 수밖에 없다고요."

"그렇지만 너는 어떻게 나쓰오가 후처를 맞이했다는 이야기를 들은 거냐?"

"네, 신문에서 읽었어요. 둘이 샌프란시스코에 있을 때 나쓰오는 하는 일들이 잘 안 되니까 일단 뉴욕에 다녀오려고 했는데 둘이 가면 여비가 많이 깨진다면서 저는 남겨두고 뉴욕으로 혼자 떠났어요. 그런 채로 일 년이나 소식이 없어 언제나 돌아오려나 생각하며 지내고 있는데, 그곳에서 나온 신문을 보니 가로메다 나쓰오가 네부카 오토시라는 여자와 혼인했다고 나와 있더군요. 설마 내 남편 나쓰오는 아니겠지, 이름이 같은 사람은 얼마든지 있다고 생각했지만 혹시 몰라 편지를 보내봤어요. 그런데 아무런 대답도 없었어요. 그 후 또 신문에 나쓰오 부부가 남자아이를 낳았다고 적혀 있어서 더욱 마음에 걸려 다시 편지를 보냈지만 도중에 분실이라도 된 것인지 마찬가지로 답장이 없었습니다.

이렇게 된 이상 내가 돌아가 사실 여부를 확인하는 수밖에 없다는 생각이 들어 이렇게 돌아온 겁니다."

노인은 여러 가지 말로 오시오를 위로했다.

"이 일은 내가 맡아 원래대로 되돌려놓을 테니 오늘밤은 우선 어머니에게 가서 아무 일 없는 얼굴을 보여드리는 게 좋겠다. 네가 죽었다는 이야기를 들은 뒤에 오늘까지 울고만 계셨단다. 차마 보고 있기에도 불쌍했어."

이렇게 말하고 나서 노인은 마쓰조도 데리고 오시오를 어머니 지쿠부 부인 집에 데려다줬다. 죽었다고 생각한 딸을 만난 어머니의 기쁨은 장황하게 여기에 적지 않겠다. 독자여, 잘 추측해 주길. 노인은 돌아가는 길에 마쓰조에게 말했다.

"이제 생각하니 조금 전에 네가 본 적이 있다고 한 편지 말인데, 오시오가 보낸 편지야. 한 통은 결혼식 전날에 도착했고, 또 한 통은 생일 축하연 전에 도착했으니 나쓰오는 오시오가 살아 있다는 것을 알고 혼례를 올린 것이 된다. 그러니까 양심에 찔려 그처럼 병약해져 정신마저 멍해진 거구나. 아무래도 이건 네부카 부녀의 계략으로 보이니까 내일 아침 일찍 내가 가서 나쓰오를 엄히 꾸짖어 지금의 아내를 쫓아내고 오시오를 원래대로 아내로 맞도록 해야겠다. 그래야만 오시오의 오빠에게 약속한 말을 지킬 수가 있어."

노인은 깊이 결심한 듯이 말했다. 다음 날 아침 해가 뜨기를 기다리다 못해 노인은 정말로 화가 나서 가로메다의 집으로 향했다.

## 6

다음날 아침에 벌써 오시오가 살아서 미국에서 돌아왔다는 소문이 마을 전체에 퍼져나갔다. 도다 헤이타로 노인은 아침밥도 대충 먹고 바로 가로메다 나쓰오의 집으로 갔다. 나쓰오도 매우 곤란한 듯이 보였다. 매우 마른 모습이 더욱 쇠약해져 이 세상 사람이라고는 생각되지 않을 정도로 창백한 얼굴에 입술을 부들부들 떨고 있었다. 그는 매우 불안정한 상태로 힘없이 방 안을 좌우로 돌아다니는 것이 차분히 앉아 있는 것조차 힘들어 보였다. 헤이타로는 자신의 화를 참다못해 말했다.

"자네, 너무 심한 것 아닌가? 오시오한테서 두 번이나 편지가 와서 살아 있다는 걸 알면서도 네부카 오토시와 혼례를 치르다니, 이를 어찌할 건가? 자네, 오시오의 오빠 요시나리에게 평생 오시오를 고생시키지 않겠다고 굳게 약속하지 않았나? 자네 대답 여하에 따라 요시나리를 불러들여야 한다네. 자, 어떻게 할 생각인가?"

"아무래도 이 문제는 잘 생각해보고 어떻게든 할 테니 요시나리를 부르는 것만은 좀 말미를 주십시오."

"아니야, 이것만 해결하면 굳이 요시나리를 불러들일 것도 없지만, 어떻게든 하겠다는 말로는 안 되네. 요시나리는 자네도 알다시피 단정한 사람이라서 이 일을 들으면 당장에 돌아와 자네와 결투를 할지도 몰라. 나도 되도록 원만하게 해결하고 싶지만 그래도 자네가 오시오를 어떻게 할 생각인지 그걸 들려주게. 어떻게 할 건가?"

나쓰오는 두려운 나머지 목소리도 말랐다.

"글쎄요, 어떻게 해야 좋을지 저도 잘 모르겠습니다."

"자네가 모르면 요시나리를 부르는 수밖에 없어."

"그렇지만 그것만은 좀 기다려주세요. 저도 보시다시피 병으로 몸이 약해져서요."

"그렇군. 쇠약해지는 것도 당연하지. 본처를 죽은 걸로 만들어 세상을 속이고 부적절한 혼례를 치렀으니. 보통 사람이라면 양심에 찔려 죽어버렸을 걸세."

이 혹독한 말에 나쓰오는 더욱 핏기를 잃어갔다. 이제는 내딛는 발걸음조차도 불안정해 비틀거리며 창가에 기대며 말했다.

"하지만 형님을 부르는 것만은……."

"흠, 요시나리가 그렇게 무서우면 부르는 건 그만둘 수 있네만, 그 대신 지금의 처를 쫓아내는 게 좋아. 사실 마을 사람들이 모두 알고 있듯이 네부카 부녀의 술수에 걸려 이렇게 된 거니까, 오토시에게는 얼마간의 돈을 줘서 아버지 스케토모의 집에 돌려보내고 나서 오시오를 맞이해 원래대로 부부가 되면 되네. 지나간 일은 어쩔 수 없으니 나도 이대로 끝내겠네. 가엾게도 오시오는 이렇게 험악한 꼴을 당했는데도 아직 자네를 염려하면서 자신의 불운으로 단념하겠다고 말하더군. 이렇게 정숙한 여자가 또 있겠는가? 몰인정하게 이런 여자를 버리고 태생도 모르는 네부카의 딸을 끌어들이다니, 자네는 실로 나쁜 사람이네. 만약 선조 때부터 친밀하게 지낸 사이만 아니라면 내가 경찰에 신고했을 걸세."

노인이 완고한 마음으로 엄하게 꾸짖고 있는 바로 그때, 문을 열고 매우 거만하게 들어오는 사람은 두 번째 부인 오토시이다. 실제로 독부(毒婦)에 미인이 많다는 말처럼 그 얼굴만 보면 전처인 오시오보다 뛰어날 정도지만 노인은 용모 따위에는 조금도 신경 쓰지 않고 마치 "부인이 나올 곳이 아니오"라는 말이라도 하듯이 눈을 부릅뜨고 돌려보내려고 하는데, 오토시도 잠들어 있는 나쓰토시를 안은 채 어지간히 무서운 얼굴로 노인을 흘겨보며 말했다.

"뭡니까? 내 남편에게 그런 나쁜 계략을 불어넣다니, 곤란합니다. 나를 친정에 돌려보내고 전처를 불러들인다니, 당신도 참 한심하군요. 왜 잠자코 노인의 불평 따위를 듣고 있어요?"

오토시는 이렇게 말하면서 나쓰오를 뒤쪽으로 밀어내려고 했다. 실로 무서운 여자이다. 노인은 이마에서 열이 올라왔다.

"이런 괘씸한 것 같으니라구. 나쓰오는 분명히 오시오의 남편이다. 오늘 이후로 네 남편이라는 말을 해서는 안 돼. 진짜 아내가 돌아왔으니까 자네는 즉시 나가는 게 좋을 거야."

이렇게 된 이상 오토시도 물러날 기세를 보이지 않았다.

"아니, 나가라니 어디로 가란 말입니까? 여기는 내 집이에요. 나쓰오는 내 남편이에요. 이 아이가 나쓰오의 대를 이을 거예요. 오시오라는 여자야말로 당연히 미국으로 돌아가야 해요. 여보, 여보. 왜 노인에게 앞으로는 우리 둘 사이에 참견 말라고 딱 잘라 말하지 않는 거예요?"

오토시는 나쓰오를 끌어들여 세를 키우려 했지만 패기 없는 나쓰오는 아무런 말 한마디 못하고 그저 응, 응 하는 소리를 낼 뿐이었다.

"이것 봐, 이 여자야. 자네는 아버지와 짜고 나쓰오를 속인 거야. 아내가 있다는 사실을 알고 있으면서 속이고 혼인한 거라고. 나쓰오도 나쓰오다. 아내가 살아 있다는 걸 알면서. 둘 다 이 일을 어떻게 할 건가? 오시오는 잠자코 기다리고 있지만 언제까지 기다리게 할 수는 없어."

이렇게 말하는 노인의 얼굴은 그저 땀과 열로 한 면이 번쩍거렸다. 노인은 이마를 닦으며 말했다.

"자, 어떻게 할 텐가? 확실한 대답을 듣고 싶네."

아무리 독부라고는 해도 이 무서운 태도에는 조금 겁을 먹었는지, 오토시는 노인을 쳐다보지도 않고 나쓰오의 얼굴을 날카롭게 올려다보며 말했다.

"당신은 왜 거절하지 않는 거죠? 부부 사이에 남이 참견하다니. 당신은 남의 말을 들을 거예요?"

"거 보게. 나쓰오가 잠자코 있는 것은 이제 자네를 버리겠다는 증걸세. 당장 나가줬으면 좋겠네."

오토시는 나쓰오에게 말했다.

"여보, 빨리 거절해요. 가만 내버려두면 끝이 없어요. 이런 사람은 한밤중까지 꾸물대며 계속 말을 해댈 거예요."

나쓰오도 지금은 뭔가 열심히 해야 할 때라는 생각이 들어 패기 없는 몸이었지만 있는 힘껏 용기를 내기라도 한 듯이 말했다.

"아니, 영감님. 어떻게든 해결하겠습니다. 네부카 스케토모와도 상의한 뒤에 영감님 면도 설 수 있도록 할게요. 오시오에게는 미국의 기후가 잘 맞으니까 충분히 배려해서 평생 안락하게 살 수 있도록 할게요. 오늘은 기분이 좋지 않으니까."

"기분이 좋지 않아도 그런 알 수 없는 말은 그만 두게. 전처를 미국에 돌려보내다니, 도리에 맞지 않네. 자네가 그렇게 말하니 이 담판은 이 정도로 해 둠세. 나는 나대로 생각이 있으니까."

노인은 이렇게 말하고 자리를 떴다. 나쓰오는 정말로 요시나리가 무서운 모양인지 뒤에서 바짝 마른 목소리를 짜내어 말했다.

"아니, 어떻게 할 생각이신데요? 요시나리를 부르는 것만은 보류해주세요."

뒤에서 불러 세웠지만 노인은 아랑곳 하지 않고 빠르게 모습을 감추었다. 이때 만약 나쓰오의 얼굴을 봤다면 얼굴색이 좋지 않고 왠지 모르게 그림자도 희미한 것이 내일이라도 죽을 것 같다는 생각을 했을 것이다.

## 7

전처 오시오는 후처 오토시에게 남편도 빼앗기고 집도 빼앗겼으니, 도다 헤이타로 노인이 화를 내는 것도 무리가 아니었다. 도다 노인 한 사람뿐만 아니라 마을 전체 사람들이 말을 전하고 전해 누구 하나 화를 내지 않는 사람이 없고, 그 중에 성격 급한 사람은 가로메다 나쓰오를 때려죽이자, 후처 오토시를 두들겨 쫓아내자는 등의 이야기를 할 정도였다. 하지만 전처 오시오는 조금도 나쓰오를 원망하지 않고 전적으로 자신의 불운이라고 단념한 듯이 나쓰오의 이름은 입 밖으로 꺼내지 않았다. 늙은 어머니를 섬기는 것이 자신의 임무라고 생각해 곁눈질도 하지 않고 있는 모습은 매우 갸륵하다고 해야 할 것이다.

오시오의 갸륵한 모습을 보고 있으려니 도다 노인은 더욱 불쌍한 생각이 들어 언제까지나 내버려둘 수 없어 마침내 오시오의 오빠 요시나리를 부르기로 결심했다. 현재의 자세한 정황을 세밀히 적어 그가 머물고 있는 프랑스에 보냈다. 이렇게 하는 사이에 가로메다 나쓰오는 자신의 양심에 가책을 느껴 자나 깨나 이 일에만 신경이 쓰여 그렇지 않아도 병약한 몸이 더욱 안 좋아져 신경성 열병에 걸리고 말았다. 지금은 이미 위독한 지경에까지 이르게 되었다. 이걸 들은 노인은 요시나리가 돌아오기 전에 나쓰오가 죽어버리면 가로메다의 재산은 모두 네부카 사람들의 손아귀에 들어가고 오시오에게는 유산 분배조차도 없는 결과가 되고 말 게 분명하다는 생각이 들었다. 노인은 이를 심히 걱정하다 못해 가로메다의 집에 출입하는 의사 하마다라는 사람을 만나 나쓰오의 용태를 물었다.

"나는 그 아이가 태어났을 때 가로메다의 후처에게 의견 같은 이야기를 말한 적이 있었는데, 그 때문에 이후로는 출입을 금지당해 지금은 그 집에 다니지 않습니다. 이번의 병에 대해서는 네부카가 딴 곳에서 의사를 불렀다고 하더군요. 지금까지의 상태로 봐서는 나쓰오는 아무래도 나을 것 같지 않아요. 잘하면 2, 3개월은 살 수 있을지도 모르지만 이미 벌써 기운이 다해 있을 테니까 내일이라도 어떻게 될지 모릅니다."

하마다 의사의 말을 듣고 노인은 마음이 안정되지 않았다. 요시나리에게는 급히 귀국하라는 재촉 편지를 부쳤다. 그리고 여전히 가로메다의 집안 상태나 네부카 부녀의 행동거지 등을 방심하지 않고 주의 깊게 살펴보고 있는 사이에 누가 뭐랄 것도 없이 가로메다 나쓰오가 이미 그 재산을 모조리 아들 나쓰토시에게 물려주고 네부카 스케토모를 그 후견인으로 세운다는 취지의 유언장을 적었다는 소문이 돌았다.

이로부터 4, 5일 지나면서 나쓰오의 병환은 더욱 무거워져 이제 사흘도 버티기 힘들게 되었다. 이 무렵 오시오의 오빠 요시나리가 거의 혈안이 되어 프랑스에서 돌아왔다. 마을 사람들은 모두 오시오를 위해 기뻐하며 마을 어귀까지 마중을 나와 주었다. 하지만 지금은 이미 나쓰오의 여명이 얼마 남지 않아 잠시 잠깐도 우물쭈물하고 있을 시간이 없으니 요시나리는 자신의 집에도 들르지 않고 곧장 가로메다의 집으로 갔다. 네부카 스케토모를 만나 엄하게 담판을 지었지만 네부카는 이를 받아들이지 않았다.

"애초에 미국에서 오시오의 부고가 온 것은 전적으로 오시오의 부주의에서 비롯된 것이니만큼 이번 일의 잘못은 오시오에게 있습니다. 내 딸은 이미 아이까지 낳아 완전히 가로메다의 본처가 되었습니다."

네부카는 이렇게 단단히 말하며 고집을 부리면서 미동도 하지 않았다. 이에 요시나리는 화가 난 데다 더욱 화가 나 다음 날 곧장 재판소에 가서 이야기하겠다는 뜻을 나쓰오에게 전달했다. 나쓰오는 이 연락에 놀랐는지 잠깐 사이에 병이 배로 무거워졌다. 의사가 지어준 약도 효험이 없었다.

요시나리가 아직 재판소에 안건을 제출하지도 않았는데, 나쓰오는 슬프게도 36세를 마지막으로 이 세상의 숨을 거두었다. 도다 노인은 지금까지 나쓰오를 원망하긴 했지만 착한 사람이라서 죽었다는 소식을 듣고는 또 가여운 마음이 일어 곧바로 그 마음도 풀렸다. 즉시 가로메다의 집으로 갔는데 오토시의 여동생 오긴(お銀)이라는 여자가 나와 나쓰오가 죽었을 때의 모습을 말해 주었다.

"그젯밤에 요시나리라는 사람이 돌아왔다는 말을 듣고 마음을 아파하며 움직인 탓에 신경의 열병이 티푸스 병으로 발전해 어제 하루는 완전히 꿈속에 있는 듯 지내다가 어젯밤 12시 전에 숨을 거두셨습니다."

티푸스 병은 전염성 열병이라 노인도 무서운 생각이 들었다.

"아, 그거 정말 안 된 일이군. 그러나 다행히 밖으로 전염되지 않고 끝난 것은 그런 대로 다행이네만."

"아니요, 전염되었습니다. 더군다나 티푸스 병이라니 하녀에 이르기까지 무리하게 그만두겠다고 했습니다. 또 남아 있는 사람은 아이를 데리고 네부카의 집으로 피난시키는 등 갑자기 일할 사람이 줄어 하는 수 없이 제가 하녀를 대신해 언니를 도우러

와 있습니다. 언니 또한 오늘 아침부터 같은 병에 걸려 지금은 베개 맡에서 일어나지 못하고 있습니다. 이런 것도 모두 전처가 미국에서 돌아왔기 때문이에요."

오긴은 오히려 원망을 늘어놓았다. 노인은 화나고 분한 것을 꾹 참고 말도 제대로 하지 못하고 돌아갔다. 티푸스 병이라는 것을 들으니 누구도 가까이 올 자는 없어 이로부터 3일째 되는 날에 장례식을 치렀지만 나쓰오를 마지막으로 배웅하는 사람들이 너무 적었다. 가로메다의 문에 모인 사람들은 관이 나가는 것을 보고 대개는 도망치듯 돌아갔다.

장례식이 끝나고 나서 며칠이나 지났을까, 가로메다에 다소 연고가 있는 사람들이 입회한 뒤에 나쓰오의 유언장을 개봉했다. 유언장 내용은 이전에 소문난 것과 조금도 다르지 않았다. 일체의 재산 전부를 장남 나쓰토시가 물려받게 되고, 어머니 오토시와 그 아버지 스케토모를 후견인으로 정해놓았다. 오시오에게는 한 푼도 물려주지 않아 이장 노인을 비롯해 입회한 사람들은 누구라도 매정하다며 혀를 차는 유언장이었다. 이러한 유언으로 손에 넣은 재산은 반드시 네부카에게 화근이 될 거라고 했지만, 과연 그럴까? 이 말은 이후에 효험이 있었다. 가로메다 마을에 매우 이상한 유령이 나타나기 시작한 것이다.

## 8

가로메다 나쓰오가 죽은 뒤 별일 없이 수개월이 지났다. 가로메다의 집은 전부 네부카 일족의 것이 되었다. 불쌍하구나. 본처 오시오는 몇 년이나 정조를 지키다가 단지 미망인이라는 이름을 얻었을 뿐 그 외에는 한 푼도 받지 못했다. 가로메다 나쓰오는 나쁜 열병으로 죽었기 때문에 마을 사람들은 두려워했다. 만약 그 병에 감염되면 큰일이라는 생각에 출입하는 것도 꺼려했다. 하지만 다행히 누구 하나 전염된 자는 없었기 때문에 열병 소문은 날이 지나면서 조용해졌다.

그런데 매우 이상한 소문이 일었다. 누가 뭐랄 것도 없이 가로메다 나쓰오의 혼백이 지하에 안착하지 못하고 여전히 공중에 떠돌아다닌다는 것이다. 때때로 후처 오토시가 꿈꾸는 베개 맡에 서 있는 경우도 있다고 떠들어댔다. 하지만 또 누구 하나 그 혼백이 떠도는 것을 본 사람은 없었다. 어째서 이러한 소문이 일었는지 자세한 것은 알 수 없지만 본처 오시오의 오빠 지쿠부 요시나리가 어느 날 도다 노인에게 이야기한 바 있다.

"이런 소문의 원인은 아마 제가 한 말일 거라고 생각합니다. 그건 다름이 아니라 오시오와 나쓰오가 혼례를 치른 뒤 나란히 찍은 사진이 있습니다. 그 사진에 오시오와 나쓰오의 이제 막 난 머리카락을 작은 금장식 바구니에 넣어 나쓰오의 시계줄에 붙여 놨습니다. 나쓰오가 죽었을 때 오시오는 그걸 유품으로 받고 싶다고 자주 말해서 저도 그럴 만하다는 생각이 들어 어느 날 가로메다의 집에 가서 후처 오토시를 만나 그 이야기를 하자 오토시는 말도 안 되는 언사를 하며 전처가 원망스럽다고 하더라고요. 전처가 미국에서 돌아오지만 않았더라면 나쓰오도 전혀 걱정할 일이 없어 병도 나지 않았을 거라고요. 저도 화가 난 나머지 당신 같은 독부를 맞이한 것을 나쓰오도 지하에서 후회하고 있을 거다, 네가 이 집을 가로채면 지금이라도 나쓰오가 귀신으로 변해 나타나서 너를 죽일 거라고 저주했습니다. 그러자 아무리 독부라고는 해도 얼굴색이 파랗게 되더라고요. 이윽고 유령 소문이 일었죠. 제 생각으로는 누군가 제 말을 들은 자가 다른 사람에게 이야기하고 그게 점차 세상에 퍼져 마침내 진짜 유령이 나온다는 등의 이야기가 퍼진 거라고 생각합니다."

"흠, 정말 그럴지도 모르지. 어쨌든 내버려둘 수는 없는 일이네. 마을 애들은 해가 저물면 밖에도 잘 나가지 않아."

"하지만 사람 소문은 75일이라는 말처럼 소문은 오래 가지 않는 법이에요. 조금 있으면 없어지겠죠."

이렇게 말은 하지만 날이 지날수록 한층 더 크게 소문이 퍼졌다. 특히 의심스러운 점은 후처 오토시였다. 태생이 반질반질한 미인이지만 요즘은 예전 모습은 온데간데없고 마르고 쇠약해져 완전히 다른 사람으로 생각될 정도였다. 마을 사람들은 이걸 보고 밤이면 밤마다 유령 때문에 가위에 눌려 그렇게 된 거라고 떠들어댔다. 또 그 자식 나쓰토시도 괴이한 병에 걸려 의사의 진단에 의하면 이 집에 놔둬서는 안 좋으니 다른 곳에 데리고 가서 섭생시키는 게 좋다면서 네부카와 절친한 먼 곳으로 보냈다.

이런 일이 있을 때마다 소문은 한층 더 많이 퍼져갈 뿐이었다. 결국 옆 마을까지 소문이 퍼져 급기야는 유령마을이라는 별칭마저 생겼다. 도다 노인은 이를 괴롭게 생각하고 있었는데, 세상에는 이상한 일도 있는 법이다. 지금까지는 단지 소문뿐으로 누구 하나 본 적이 없던 유령도 이제는 자기가 분명히 봤다고 말하는 사람이 나타났다. 그게 누구냐고 묻자 도다 노인 댁에 출입하는 구두 대장장이 도쿠헤이라는 자였다. 노인은 어느 날 기르고 있던 말의 발굽 철을 잃어버려 도쿠헤이를 불렀는데, 도쿠헤이가 해질 무렵 7시경에 얼굴이 파랗게 질려서 들어왔다.

"도쿠헤이, 무슨 일인가? 많이 늦었군."

도쿠헤이는 공포에 질려 몸을 떨면서 말했다.

"네, 빨리 올 생각이었습니다만 단골집에서 조금 늦어졌어요."

"너무 늦어서 철발굽을 붙이는 일은 할 수 없을 텐데."

노인은 이렇게 말하면서 도쿠헤이의 얼굴을 쳐다보며 파랗게 질린 얼굴이 보통이 아닌 걸 알아차리고 물었다.

"자네, 도대체 무슨 일인가? 얼굴이 파래져서 벌벌 떨고 있지 않은가?"

"무슨 일이냐면요, 영감님. 유령을 봤어요. 가로메다의 옆 숲 속에서."

"바보 같은 소리 말게. 세상의 소문을 신경 쓰니까 마음이 혼미해져 나무 등걸 따위가 유령처럼 보이는 거야."

"아니에요, 혼미해져서 그런 게 절대 아닙니다. 저도 요즘 소문을 듣고, 뭐, 유령이라니 그런 게 있을쏘냐. 만약 내 앞에 나타나면 때려 죽여 정체를 밝히겠다고 웃고 있었는데, 오늘밤만은 유령을 봤습니다. 단골집에서 늦어져 사죄하러 이곳으로 올 생각으로 혼자 저 숲을 빠져 나오자 2미터 정도 전방에 하얀 것이 우두커니 서 있었어요. 잘 보니 연기 같았습니다."

"저 숲속에서 도깨비불이라도 본 거겠지."

"아니오, 영감님. 도깨비불이라면 몇 번이고 봐서 놀라지 않아요. 선명히 눈과 코가 붙어 있었어요. 분명히 유령이에요."

"자네, 단골집에서 술이라도 마셨나보지? 눈앞에서 번쩍이니까 그렇게 보인 거야."

"아니오, 술은 한 모금도 마시지 않았습니다. 다만 외출할 때 차를 두 잔 마셨을 뿐입니다."

"차라고 하는 것도 꽤 열이 오르거든."

"하지만, 영감님. 제가 봤으니까 분명합니다. 볼은 움푹 패였고 수염이 덥수룩하게 나 있었어요. 파란 얼굴은 머리카락에 덮여 있어 홀쭉하고 기다란 모습이 우뚝하니 서 있는 건, 아, 지금 생각해도 소름이 돋습니다. 저는 뒤로 넘어졌어요. 이래서는 안 된다는 생각이 들어 다시 일어나 한 걸음 나아가자 꺼진 듯이 사라져버렸습니다. 심한 장난을 쳐 사람을 놀라게 하는 자도 있겠지 싶어 잘 살펴봤습니다만, 완전히 이 세상 사람이 아니었습니다. 나쓰오 씨의 유령입니다. 그림자처럼, 연기처럼 흐릿해 멍하니 있는 사이에 왠지 나쓰오 씨의 죽을 때 얼굴 같은 것이 보였다니까요."

도쿠헤이는 이마의 땀을 닦으면서 말을 했다. 아, 유령은 신경

성에서 나온 것도 아니요, 사람들의 장난도 아니다. 이것만은 가로메다 나쓰오의 유령인 것이다.

## 9

도쿠헤이가 분명히 유령을 봤다면서 몸을 떨며 이야기하는 것을 도다 노인은 일축해버렸다.

"사내대장부라는 자가 유령이 정말 있다고 하면 사람들이 비웃을 거야. 자신의 수치라고 생각하고 앞으로 절대 사람들에게 이야기해서는 안 되네."

노인은 도쿠헤이에게 단단히 입단속을 해두었다. 도쿠헤이도 노인의 이치에 수긍했다.

"어떻게든 해서 뭔가 정체를 밝혀낼 때까지는 누구에게도 결코 이야기하지 않겠습니다. 그러나 유령이 나온다는 것은 이제 의심할 수 없는 사실이니까 앞으로는 시간이 있을 때마다 가로메다 집의 숲속으로 몰래 들어가 어디에서 나와 어디로 가는지 유령의 경로를 알아낼 겁니다."

도쿠헤이는 이렇게 말을 한 채 돌아갔다. 이로부터 도쿠헤이는 자신이 한 말대로 누구에게도 말하지 않은 것처럼 보였다. 도쿠헤이가 유령을 봤다는 것은 도다 노인 및 심부름하는 아이 마쓰조 외에는 아는 자가 없었다. 하지만 정말로 유령이 나타났다고 한다면 도쿠헤이 한 사람을 입단속 해도 어떻게 해서든 그 소문은 멈추지 않을 것이다.

이로부터 몇 주일 지나면서 나도 봤네, 누구도 봤네 하는 자들이 나타났다. 그 말은 대개 한 가지였다. 길게 자란 머리카락이 푸르스름한 얼굴에 덮여 있고 수염이 북슬북슬 자라 있었다는 것이다. 다만 딱 한 번 봤을 뿐으로 두 번째는 사라져버렸다고 하면서 해골에 옷을 입혀놓은 것 같았다고 했다. 또 왠지 가로메다 나쓰오를 닮았다고 이야기했다. 우선 분명히 봤다고 하는 사람들을 세어보니 도쿠헤이 다음으로 본 사람은 소작인 아무개로, 이 자도 얼굴색이 변해 도다 노인에게 달려와 떨면서 이야기했다. 그 다음으로는 세탁을 업으로 하는 노파였는데, 그건 유령이 아니다, 정말로 해골이 숲속을 걸어 다니고 있었다면서 만나는 사람마다 이야기했다. 매우 뒤숭숭한 소문이 그 후 점점 더 뒤숭숭해졌다.

도다 노인은 어느 날 길을 가던 도중에 네부카 스케토모를 만나 잘 됐다 싶어 붙잡고 말을 걸었다.

"요즘 나쓰오의 유령이 나왔다고 세간에 소문이 자자한데 자네는 도대체 어떻게 생각하나?"

노인이 이렇게 묻자 네부카는 매우 화를 내며 말했다.

"영감님은 이장이니까 그런 걸 이야기해대는 사람을 충분히 벌줘야 해요."

노인은 웃음을 터뜨렸다.

"자네는 변호사에 어울리지 않는 말을 하는군. 유령을 봐서는 안 된다는 법률이 있는 것도 아니잖나? 어떻게 벌을 줄 수 있겠나?"

노인은 이렇게 말하며 그와 헤어졌다. 다음으로 본 사람은 가로메다 집안에 출입하면서 땅을 빌려 쓰는 사람의 아내 아무개였다. 그녀는 남편의 귀가가 늦어 필시 가로메다의 집에 붙들려 있을 걸로 생각해 마중을 나갔는데 숲속 중간쯤에서 자기 남편이 등을 돌리고 서 있어 그 옆으로 달려갔다.

"자, 저와 함께 돌아가요."

그녀가 이렇게 말하는데도 남편이 말이 없어 돌아보니, 그 얼굴은 남편이 아니라 완전 해골이었다. 그녀는 놀라 그대로 기절하고 말았다. 정신이 돌아온 뒤에 이야기를 들어보니 처음에 남편이라고 생각하고 어깨를 툭 치자 마치 연기처럼 사라져버리고 손에는 아무런 느낌도 남지 않았다. 얼굴을 돌려 쳐다봤지만 금세 사라지고 보이지 않았다고 했다. 물론 잘 놀라는 여자의 말이고 보면 얼마간은 과장된 것도 있을 테지만 아무튼 그녀는 숲속에 기절해 있었다. 그 이후는 낮이라고 해도 그곳을 통과할 수 없는 지경이 되었다.

그 다음으로 본 사람은 도다 노인의 손자 헤이치와 심부름하는 아이 마쓰조였다. 둘은 해질 무렵에 옆 마을까지 심부름을 갔다 돌아오는 길에 예의 숲속을 통과하게 되었다. 이때 달은 구름에 가려 사방이 몽롱해 마치 엷은 안개에 갇혀 있는 듯했다. 그런데 갑자기 전방에 망연히 서 있는 사람의 모습이 있어, 헤이치가 먼저 이를 발견하고 작은 목소리로 말했다.

"마쓰조, 저기좀 봐. 저기 흰 것을."

마쓰조는 가리키는 쪽을 봤다.

"아, 유령이다. 정말로 나쓰오 씨의 해골이야."

두 사람 모두 발을 멈추었다. 그 사이에 유령은 사라져버렸다. 둘은 서둘러 돌아와 노인에게 이야기했는데, 노인은 역시 웃어 넘겼다.

"둘 다 평소 현명한 것과 다르게 유령을 봤다고? 알겠느냐? 젊은 사람이 그런 이야기를 하고 다니면 웃음거리가 돼."

"아니에요, 할아버지. 정말이에요."

"네 정말로 진짜입니다. 유령 따위를 겁내는 건 아닙니다만 눈에 보였다니까요. 뭔가 흐릿하고 그림자 같은 모습이 정말로 길에 서 있었어요."

노인은 말도 안 된다고 생각했지만 실제로 자신의 손자와 고용인이 봤다고 하니, 뭔가 흔적이 있지 않을까 생각되었다.

"그럼 내가 보고 오마. 둘 다 따라 오거라."

노인은 이렇게 말했지만 두 사람은 뒷걸음치며 따라오려고 하지 않았다. 노인은 아무리 겁이 나지 않는다고는 해도 혼자서는 기분이 으스스했다.

"너희들이 함께 오는 게 싫으면 내일 낮에 내가 자세히 숲속을 살펴보마."

노인은 이렇게 말하고 이날 밤은 그만뒀다고 한다.

## 10

"내일 낮에 내가 숲속을 살펴보마"라고 말한 도다 노인은 그 다음날 네부카 스케토모와 담판을 지은 다음 마을사람 열 명 정도를 데리고 아침부터 낙엽 등을 쓸기 시작해 구멍이 뚫려 있는 곳은 메우고 썩은 것은 치우면서 넓은 숲을 마치 정원처럼 구석구석까지 청소했다. 이곳이 유령이 나오는 장소로 생각될 만한 것은 다 치워버렸다. 이것으로 이제 유령도 더 이상은 나오지 않고 그 소문도 멈출 거라고 말했다. 이렇게 한 보람이 있었는지, 이로부터 열흘 정도 동안은 또 유령을 봤다는 사람이 없었다. 그렇다고 하면 그건 낙엽과 마른 가지 등이 썩어 있는 곳에서 도깨비불이 일었거나 혹은 수증기 종류였음에 틀림없다고 노인도 비로소 안도의 한숨을 쉬었다.

그러나 단지 일시적인 일에 불과했다. 2주일 후에 또 예의 소문이 일었다. 나도 봤네, 누구도 봤네 하는 자가 몇 명이나 나왔다. 결국에는 노인 스스로도 선명히 보게 되었다. 여기에 그 자초지종을 적어두겠다.

어느 날 아침의 일이다. 가로메다의 후처 네부카 오토시는 아들 나쓰토시를 맡겨놓고 먼 시골에 간다면서 아버지 스케토모와 함께 단출한 마차에 올라 가로메다 마을을 출발했는데, 나쓰오가 죽고 오토시가 밖에 나가는 일은 매우 드문 일이라서 마을사람들은 신기한 듯이 창문에 고개를 내밀고 달려가는 마차를 쳐다보고 있었다. 전부터 들리는 소문대로 오토시는 몸이 매우 쇠약해져 살갗의 윤기가 이 세상 사람이라고는 생각되지 않을 정도여서 사람들은 입을 모아 이야기했다.

"유령이 나오는 집에 있으니까 저렇게 마르는 거야."

이렇게 말하는 사람도 있는가 하면 또 어떤 사람들은 몸을 떨면서 이렇게 말하기도 했다.

"그렇대요. 새벽 2시경이 되면 유령이 저 머리채를 쥐고 집안 전체를 끌고 다닌다고 하더라고요."

이윽고 이날 저녁이 되어 스케토모와 오토시 두 사람이 뭔가 잘못돼 부상을 입었다는 연락이 가로메다 마을에 들려왔다. 이들이 부재 중에 집을 보고 있던 여동생 오긴은 오랜 세월 동안 집안일을 해온 할머니 오쿠리(お栗)라는 자에게 뒷일을 맡겨두고 챙길 것도 제대로 챙기지 못하고 언니의 뒤를 쫓아갔다. 마을 사람들은 이 사실을 알고 꼴좋다는 생각이 들어, 부녀가 모두 부상을 입은 채로 죽어버리면 좋겠다고 밉살스럽게 이야기하기도 했다. 하지만 도다 노인은 그냥 모르는 척 지내고 있을 수 없었다. 평소는 그렇다고 쳐도 이런 때에는 병문안을 가는 게 바로 이웃간의 의리라서, 헤이치와 마쓰조 둘을 데리고 가로메다의 집에 가봤다.

바깥문을 들어가 현관에 들어가니 오쿠리가 부엌 입구에서 나와 혼자 집을 보고 있는 사정을 설명했다. 노인은 이야기를 하는 동안 오쿠리의 모습을 살폈다. 그녀는 눈을 휘둥그레 뜨고 구석구석까지 살펴보고 있었는데, 마치 여기 그늘진 곳, 저기 나무그늘에서 지금이라도 유령이 나오지는 않을까 걱정되어 더욱 불안해하는 눈치였다. 노인은 위로하는 얼굴로 말을 걸었다.

"아무튼 네부카의 딸이 들어오고부터는 좋지 않은 소문이 들리니 자네도 걱정되겠네."

오쿠리는 얼굴색이 변하며 대답했다.

"네, 저도 근 30년을 이 집에 있습니다만 요즘 같이 불안한 적은 없었습니다."

오쿠리는 눈물을 흘렸다. 무슨 이유인지는 알 수 없지만 마음에 깊은 근심이 있어서일 거라는 생각이 들었다. 노인은 말했다.

"뭐, 내가 이렇게 건강히 잘 지내고 있으니까 뭔가 일이 있을 땐 상의하러 오게나."

노인은 이렇게 말을 남기고 그 집을 나왔다. 돌아가는 길은 지름길을 택해 뒷문 옆으로 나와 그로부터 숲으로 들어가려는데, 초저녁 달이 벌써 산등성에 기울고 작은 나뭇가지를 살랑이는 바람소리는 원망을 품고 하소연하듯 들렸다. 20미터 정도 들어갔을까, 노인은 앗, 하고 소리를 내며 멈춰 섰다.

"정말로 이건 유령이구나. 가로메다 나쓰오의 유령이야. 저것 좀 봐라."

노인은 숲 한쪽의 울창한 곳을 가리켰다. 마쓰조와 헤이치 둘은 깜짝 놀라 노인이 가리키는 쪽을 바라보니, 벌써 유령은 그 모습을 거두고 어딘가로 사라진 건지 형체도 보이지 않았다. 지금까지 도깨비불 종류일 거라고 주장했던 노인도 실제로 자신의 눈으로 그 형체를 목격하고는 역시 불안해하는 것 같았다. 목이 메어 바짝 마른 목소리로 낮춰 말했다.

"이건 정말로 보통 일이 아니다. 이제 이 숲은 누구도 지나다닐 수 없게 입구를 열쇠로 잠가 두어야겠다. 이 이상 깊이 들어가는 것은 좋지 않으니까 조금 우회하더라도 역시 바깥 길로 다니는 게 낫겠구나."

노인은 이렇게 말하고 다시 왔던 길로 돌아가 안쪽 문에 이르렀다. 그런데 주변의 나무 그늘에서 누군가 조용히 서 있는 사람의 모습이 보였다. 희미한 달빛에 비춰보니 구두 대장장이 도쿠헤이였다.

"도쿠헤이 아닌가? 여기서 뭘 하고 있나?"

노인이 말을 걸자 도쿠헤이는 서서히 가까이 왔다.

"주인어른, 조용히 하십시오. 저는 유령의 정체를 알아내기 위해 오늘로 딱 사흘째 이곳에 와서 보초를 서고 있습니다. 한데 실로 이상하군요. 주인어른은 유령 따위 없다고 하시지 않았습니까?"

"아니, 그런 말 말게. 나도 지금 살짝 봤다네."

"그렇죠? 유령인지 여우인지 모르겠지만 뭔가 이상한 일입니다. 주인님, 귀 기울여 잘 들어보세요. 희미하게 들리는 저 소리는 뭘까요?"

왠지 기분이 으스스해지는 이 말에 세 사람은 그 자리에 멈춰서 숨도 쉬지 못하고 귀를 기울였다. 어디에서랄 것도 없이 매우 소름끼치는 소리가 들렸다. 우는 소리 같기도 하고 탄식하는 소리 같기도 했다. 만약 유령에게 목소리가 있다면 이것이 바로 유령의 목소리일 것이다. 일동은 그저 등에 찬 물을 끼얹은 것 아닌가 의심될 정도였다.

## 11

희미하게 들리는 수상한 목소리가 정말로 유령의 목소리인 것인가? 그건 잠시 독자의 추측에 맡겨두고, 여기서는 우선 네부카 스케토모 부녀가 큰 부상을 입은 자초지종부터 적겠다. 처음에 후처 오토시가 자신의 아이 나쓰토시를 맡긴 곳은 가로메다 마을에서 30리 정도 떨어진 아버지 스케토모의 별장이었다. 나쓰토시가 홍역에 걸려 요즘 위독하다는 연락을 받고 그때까지 가로메다의 집을 나가지 않고 있던 오토시였지만 자기 아들의 중차대한 일을 그냥 보고만 있을 수 없어 즉시 아버지 스케토모를 재촉해서 함께 마차를 타고 집을 나섰다.

이윽고 별장에 도착해 의사의 말을 들으니 지난밤부터 얼마간 좋아지긴 했지만 아직 몸이 제대로 되지 않은 어린 애라서 앞으로의 일을 장담할 수는 없다고 시원찮게 대답했다. 더욱 걱정되어 집에 돌아갈 마음도 일지 않았다. 그렇지만 집에도 뭔가 내버려두기 힘든 일이 있는 듯이 오후 4시가 지났을 무렵에 스케토모는 오토시에게 말했다.

"언제까지나 멍하니 여기에 있을 수는 없으니까 이제 슬슬 돌아갈 준비를 하는 게 좋겠다."

오토시는 원망스럽다는 듯이 아버지의 얼굴을 쳐다보았다.

"하지만, 아버지. 하룻밤 정도는 여기서 묵고 싶습니다. 이제

가로메다 집을 생각하면 기운이 빠져요."

"그런 말을 하고 있을 때가 아니야."

"하지만 해가 지고 나서 한 시간 정도는 괜찮죠?"

"아무튼 해가 지고 난 후 한 시간이 가장 조심할 때이니 이제 돌아갈 준비를 하거라. 뭐든 조심하는 것보다 나은 건 없다. 부재 중에 만약에 무슨 일이라도 있으면 어떻게 하냐?"

"의사 선생님도 저런 어려운 말만 하잖아요. 나쓰토시와 이대로 헤어져 돌아가 버리는 건 정말로 제 몸을 베어내는 것 같아요."

"괴롭기도 하겠지만 네가 있다고 해서 병이 가벼워지는 건 아니다. 유모도 옆에 있으니 안심하거라. 여기보다 집 쪽이 훨씬 더 중요하다. 만약에 무슨 일이라도 있으면 어떻게 할 생각이냐?"

"집에는 오긴도 있고, 오쿠리도 있는데요, 뭘."

"아니, 그 두 사람이 힘겨워 하고 있다는 건 너도 잘 알고 있지 않느냐?"

무슨 일인지 모르겠지만 스케토모는 결국은 오토시를 설복시켜 이윽고 각각 채비를 해서 문까지 걸어 나왔다. 스케토모가 먼저 마차에 탄 뒤에 긴 손을 뻗어 오토시도 태웠는데, 이때 경사지게 비추던 노을빛이 오토시의 얼굴에 내리쬐었다. 오토시는 갑자기 생각났다는 듯이 말했다.

"아, 양산을 뒷문에 놓고 왔네."

이렇게 말하면서 오토시는 문을 열고 심부름하는 아이에게 말했다.

"너, 잠깐 서둘러 뒷문으로 돌아가서 양산을 가져 오렴."

아이는 그대로 달려갔다. 오토시도 스케토모도 그 뒷모습을 지켜보고는 뒤돌아 있는데, 자신들의 바로 앞에 어떠한 화가 일어날 것인지도 알지 못했다. 아무리 높은 제방도 개미 구멍 하나에서 무너지기 시작한다는 말은 이를 이르는 말일 것이다. 두 사람이 뒤를 돌아 있는 사이에 앞의 문은 아이가 반쯤 열어놓은 채 달려갔기 때문에, 문 경첩에 걸려 있는 자연스러운 무게로 점차 문이 닫혀 말의 머리를 정면에서 때리고 말았다. 말은 갑자기 놀라 뛰어오르며 광포하게 출발했다. 그 바람에 마차는 문기둥에 걸려 산산조각이 나서 흩어졌다. 뭔가 있어야 견딜 텐데, 두 사람은 내던져지듯 힘껏 튕겨나갔다. 스케토모는 쌓아놓은 돌에 머리가 깨지고 오토시는 엎드린 채로 도랑 속으로 떨어졌다.

이걸 본 사람들은 바로 그들에게 달려가 봤지만 떨어진 이후의 처치는 떨어지기 전의 조심만 못한 법이다. 죽었는지 살았는지, 스케토모는 기절해 정신을 차리지 못했다. 다음으로 사다리를 가지고 오토시를 도랑에서 꺼내려고 하는데, 돌 절벽에 두개골을 심하게 부딪쳐 이도 생사를 알 수 없었다. 다행히 의사가 와 있었기 때문에 곧바로 두 사람을 치료했지만 둘 다 소생할 기색이 보이지 않았다. 무엇보다 먼저 가로메다에 알려야 해서 즉시 사람을 시켜 이곳 사정을 전하게 했다. 이를 들은 여동생 오긴은 얼굴색이 변하며 놀라 집 보는 일을 맡은 몸이지만 언니와 아버지의 생사조차 모르는 때에 어떻게 우물쭈물하고 있겠는가 생각하며 즉시 오쿠리를 불렀다.

"자네, 집 단단히 잘 보고 있게. 알겠나? 날이 저물면 바로 문을 잠그고. 만약에 무슨 일이 있으면 큰일이니까."

오긴은 뭔가 불길해하는 듯이 말을 하고는, 준비도 제대로 못하고 별장을 향해 서둘렀다. 그 후에 지난 회에 적었듯이 도다 노인과 도쿠헤이가 와서 유령의 목소리를 듣게 된 것이다.

## 12

오랜만에 가로메다 마을을 어수선하게 한 가로메다 나쓰오의 유령도 마침내 그 정체를 드러냈다. 지난번에 적은 대로 네부카 스케토모와 그 딸 오토시는 별장 문 앞에서 마차 위에서 내던져져 생명에 지장을 줄 정도의 큰 부상을 입었기 때문에, 가로메다의 집에 돌아올 수도 없었다. 그들이 없는 사이에 도다 노인을 비롯해 구두 대장장이 도쿠헤이까지 가로메다의 뒷문으로 들어와 유령의 목소리를 듣게 되었다. 감추면 반드시 발각될 때가 있다는 말은 이것을 가리키는 말일 것이다. 어쨌든 도다 노인은 불길한 생각을 하면서도 도쿠헤이와 함께 살금살금 그 목소리가 들리는 쪽으로 가보았는데, 목소리는 분명히 뒷문 중간에 있는 오래된 나무 그늘에서 새어나오고 있었다. 이는 정말로 유령인가? 이런 생각을 하며 두 사람은 똑같이 눈을 부릅뜨고 그쪽을 응시하고 있는데, 때마침 목소리와 함께 나무그늘에서 조금 떨어진 곳에서 두 사람의 눈앞에 나타난 자가 있었다.

이것이 바로 유령이다. 두 사람은 뛰어들 듯이 가깝게 가서 좌우를 누르며 붙들고 보니, 연기도 아니요, 그림자도 아니었다. 손에 닿는 느낌이 확실히 있었다. 또 잘 보니 유령이 아니라 살아있는 가로메다 나쓰오였다. 긴 병으로 쇠약해져 피골이 상접해 있는 모습은 이 세상 사람이라고는 생각되지 않을 정도였다. 그렇긴 하지만, 일단 죽어 장례까지 마친 가로메다 나쓰오가 어떻게 해서 여기에 있다는 말인가? 어째서 이승에 나타나 숲속을 배회하고 있는 것인가?

사실 나쓰오는 죽은 것이 아니라 생존해 있었던 것이다. 장례식을 치른 관 속에는 나쓰오의 시체를 넣은 것이 아니라, 단지 오래된 잡동사니를 넣어 시체와 같은 정도의 무게를 만들고 이를 사람들에게 매게 해서 무덤까지 보낸 것이었다. 처음에 전처 오시오의 오빠 지쿠부 요시나리가 돌아와 나쓰오에게 재판소에 고소장을 제출하겠다고 했을 때, 나쓰오는 두려움에 여간 떨었던 게 아니었다. 그 때문에 병세가 갑자기 악화되어 한때는 의사도 완전히 죽은 사람으로 생각할 정도로 되었지만, 의사가 돌아간 뒤에 다시 정신이 들어 모기 소리처럼 숨을 쉬고 있었다.

나쓰오는 아무래도 자신의 목숨이 길게 지속되지 않으리라는 것을 알고는 어중간히 다시 살아나 요시나리에게 고소당하고 재판소에까지 출두하게 되느니 차라리 이대로 죽은 사람으로 간주하고 장례식을 치르게 하는 편이 좋겠다는 뜻을 오토시와 네부카 스케토모에게 이야기했다. 두 사람은 애초에 요시나리에게 고소당하고 싶지 않았다. 만약 고소당하게 되면 전처 오시오야말로 진정한 아내가 될 테니, 네부카 부녀는 가로메다와 아무런 관련도 없는 사람이 될 뿐이었다. 게다가 어떠한 벌을 받을지도 알 수 없는 노릇이어서, 지금은 그저 나쓰오를 죽은 걸로 꾸며서 요시나리에게 이 일을 단념시키는 수밖에 없다고 생각했다. 이렇게 해서 의사를 속이고, 세상도 속이고, 또 경찰까지 속여 장례식을 치른 것이다.

장례식을 치른 당초에는 나쓰오도 잘 됐다 싶어 안도의 한숨을 쉬었다. 요시나리에게 추궁당하지 않은 것을 무엇보다도 다행이라고 생각하고 이층의 방 하나에 틀어박혀 그저 자신의 죽음을 기다리고 있을 뿐이었다. 하지만 사람의 죽음은 천명이라 기다린다고 반드시 오는 것이 아니었다. 공교롭게도 나쓰오의 병은 오히려 쾌차되어 빨리는 죽을 것 같지 않았다. 열흘, 스무날을 지나면서 나쓰오는 방 한 칸에 숨어 지내는 것이 싫증났다. 살아 있어도 앞날이 뻔한 목숨이고 보니 하다못해 이 세상에 대한 미련이 생겨 숲속이라도 산책하고 싶어졌다. 그래서 스케토모와 오토시의 만류도 듣지 않고 종국에는 마치 떼를 쓰는 아이처럼 만약 산책을 허락하지 않으면 이층 창에서 머리를 내밀어 지나가는 사람을 불러 세워 자신이 아직 죽지 않고 살아 있다고 호소하겠다고 하는 바람에 하는 수 없이 이후 밤마다 숲속에서 산책하는 것만은 허락해 주었다.

나쓰오는 하얀 잠옷을 입은 채로 숲에 나가서 만약 사람을 만나면 바로 나무 뒤에 숨거나, 혹은 제방 뒤에 누워 있는 등 충분히 몸을 감추고 있었기 때문에, 급기야는 유령의 소문이 일게 된 것이다. 미국에서 죽었다는 전처 오시오가 죽지 않고 돌아온 일도 매우 신기해 이를 들은 사람은 쉽사리 사실이라고는 생각하지 않을 정도인데, 하물며 여러 사람 앞에서 장례까지 치른 나쓰오가 살아서 이 세상에 나타났다고 하니 정말로 꿈에도 있을 수 없는 이야기였다. 보는 사람 모두 유령이라고 생각한 것도 무리는 아닐 것이다.

집 안에서도 이 일을 알고 있는 사람은 네부카 스케토모 부녀 외에 단 한 명 오쿠리뿐이었다. 오쿠리는 나쓰오의 신세를 불쌍하게 여겼지만 애초에 진실을 세상에 알리면 어둠 속의 수치를 밝은 곳으로 꺼내는 격이 될 테니, 안 되긴 했지만 네부카의 뜻에 따르기로 했다. 그래서 이 사실을 숨기고 있었는데, 특히 이 날은 네부카 식솔이 부재 중이었기 때문에 그 사이에 만약 잘못되기라도 하면 안 되겠다 싶어 되도록 나쓰오가 숲속에 나가지 못하도록 이래저래 어르고 달래며 있었다. 하지만 나쓰오는 전혀 들으려 않고 힘도 없는 몸을 끌고 여전히 뒷문 밖으로 나가려고 해서 오쿠리는 우는 듯한 목소리로 나쓰오와 살짝 말싸움을 하고 있었다. 때마침 도다 노인과 도쿠헤이가 들은 것은 바로 이 목소리였던 것이다.

## 13

도다 노인은 유령의 실체를 붙잡고 가로메다 나쓰오가 아직 살아 있다는 사실을 알게 됐지만, 도쿠헤이나 그 밖의 사람들에게는 단단히 입단속을 시키고 나쓰오와 오쿠리를 데리고 이층 방으로 올라갔다. 지금까지 나쓰오가 행한 무분별한 마음가짐을 열거하자 나쓰오도 이제서야 네부카 부녀의 나쁜 마음을 알았다, 또 지금까지 오시오를 심하게 대한 것이 후회되어 견딜 수 없다면서 사죄하듯이 늘어놓았다. 그렇다면 후회하는 마음이 없어지기 전에 즉시 그 효험을 보고자, 이전에 네부카에게 건네준 유언장을 취소하고 오시오가 자신을 추스를 수 있도록 가로메다의 재산 절반을 오시오에게 물려주겠다, 또 후처 오토시는 본래 아내가 아니긴 하지만 다만 나쓰오의 씨를 받아 아들까지 낳았으니 재산의 절반은 그 아이 나쓰토시에게 물려주겠다, 하지만 나쓰토시는 아직 어리니 오토시를 후견인으로 해서 절반의 재산에서 생기는 이익은 오토시의 마음대로 쓸 수 있도록 허락하겠지만, 현재 나쓰토시는 병중이므로 나쓰오보다 먼저 죽을지도 모르기 때문에, 그가 혹시 먼저 죽을 때는 나쓰오의 재산을 물려받을 수 없다. 이런 경우는 모든 재산을 전처인 오시오에게 물려주겠다고 유언장을 쓰도록 엄중히 일렀다.

나쓰오도 이제는 거역할 수 없어 전적으로 노인의 말에 따르겠다고 했다. 노인은 즉시 마쓰조에게 오랫동안 가로메다 집안에 출입했던 의사 하마다와 변호사 아무개를 불러오게 시켰다. 그러고는 먼저 하마다에게 나쓰오의 용태를 진찰하게 했다. 나쓰오는 선조부터 대를 이어 전해지는 병이 있어 오래 살기는 어렵지만 잘 치료만 하면 아직 몇 달은 넉넉히 더 살 수 있을 것이다. 다시 마음을 확고히 하고 유언을 남겨도 문제없다고 해서 즉시 변호사를 불러 다시 유언장을 작성하게 했다. 나쓰오는 지금까지 오시오를 고생시켰는데 이제부터는 죽을 때까지 오시오의 손에 간병을 받게 되었으므로, 또다시 오시오를 맞아들여 나쓰오의 간병을 맡도록 했다. 이렇게 해서 언제 나쓰오가 죽어도 처음에 노인이 오시오의 오빠 요시나리에게 단단히 약속한 말은 지켜지게 되어 노인은 안심하고 이로써 마쓰조와 헤이치를 데리고 그 집을 나왔다.

다음날 아침 일어나 요시나리가 있는 곳으로 달려가 간밤에 조처해놓은 이야기를 하자 요시나리도 매우 기뻐했다. 앞으로는 이제 나쓰오에게 원한도 품지 않고 진정 자신의 매제가 되었으니 병환을 두고 보고 있지만은 않겠다며 노인과 함께 가로메다의 집으로 갔다. 나쓰오도 지금까지 자신이 한 행동을 반성하며 후회하던 마음도 사라져 빠르게 안정을 찾아갔다. 또 오시오의 진심어린 간병도 받아 조금은 기분이 좋아졌다. 겉모습은 여전히 유령처럼 쇠약해 있지만 기력은 많이 회복되어 병상을 털고 걸어 나와 요시나리의 손을 잡고 허물없이 이야기를 나누기도 했다.

이렇게 이야기를 나누고 있는 곳으로, 예의 네부카의 별장에서 연락이 왔다. 스케토모와 오토시는 부상으로 기절한 채 의사의 처치를 받았지만 끝내 의식이 돌아오지 못하고 간밤에 죽었다는 부고였다. 나쓰오는 이를 듣고 몹시 놀라기는 했지만 이미 혼미한 꿈에서 깨어나 그들의 나쁜 마음을 비판하고 그들이 자신을 속이고 가로메다의 재산을 손에 넣으려는 계략을 꾸민 것을 알고 있기 때문에, 드디어 방해물을 털어내버린 듯한 생각이 들어 슬퍼하지도 않고 애석해하지도 않았다. 하지만 오토시를 여윈 아들 나쓰토시를 당연히 거둬야겠다고 생각해 요시나리에게 거둘 수 있도록 부탁했다. 요시나리는 이를 이해하고 오쿠리 할머니를 데리고 그 별장으로 가서 어떻게 담판을 지었는지 그날 어두워지기 전에 나쓰토시를 오쿠리에게 안긴 채 득의양양하게 돌아왔다.

이로부터 3일째 되는 날에 스케토모와 오토시의 장례식을 마쳤다. 나쓰오도 나쓰토시도 아직 살아 있고, 오시오는 완전히 가로메다의 아내로 돌아와 나쓰오의 곁에서 간병을 하게 되었다. 오시오는 나쓰토시를 자기 자식처럼 키웠다. 나쓰오는 의사가 말한 대로 장수할 수 없는 몸이지만 마음이 충분히 안정되고 정신도 맑아졌기 때문인지 점차 쾌차해갔다. 이로써 한 달이 지났을 무렵에는 조금 혈색도 좋아져, 새삼스레 마을 전체에 병 완치 축하연을 벌였다.

유령이 나타난다는 소문도 그저 한 편의 기담으로 되어 누구도 숲속을 지나는 것을 무서워하지 않았다. 나쓰오와 오시오는 원래대로 부부가 되었고 나쓰토시는 상속자가 되어, 부모 자식 셋이서 가로메다의 집에서 살았다. 나쓰오는 아직 당분간은 죽을 것 같지도 않고 의사도 뜻밖의 일이지만 이런 상태라면 아직 몇 년간은 살아남는 것도 어려운 일이 아니라고 말했다. 이로써 오토시의 여동생 오긴을 비롯해 네부카 일족은 이 모습을 보고 다시 가로메다의 집에 가까이 가려고 하지 않고 어딘가로 떠난 것으로 보였다. 예의 별장도 가로메다 마을의 집도 벌써 팔아버려 다른 사람의 손으로 넘어갔다.

이상은 실제로 있었던 실화이다. 네부카 모녀와 같은 악인에게는 좋지 않은 결과가 있고 오시오와 같은 선인에게는 좋은 보답이 있다. 악이 멸하고 선이 번성해 실로 경사스러운 일로 글을 마무리한다.

# 검은 고양이

아에바 고손

원작은 에드거 앨런 포의
『검은 고양이』

## 上

나는 내일 죽을 몸, 오늘 하룻밤 남은 목숨이고 보니 희망도 원도 딱히 없고 그저 마음에 생각하는 거짓도 꾸밈도 없는 진실을 지금 써서 남기려 한다. 결코 이 일을 세상 사람들이 믿어주길 바라는 것은 아니다. 이 일을 믿어달라고 바라는 것은 미친 짓이다. 왜냐하면 이 일은 내가 생각해봐도 믿을 수 없을 정도이니까. 그러나 나는 꿈을 꾸고 있는 것도 미친 것도 아니다. 제정신이니까 더군다나 내일 죽는다고 하는데도 오늘밤 이렇게 글을 쓸 수 있는 것이다. 여기에 써서 남기는 글은 내 일가에서 일어난 일에 설명도 평가도 덧붙이지 않고 있는 그대로 쓸 뿐이다. 아, 지금 떠올려도 몸이 오그라든다. 그 때문에 무섭고 괴로운 꿈을 꾸고 고민한 끝에 이렇게 몸이 망가지게 되었다. 그렇지만 이렇게 써서 남겨두면 훗날 누군가 (나처럼 정신이 어수선하지 않고 조용한 이가) 그건 이러한 이치라고 설명하거나 혹은 학문적으로 그것은 자연스런 결과일 뿐 특별히 이상할 것 없다고 해석해줄지도 모르겠다.

나는 아이였을 때 그야말로 내성적이고 유약해서 친구들이 겁쟁이라고 놀려대 밖에 나가서 노는 것보다 집에서 새라도 키우는 것을 가장 큰 즐거움으로 생각하고 있었다. 양친도 그런 취향을 허락해주어 여러 종류의 새나 개를 키우도록 해주었고 이들을 친구나 놀이 상대로 하여 나의 많은 시간은 금세 지나갔다. 어른이 되면서 생물을 좋아하는 취향은 더욱 강해져 즐거움이라고 하면 이 외에는 없었다. 영리한 개가 주인의 말을 듣고 꼬리를 흔들며 앞다리를 들고 문으로 마중 나와 길에서 기다리고 있는 사랑스러운 모습은 세상 사람들도 알고 있듯이 그야말로 은혜를 잊고 의리를 배신하는 인간의 우의와 정분보다 훨씬 나은 것이다. 나는 젊었을 때 아내를 맞아들였는데 나와 마찬가지로 극히 온유한 성격으로, 남편의 취향이 쉽게 옮아 생물을 좋아해 함께 기르면서 같이 즐거워하고 매우 행복한 시간을 보냈다. 이때 길렀던 것은 새와 금붕어, 개 한 마리, 토끼 여러 마리, 작은 원숭이와 '고양이'가 한 마리.

이 고양이는 매우 아름다운 고양이로 털은 새까매서 벨벳 같고 눈은 황금 방울 같아서 영리하기가 놀라울 정도라서 아내는 조금 망설였다. 예로부터 검은 고양이는 마법사 노파가 변한 것이라는 이야기가 있기 때문이다. 그러나 진정 그렇게 생각한 것은 아니다. 다만 이웃에서 그런 소문을 듣고 와서 조금 느꼈을 뿐일 것이다. 고양이 이름을 플루토라고 불렀는데 지금 생각해 보면 상서롭지 못한 이름이다. 플루토는 그리스 시대의 종교 신화 속 지옥신의 이름이긴 했지만, 많은 기르는 것들 중에 무슨 연유인지 나는 이 고양이가 가장 사랑스러워 친구보다도 친하게 먹을 것도 남의 손을 빌리지 않고 이것만은 내 스스로 직접 줄 정도였다. 플루토도 또 내가 다니는 곳을 따라다니며 밖에서 돌아오면 멀리서부터 발자국 소리를 듣고 달려온다. 그 때문에 집에 들어서면 가장 먼저 눈에 띄는 것은 항상 이 검은 벨벳의 애교 덩어리였다. 그런데 시간이 지나면서 내 마음이 악마 때문에 어지럽혀지며 변하게 되었다. 그 악마는 다름이 아니라 '술'이다.

술도 조금 마시면 기분이 환해지고 유쾌해지지만 익숙해지면 조금으로는 유쾌할 정도에 이르지 못해 점차 양이 많아지고 결국에는 독기가 겹쳐 생각이 변한다. 내 마음도 이 악마 때문에 난폭해지고 음험해져 신경질적이 되고 남에게 조심하는 일도 적어지고 얌전한 아내에게 호통을 치며 완력을 휘두르는 일조차 있거니와 기르는 동물에게도 그 영향을 끼쳐 화풀이를 세게 하게 되는데, 고양이만은 아직 이런 학대를 하지 않을 정도로 사랑하고 있었다. 토끼나 원숭이가 마음에 들지 않을 때 옆에 오면 손으로 때리든지 구둣발로 차든지 하는데, 플루토만은 이 험한 대접을 받지 않았다.

술에서 비롯된 거친 성정은 점차 격해져 이제는 플루토도 말려들고 말았다. 부아가 치밀어 내 눈에 보이는 것은 모두 '밉다'

는 마음이 일었다. 어느 날 밤, 술에 취해 술집에서 돌아오니 항상 제일 먼저 나와 마중하던 고양이가 그날 밤은 어쩐 일인지 내 모습을 보더니 도망가는 듯이 보였다. 이 빌어먹을, 욕하면서 고양이 목의 방울을 잡아 쥐었다. 그때 내 모습과 목소리가 얼마나 무서워 보였는지 고양이는 도망가려고 몸을 비틀며 팔을 물고 늘어졌다. 이때 악마의 분노가 불꽃처럼 타올라 나도 모르게 정신을 잃고 고양이 목을 꽉 거머쥐고 주머니에서 붓털 깎는 칼을 꺼내어 고양이 눈을 도려냈다. 그때의 일을 생각하면 몸서리가 쳐진다. 후회하는 마음에 뭐라 말할 수 없는 무섭고 싫은 느낌이 깊어져 내 스스로를 나무란다. 아, 나쁜 일을 하지 않은 때로 되돌릴 수는 없을까.

다음날 아침 도리를 회복했다. 악마는 잠복하고 양심이 희미한 빛을 드러냈다. 술기운이 사라지자 무서운 감정이 강해져 앉아 있을 수도 없고 서 있을 수도 없는 기분 때문에 술을 마셔 그 일을 잊으려 했지만 남김없이 잊었다고는 할 수 없다. 고양이는 점차 상처가 아물어 통증은 사라진 듯했지만 도려낸 눈구멍이 처참한 형태로 남아 그 기분 나쁜 모습을 보니 나도 모르게 얼굴을 돌릴 정도였다. 그 이후는 내가 옆으로 가면 도망치는 꼴이다. 불쌍하게도 옛날에는 내 손으로 주지 않으면 아무것도 먹지 않을 정도였다고 생각하니 눈물이 날 것 같았지만 그런 생각을 말끔히 지웠다.

왠지 불쾌한 감각이 계속해서 생겨나 그럴 때마다 잊을 만큼의 술을 마셨다. 마시면 마실수록 안절부절 못하게 되었다. 이것이 신세를 망치는 원인이 되다니 딱하구나. 사람에게는 고집스럽고 집요하고 나쁘다고 알면서도 이내 하고 싶어지는 야만성이라는 나쁜 습성이 있다. 이런 마음에 대해서는 철학도 아직 밝혀내지 못했는데, 내 경험으로는 이건 마음 속 감정의 하나라고 생각한다. 누구라도 해서는 안 된다고 생각하는 것을, 나쁘다고 생각하기 때문에 오히려 해보려고 생각하는 일이 있을 것이다. 이는 하늘의 이치다, 거스르면 도리에 어긋나는 것을 알고 있으면서도, 알고 있기 때문에 그것을 범해보고 싶은 일도 있을 것이다. 죄 없는 동물에게 가한 해를 더욱 심하게 가해, 오로지 하려는 것은 자신을 괴롭히고 싶은 바람이었다.

어느 날 아침, 새끼줄로 함정을 만들어 고양이 목에 걸고 나뭇가지에 매달아, 그 무게로 점차 꽉 조여지고 발버둥 치면 칠수록 괴로워지도록 만들었는데, 이때 나는 눈물을 흘리고 마음속으로 그 죄를 후회하고 있었다. 후회하는 마음이 있었기 때문에 죽인 것이다. 내가 이 고양이를 사랑하는 마음이 있었기 때문에 괴롭힌 것이다. 화낼 만한 일도 아니었는데, 하는 생각이 들어 잔혹하게 한 것이다. 죄가 없다는 것을 알기 때문에 죽인 것이다. 아, 귀신이여, 악마여.

그날 밤, 불이다, 불이야 하는 소리가 들려 나는 놀라 눈을 떠 불길 속에서 앗 소리도 못하고 문밖으로 뛰어나가고 아내와 하녀 셋은 불에서 겨우 빠져나갔지만, 나머지는 전부 타버리고 숟가락 하나도 남지 않았다. 이로써 나는 절망하게 되었다.

나는 결코 원인과 결과의 관계를 내세워 현재의 곤란과 괴로움을 잔혹함의 응보로 생각하지 않는다. 다만 이야기의 연결을 이야기할 뿐이다. 화재가 난 다음날 아침, 힘없이 불탄 자리를 보러 가니 안은 탔지만 벽돌로 쌓아올린 사방의 벽은 그대로 남아 방 안의 벽과, 내가 잠을 자는 머리 바로 그 언저리에 벽이 무너져 그 위에 막 덧칠한 천장재가 떨어져 있었다. 이 벽 주변에 사람들이 많이 모여 있어서 별일 없을 거라 생각하고 옆으로 가보니 이웃사람들이 벽을 자꾸 쳐다보면서 이상한 일이라고 의아해하고 있었다. 사람들을 헤치고 바라보니 이 벽에 마치 칠기 장식에 그려진 그림처럼 큰 고양이 모습이 그려져 있었다. 그것도 목에 줄이 묶인 채로.

처음에 이걸 봤을 때의 놀람과 공포는 굉장했는데, 곰곰이 생각해보니 이것은 필시 이웃사람이 화재를 발견하고 달려와 내가 잠을 깰 수 있도록 나무에 매달아놓은 고양이 시체를 너무 급한 나머지 고양이 시체라고 생각 못하고 손에 닥치는 대로 창에서 던진 것으로 보인다. 그때 벽이 무너져 그 위에 천장재가 떨어졌기 때문에 고양이 시체가 사이에 끼어 벽에 크게 들러붙어, 벽에서 떨어진 잿가루와 고양이 몸에서 나온 암모니아가 불의 힘으로 융해돼 칠한 듯이 보였던 것이라고 그렇게 스스로 해석하며 위로했지만, 마음속으로는 말할 수 없는 감각을 남기고 며칠 동안 아니 수개월은 고양이의 도려낸 커다란 눈 자국이 눈에 어른거려 밤에도 편히 잠들지 못했다.

그러나 묘하게도 고양이가 죽었으니 또 고양이가 있으면 좋겠다는 생각이 들었다. 전의 고양이와 같은 종류를 친구에게 부탁했지만 생각만큼 괜찮은 게 없었다. 어느 날 밤, 술집에서 (화재로 완전히 다 타버려 술에 취할 수 있는 곳은 술집밖에 없었다) 술을 마시고 크게 취해 두리번거리는 눈으로 옆을 보니 럼주 통 위에 검은 것이 올라타 있었다. 무엇인가 하고 보니 검은 고양이여서 일어서서 만져봤는데 우는 소리를 내어 나도 모르게 끌어안고 보니, 플루토와 여기 저기 닮은 곳이 있었다. 단지 다른 것은 플루토는 완전히 검은색이었지만 이것은 목 주변에 흰 털이 옷깃처럼 나 있었다. 쓰다듬어주자 친해진 듯 기분이 좋아 보였다. 얼마간 돈을 주고 사려고 술집 주인에게 물으니 이상하다는 얼굴을 하면서 "우리 집에서 키우는 고양이가 아닙니다, 손님과 친하군요, 손님 집 것이 아닙니까?" 하고 물어, 나도 모르게 무릎에서 떨어뜨리고 말았다.

## 下

집에서 키우던 고양이 아니냐는 물음에 기분이 나빠져 모처럼 술에 취했는데 취기도 가셔버리고 돈을 내고 나오려는데 주인은 신경이라도 써주듯이 "어르신, 고양이를 데려 가세요."라고 말했다.

"아니, 오늘 밤은 밖에 돌아다닐 일이 있어 내일 밤에 데리러 오죠."

"저희가 키우던 것이 아니니, 손님, 지금 돈을 내시는 건 좀 그렇다고 말씀드리지 않았습니까?"

계속 권하는 가게 주인의 말을 뒤로 하고 총총걸음으로 4, 5정(町)* 걷고 있는데, 발에 감기는 것이 있어 내려다보니 예의 검은 고양이가 따라오고 있었다. 더욱 기분이 나빠져 고양이를 붙잡아 옆의 벽돌로 된 벽 안으로 던지고 일부러 먼 길을 돌아 집에 돌아왔다. 그런데 아내가 미소를 지으며 부재 중에 이런 좋은 고양이가 어디선가 왔다면서 안고 보여주었다. 그건 오는 도중에 버린 검은 고양이였다. 나는 나도 모르게 눈썹을 찌푸렸지만 아내가 매우 좋아하며 입 주변에 고양이 뺨을 갖다 대고 있는 모습은 보는 것만으로도 괴로웠다.

고양이는 못된 것과 친하다는 듯 내 뒤를 따라왔다. 따라오면 따라올수록 싫어지고 또 싫어져 이제는 이쪽에서 고양이를 피하려고 했지만, 이전 일을 떠올리면 식은땀이 날 정도라 잔혹하게 대하는 것은 삼가면서 몇 주 동안은 때리지도 않고 괴롭히지도 않았다. 그런데 고양이는 점점 더 나를 따르면서 떨어지지 않으려고 했다. 정말로 액신(厄神)으로도 뭐로도 표현할 방법이 없다. 게다가 무섭고 미운 이유가 한 가지 더 있다. 다름 아니라 이 고양이는 눈이 한 개밖에 없다는 것이다. 아내는 그 때문에 오히려 가엾게 여겼다. 내가 싫어하면 할수록 고양이가 따르는 정도가 더욱 심해져 다른 사람은 알아채지 못할 정도로 끈질기다고 해야 할지 집요하다고 해야 할지, 의자에 앉으면 의자 아래에,

* 약 4, 5백 미터 정도.

바닥에 앉으면 무릎 위에, 걸으려고 하면 발 사이에 들어와 발에 걸려 넘어지려 하자 어깨에 뛰어 올라와 시계 줄에 매달린다. 차라리 한 대 때려버릴까 생각했지만 아내의 어진 마음에 부끄러움을 심어주면 후회될 것 같아 손을 내렸다. 아니, 이번에는 내가 무서워서 죽일 수 없었다.

옷깃 같이 새하얀 털은 처음에는 약한 흰색이었는데 점차 가늘고 분명해져 "꼭 새끼줄을 꽈놓은 것 같네요"라는 아내의 말에 잘 살펴보니 지금 생각해도 몸이 떨리고 밉고 무섭고 견딜 수 없는 모양으로 구멍 난 자국이 조금도 다르지 않다.

기분이 나빠져서 어떻게든 죽여야겠다고 생각하니 아, 괴롭고 고통스럽구나. 신의 형태를 본떠 만들어졌다고 하는 인간이 열등한 동물에게 괴롭힘을 당한다는 것은 분하고 유감스러운 일이다. 이때 이후로는 밤에 잠도 제대로 못 잤다. 잠들면 고양이가 위에 올라타 누르는 것 같아 괴로웠다. 낮에는 눈에 띄고 밤에는 가위에 눌린다. 이런 정신의 괴로움 때문에 남아 있던 선한 마음마저 완전히 사라져버리고 악의 덩어리로 뭉친 괴물로 변했다. 딱하구나.

음울한 기분을 넘어 그냥 사람이 밉다. 무얼 봐도 들어도 짜증이 난다. 모든 것이 굉장히 불평스럽다. 그런 혼란함은 아내의 몸에까지 미쳐 때리기도 하고 발로 차기도 했다. 생각해보면 안쓰럽고 미안한 짓을 한 것이다.

어느 날의 일이다. 움막에 볼일이 있어 아내와 함께 내려갔는데 고양이도 따라와 발 사이에 끼어 그 때문에 맥주 통 있는 곳으로 굴러 떨어질 뻔했다. 매우 화난 마음이 일시에 몰려와 (무서움도 잊고) 옆에 있던 손도끼를 집어 들고 고양이를 두 동강 내버리려고 곧바로 내리치려는데, 아내가 말렸다. 이때는 정신이 없어서 아내가 방해한 것을 화내며 다잡을 틈도 없이 도끼를 아내의 머리에 내리꽂고 말았다. 뇌를 깨부숴 때려죽이고 말았다. 죄여, 괴물이여.

하지만 그때는 후회도 하지 않았다. 내 몸은 악마의 소굴로 되어버려 다만 이렇게 된 이상 자신의 몸을 감출 궁리뿐이었다. 그보다는 이 시체를 감추는 것이 한 가지 방법이었다. 시체를 잘게 토막 내어 태워버릴까, 움막 아래를 파서 묻어버릴까, 무거운 돌을 매달아 우물에 던져버릴까, 상자에 넣어 상품처럼 꾸며 다른 나라로 가지고 나가 버려버릴까 여러 가지로 궁리했지만 옛날 중이 사람을 죽여 벽에 넣고 발랐다는 일을 생각해내고 벽에 발라 넣기로 했다.

움막 벽은 그렇게 하기에 적당했다. 다행히도 아주 대충 칠해서 부드럽게 패인 곳이 있어 그곳을 뚫어 벽돌을 빼내고 시체를 세워 넣고 그 위를 털과 돌가루와 점토로 바른 다음 외벽과 같은 색으로 칠했다. 전혀 눈치 채지 못할 것이다. 내가 생각해봐도 잘 생각한 것이다. 바닥의 피도 닦아냈다. 그건 그렇고, 원수 같은 고양이는 어떻게 해서든 찾아내 죽여야겠다고 결심했지만 이 교활한 짐승은 그런 낌새를 알아챈 건지 어딘가로 가버리고 그림자도 보이지 않는다. 비로소 장애물이 사라져 안심하고 그날 밤은 오랜만에 푹 잘 수 있었다. 2, 3일 지나면서 내 죄업으로 만들어낸 괴물이 사라졌다고 생각하니 무거운 짐을 내려놓은 듯했다. 이런 생각에 기분이 좋아져 아내를 죽인 일은 오히려 크게 마음을 괴롭히지 않았다.

경찰관들도 의심하는 모양이고 이웃 사람들도 속닥속닥 뭔가 이야기해댔지만, 움막 벽에 발라 넣은 것은 눈치 채지 못할 테니 괜찮을 거라고 생각하고 있는 차에, 4일째 되는 날 갑자기 경찰 넷이 찾아와서 집안을 샅샅이 조사했다. 이에 나도 경찰 뒤를 따라다녔다. 이런 일은 익숙하다는 듯이 그들은 생각지도 못한 곳까지 수색했지만 전혀 수상한 점이 없어 네 명 모두 얼굴을 맞대고 있는 묘한 분위기였다. 그중에서도 조금 약삭빠르고 밉살스러운 녀석이 뭔가 말하면서 움막에 들어가려고 했지만, 괜찮을 거라고 생각하면서 얼굴색도 변하지 않고 스스로 손을 눌러보니 맥도 정상으로 뛰고 있었다. 하지만 경찰은 계속 내 안색과 거동을 살피며 조금이라도 이상하면 그걸 찾아내려고 하는 기색이었다. 그 손에 놀아날쏘냐 마음속으로 비웃으며 함께 움막으로 내려갔지만 기분이 좋지는 않았다. 순사가 두리번거리는 동안에 나는 손이 떨리는 것을 감추기 위해 팔짱을 끼고 어슬렁거리고 있자, 이윽고 순사는 아무것도 수상한 점이 없다며 목례하고 돌아가려 했다.

이때 나도 모르게 기쁨이 온몸에 퍼졌다. 이것으로 나중에 말썽이 없을 거라는 생각이 들었다. 그렇지만 불길한 자들이다. 한마디 해서 호통을 쳐줘야겠다고 생각했다. 그만두면 좋았을 텐데 기쁜 나머지 말을 하고 말았다.

"혹시 여러분, 혐의를 풀어주신 거라면 정말로 고맙소. 그러나 이후 실례되는 일은 좀 삼가줬으면 하오. 잘 기억해주시오. 내 성은 견고한 성이외다. 아무렇게나 짓밟아 망쳐놓아서는 곤란하오. 성도 견고하고 나도 견고하다는 것은 이 벽이 견고한 것을 봐도 알 수 있을 거요."

미운 나머지 큰 소리로 말하면서 지팡이로 벽을 두드렸다. 시체를 발라 넣은 곳이라는 것도 잊고 그곳을 두드려버렸다. 탕, 하고 때리는 지팡이 울림소리가 끝나기도 전에 이상한 소리가 들렸다. 포대기에 싸놓은 갓난애 울음소리 같기도 하고, 인간이 아닌 것이 외치는 것 같기도 하고, 악마가 비웃는 것 같기도 하고.

이제 막 사다리를 타고 올라가려던 순사 네 명이 깜짝 놀라 다시 내려갔다. 나는 무척 놀라 멍하니 보고 있는데 와르르 소리를 내며 건너편 벽이 무너져 내려 잠시 정신을 놓고 있었는데, 정신을 차리고 가서 보니 벽에 12, 3명의 사람이 구멍을 내고 있었다. 벽이 무너지자 피투성이 시체가 쑥 하고 나타났다. 그 피투성이 머리 위에 외눈박이 고양이가 올라타 있었다. 사람들이 놀라 붉은 입을 벌려 한쪽 눈에 불을 비췄다. 시체를 발라 넣었을 때 너무 정신이 없어서 고양이를 함께 발라 넣은 것 같았다. 저지른 죄, 마음 속 괴물, 마침내 나는 붙잡혀 내일 죽을 하룻밤 신세가 되고 말았다.

# 모르그 가의 살인

아에바 고손

원작은 에드거 앨런 포의
『모르그 가의 살인』

분석력, 즉 사물을 자세히 관찰해서 상세히 분석하는 것은 어려운 일로 보통 사람은 하기 어렵다. 분석력을 가지고 있는 많은 사람이 이것을 이용해 즐거움으로 삼는 것 역시 완력이 강한 사람이 그 힘을 이용해 기뻐하는 것과 같아서, 갖가지 사항에 이를 이용해 혼자서 마음속에 웃음을 머금는 일이 많다고 한다. 그러니 보통 사람은 언뜻 보고 무익한 일이라고 생각하는 수수께끼 맞추기, 고문자 연구 모두 분석력 있는 사람의 즐거움의 원천이 된다.

나는 어느 해 초여름 프랑스의 수도 파리에 살고 있었는데, 타향에서 아는 벗도 없이 무료하게 지내던 차에 우연히 뒤팽 씨와 친해져 내 생애에 크나큰 환희를 더하게 되었다. 뒤팽 씨는 본래 좋은 집안의 사람이었는데 여러 가지로 불행한 일이 계속되면서 가산이 기울고 동시에 기력도 떨어져 다시 사회에 나가려고 하는 의욕도 용기도 줄었다. 채권자에게 동정을 받아 조금 남은 재산으로 간신히 목숨을 이어가는 정도였다. 그렇지만 이 사람이 이렇게 몸 밖의 재산을 잃긴 했지만 몸 안의 재산은 조금도 손상되지 않고 신분이 좋았던 때와 마찬가지로 즐기고 있었다. 그 즐거움은 바로 독서인데, 가난하다고 근심할 것도 없이 오히려 마음 평온하게 서책 속의 천지에서 노닐었다.

내가 우연히 이 사람을 만난 곳은 도서관이었다. 같은 책을 좋아하는 것은 벗을 부른다고 옛 어른들도 말했듯이, 몽마르트 거리에 있는 도서관에서 고대 복장에 관한 희귀서 한 권을 찾으려고 하는데 그 책은 뒤팽 씨도 역시 찾고 있던 것이어서, 서로 대화를 나누며 일면식이 있는 것처럼 그때부터 때때로 도서관에서 만나 각자 흉금을 털어놓게 되었다. 뒤팽 씨는 그 신분과 영락한 모습을 감추려고 하지도 않고 이야기해 주었다. 그는 박학하고 또 상상력이 풍부해 대화가 재미있으며 상대방을 지루하게 만드는 법이 없었다. 나도 그를 만나고부터 객지에서 잠을 자도 도움 되는 일이 많았다.

그런데 생각건대 같이 독신이고 보니 동거하면서 매일 밤새도록 이야기를 나누고 싶다고 말을 꺼냈더니 그도 기쁘게 받아줘서 생 제르맹의 오래된 집 한 채를 빌렸다. 그와 비교하자면 내 쪽이 더 부유했기 때문에 그에게 청해 집값은 내가 치르기로 했다. 이도 좀처럼 허락받을 수 없는 일이지만 내가 억지로 청해 지불한 것이다. 이때 둘이 생활한 모습이 세상에 알려지면 세상 사람들은 필시 우리를 보고 미쳤다고 할 것이다. 내가 봐도 또한 그러했다. 두 사람이 완전히 세상과 관계를 끊고 적막하게 나누는 이야기를 제외하면 어떤 소리도 나지 않았다.

또 그에게는 한 가지 습관이 있었다. 밤을 좋아하고 낮을 싫어했다. 밤이 자기를 위해 오는 거라고 하면서 밤을 대단히 좋아했다. 이 습관은 나에게도 감염되어 마찬가지로 야행성이 되어 밤을 즐겼다. 그러나 이 사랑스러운 밤은 시종 우리와 같이 있지는 않았다. 닭이 울고 자동차 소리가 나고 태양광선이 내비칠 무렵에는 문을 닫고 창문을 막아 촛불을 켜 인공의 밤을 집 안에서만이라도 만들었다. 이렇게 해서 또 책도 읽고 글도 쓰고 이야기도 하면서 같이 즐거워했다. 진짜 밤이 되면 함께 거리에 나가고 가짜 밤에는 계속 담화를 나누며 파리의 야경을 관찰하는 것을 더할 나위 없는 쾌락으로 여겼다.

나는 그가 분석력이 뛰어난 것을 알고 있었다. 그도 또한 이를 이용해 즐겁게 보내고 있다고 고백했다. 예로부터 이르기를 내 눈을 가지고 세상 사람을 보면 사람들 모두 가슴에 창을 만들어 두는 것과 같아 그 속을 밝게 살필 수 있을 거라고 했다. 그래서 밤에 걸을 때 지나치는 사람을 가리키며 그는 무엇을 할 것이고 그는 어디에 있는 맥줏집에 들어갈 것인지 등에 이르기까지, 천에 하나도 틀리지 않았다. 가끔은 내 마음속에 생각하는 일조차 지금 당신은 이러이러한 일을 생각하고 있을 거라고 알아 맞혀 나도 모르게 눈을 크게 뜨고 어안이 벙벙해졌다. 어느 날 밤 둘이서 오래된 집 안에서 얼굴을 맞대고 담소하고 있었는데 배달된 가제트 신문을 보니 다음과 같은 글이 실려 있었다.

**희대의 살인사건**

오늘 아침 3시경의 일이다. 생 로스의 주민들은 비명 소리에 잠을 깼다. 비명 소리는 모르그 가의 어떤 집 4층에서 들렸다. 이 4층에는 레스파니 부인과 딸 카밀, 두 사람이 살고 있었다. 주민들은 비명 소리에 놀라 잠이 깨어 그곳으로 달려가 안으로 들어가려고 했지만 문이 단단히 잠겨 있어 이웃사람 십 수 명과 헌병 두 명이 문을 부수고 안으로 들어갔다. 이때 비명 소리는 사라지고 방에서 두 사람 정도가 싸우는 소리가 들렸다. 안으로 들어간 사람들은 조금도 머뭇거리지 않고 2층으로 올라갔는데 목소리도 들리지 않고 사람도 없었다. 4층까지 올라가봤지만 어떠한 이상도 발견할 수 없었다.

방 안이 미심쩍다고 생각되어 닫혀 있는 문을 부수고 들어갔는데, 사람들은 경악하고 말았다. 그 방에는 난폭하고 낭자하게 흐트러져 있는 침대가 방 가운데에 넘어뜨려져 있고, 의자 위에는 피로 물들어 있는 면도칼이 있고, 스토브 앞에는 뿌리째 뽑힌 머리카락 몇 뭉치가 있었다. 마루 위에는 나폴레옹이라는 화폐 네 개와 토파스 귀걸이, 은수저, 금화 4천 프랑이 들어 있는 가죽지갑, 선반은 반쯤 열려 있는데 뒤진 흔적이 있었다. 침대 밑에는 철제 상자가 있어서 안에 흐트러진 옛날 편지 외에 서류가 들어 있었다. 레스파니 부인과 딸 카밀은 둘 다 흔적도 없다.

검댕이가 떨어져 있어 스토브 굴뚝을 보니 무참하다. 딸의 사체는 머리가 아래로 향한 상태로 끼어 있었다. 끌어내려고 해도 쉽사리 나오지 않아 머리를 잡고 간신히 끌어내보니 목에는 손으로 목 졸라 죽인 흔적이 있고, 얼굴에는 손톱에 긁힌 자국이 있다. 또 이곳저곳을 찾아보니 어머니의 사체는 정원 구석에 풀을 물들이며 쓰러져 있었다. 목이 베이고 얼굴 손발은 여기저기 할 것 없이 상처투성이로, 칼에 베여 죽은 것이라기보다는 새겨졌다고 하는 편이 적당할 것이다. 이렇게 큰일이고 보니 그 방면으로 다양한 범죄인을 수색 중인데 아직 단서도 없다. 어쨌든 최근에 일어난 잔혹한 살인이라고 해야 할 것이다.

다음날 아침 또 신문이 배달되었는데, 그 안에 〈모르그 가의 참화〉라는 표제로 다음과 같은 글이 실려 있었다.

어제 일어난 참화에 대해 많은 사람들이 조사를 했지만 여전히 단서는 없다. 가장 먼저 소환해 조사한 사람은 뒤부르라는 세탁소 여자였는데, 다음과 같이 증언했다.

"3년 동안 알고 지내면서 세탁물을 모두 맡아왔어요. 노부인과 딸은 사이도 좋고 보수도 후했죠. 그러나 뭘로 생계를 유지하고 있었는지는 모릅니다. 부인이 재산 있는 부자라는 소문은 무성했지만 이 집에 드나드는 사람은 어떤 사람인지 모릅니다. 만난 적도 없어요. 이 집은 4층에 구조물이 있을 뿐으로 아래는 창고와 마찬가지였습니다."

다음은 모로라는 담뱃가게 주인으로 담배를 4년 정도 조금씩 팔았는데, 부인과 딸은 이 집에 6년간 살았다면서 다음과 같이 진술했다.

"이 집은 본래 레스파니 부인의 소유로 일찍이 보석상에게 빌려 주었는데, 그가 이 집을 또 남에게 빌려준 것을 화내며 부인이 자기가 살려고 했어요. 부인은 어린애 같은 사람이었고 딸도 사랑스러웠어요. 돈이 있다는 평판은 많았지만 심부름하는 사람 하나도 없어요. 4년간이나 단골이었는데 부인 외에는 딸과 대여섯 번 만났을 뿐이고 문지기처럼 보이는 자도 두세 번 만났을 뿐이에요. 의사가 네다섯 번 오는 것을 본 적이 있어요. 그 외에 손님이 오는 것을 본 적은 없어요. 앞 창문도 닫혀 있기 일쑤고 음산하고 낡은 집으로 보였어요."

다음은 헌병 뒤제 씨로 다음과 같이 진술했다.

"새벽 3시경에 신고를 받고 뛰어나가 그 집에 도착했는데 문 앞에 2, 30명이 모여 소리를 지르고 있었어요. 총으로 문을 부수고 안에 들어갔는데 그때는 아직 비명소리가 계속되고 있었어요. 그 비명소리는 고통스럽게 길고 오랫동안 계속되었죠. 계단에 발을 올리려고 하는데 비명 소리가 멈췄어요. 2층에 올라갔을 때 괴상한 목소리가 들렸어요. 하나는 둔탁한 목소리고 또 하나는 날카로운 목소리로 잘 들어보지 못한 소리였어요. 둔탁한 소리는 뭐라고 하는지 전혀 알아들을 수 없었지만 잔혹하게 들렸어요. 여자 목소리가 아닌 것은 틀림없어요. 날카로운 소리 쪽은 프랑스어가 아니라 스페인어가 아닌가 싶었고요."

다음은 버드라고 하는 재봉사로 집 안에 앞장서서 들어간 사람 중의 하나이다.

"둔탁한 목소리는 프랑스인으로 두세 마디 들렸지만 꽤 잔혹했던 것 같아요. 날카로운 소리 쪽은 상당히 높았어요. 독일인이 아닐까요? 아니면 여자일지도 모르겠네요. 딸의 사체가 발견된 방 안은 적막하고 소리도 나지 않았어요. 문을 비집고 열고 들어가 보니 창문도 닫혀 있고 좌우에 있는 방 사이의 문도 잠겨 있었어요. 집 앞쪽으로 난 복도 건너편은 비어 있었죠. 옛날 상자 등을 뒤진 흔적이 있었어요. 딸 사체를 끌어낸 다음 굴뚝을 살펴보니 검댕이가 엄청나게 떨어져 있고 안은 헤집어놓은 것 같았어요. 문을 여는 게 상당히 힘들었어요."

다음은 뒤발이라는 대장간 주인으로, 이 자도 뛰어 들어간 사람 중의 하나였다.

"문을 열고 들어간 뒤에 바로 문을 닫아 계속해서 들어오는 사람들을 막았어요. 이렇게 하지 않으면 곧 혼잡해질 거라고 생각되었거든요. 날카로운 쪽의 목소리는 이탈리아인이 아닐까요? 아니면 여자일지도 모르고요. 그런 다음은 몰려들어온 사람들을 막느라고 잘 모르겠네요."

다음은 마침 그곳을 지나가던 참이었다고 한 네덜란드인으로, 암스테르담 태생의 요리사이다.

"이곳을 통과할 때 무섭고 슬픈 비명 소리를 듣고 놀랐는데 이웃 사람들이 달려 나와 건물 안으로 들어갔어요. 날카로운 소리는 여자가 아니에요. 분명히 남자 목소리로 프랑스 사람일 거예요. 높고 빠른 소리로 화를 내고 있는 것 같았어요. 둔탁한 쪽 소리는 너무나 잔혹했어요."

다음으로 나온 사람은 드롤렌느 가의 은행 지배인이다.

"레스파니 부인은 재산이 있어서 조금씩 예금을 하셨어요. 이 일이 있기 3일 전에 4천 프랑을 찾으러 왔기 때문에 금화로 4천 프랑을 은행원 르봉으로 하여금 부인과 함께 가지고 가도록 했습니다."

다음은 은행원 르봉이다.

"지배인이 말씀하신 대로 이날 낮에 두 개의 자루에 넣어 부인과 함께 가지고 갔는데, 딸이 나와 한쪽 자루를 들어주었습니다. 이때 길에는 사람이 없었어요. 이곳은 골목길이어서 항상 사람들의 왕래가 적어요."

다음은 장의사 가시오인데, 그는 스페인에서 태어나 이곳에 살고 있는 사람으로 다음과 같이 진술했다.

"신경이 쓰여서 건물에는 들어갔지만 무서워서 4층까지 올라가지는 못했습니다. 둔탁한 소리는 프랑스인이고 날카로운 소리는 영국인이 틀림없다고 생각합니다."

다음은 제과점을 하고 있는 몬타니로, 이 자도 먼저 들어간 사람 중의 하나다.

"둔탁한 소리는 프랑스인이에요. 두세 마디를 외쳤는데 너무 잔혹했어요. 날카로운 소리는 러시아인일 거예요. 이탈리아 태생으로 러시아어는 모르지만 말투로 알았어요. 4층 굴뚝은 사체를 넣을 정도로 넓지 않아요. 방에서 도망갈 길은 없고요. 딸의 사체는 굴뚝 위에서 끌어올리려고 한 것 같았어요. 꽉 끼어 있어서 끌어내는 데 온 힘을 쏟았어요."

다음은 뒤마라고 하는 의사이다.

"새벽녘에 딸의 사체를 검시했는데 상처 난 곳은 각 증인이 진술한 바와 같습니다. 얼굴색은 변해 있었고 혀를 깨물고 있었다고 생각합니다. 아랫배에 타박상이 있었습니다. 어머니의 사체는 오른쪽 팔이 꺾이고 몸은 산산이 찢겨 철로 된 봉인가 의자에 맞아 살해된 것으로 생각됩니다. 목은 상당히 예리한 것으로 베인 것 같습니다."

다음은 에티엔느라는 외과의사이다.

"검시는 여느 사건처럼 했는데 전혀 단서를 찾을 수 없습니다. 실로 엄청난 살인이라 경찰서에서도 이 범죄인 수색에 전력을 다하는 모양입니다."

이날 석간신문은 또 이 사건에 대해 계속해서 기사를 실어 파리에서는 사람들의 마음이 흉흉해지고 빨리 범인을 잡아들이기를 원한다고 썼다. 경찰도 지금이야말로 솜씨를 발휘할 때라고 여겨 육각의 눈동자를 팔각으로 번쩍 뜨고 뛰어다녔지만 이렇다 할 단서도 발견해내지 못했다. 은행원 아돌프 르봉을 구류해 지금 조사 중이라고만 쓰여 있었다.

뒤팽 씨는 이 사건을 읽고 처음부터 주의 깊게 생각하는 것 같았는데, 지금 르봉 구류 건을 보고 조용히 신문을 접고는 내 얼굴을 바라보았다. 나는 이 참화에 대해 그가 어떻게 생각하는지 묻고 싶었지만 싫어할 것 같아 말을 꺼내지 못하고 있는데, 그가 금방이라도 이 일에 대해 생각하고 있는 것을 말해줄 것 같아 나는 빨리 그의 입술을 응시했다. 그는 벽 쪽을 보고 머리를 조금 숙인 뒤 차츰 말을 하기 시작했다.

"이 사건에 대해 어떤 가설을 가지고 있소?"

물어보려고 기다리고 있는 나에게 그가 질문을 던졌다. 내가 품고 있는 생각은 오로지 그의 예의 면밀한 생각을 들으려고 하는 바람뿐이었기 때문에 갑작스러웠다.

"실로 묘한 일일세. 이상한 일이야."

이렇게 답할 뿐이었다. 뒤팽 씨는 말을 이었다.

"도대체 파리의 탐정은 교활하기만 했지, 조사 방법도 가지고 있지 않아. 공적이라고 할 만한 게 조금 있다고 해도 그건 임기응변으로 생각해낸 것일 뿐 깊이가 없어. 공부나 하고 분주하기만 했지, 이런 일이 일어났을 때 공을 세운 적이 없다니까. 비독 씨가 탐정의 묘수를 가지고 있다고는 하지만 물건을 눈앞에 갖다 대고 보는 것은 시력을 해치는 것과 같고, 한두 곳은 잘 봐도 전체는 잘 보지 못해. 이번 살인에 대해서도 길은 찾지 않고 겉만 보고 은행원을 붙잡아두다니 어리석은 짓이야. 르봉은 우리도 알고 있는 사람이니까 우리는 우리끼리 조사해서 그의 억울한 죄를 풀어줍시다. 아무튼 이제부터 둘이 가서 현장을 점검해봅시다. 경찰서장은 면식이 있는 사람이니까 부탁하면 별 문제 없을 거예요."

뒤팽 씨는 이렇게 말하고 일어섰다. 나도 재미있을 것 같아 벽에 걸려 있는 모자를 집어 들고 그와 함께 모르그 가의 현장으로 갔다.

뒤팽 씨는 나를 데리고 경찰서에 가서 서장의 허가를 얻어 사건이 일어났던 모르그 가에 도착했다. 그때는 오후 6시경으로 해질 무렵이었는데, 그 집은 곧 알아볼 수 있었다. 아직 그 집 앞에는 많은 사람들이 모여 이러쿵저러쿵 이야기를 하고 있었다. 그걸 보니 기분이 씁쓸해졌지만 물어볼 것도 없이 지나쳤다. 뒤팽 씨는 우선 건물에 들어가기 전에 바깥쪽을 자세히 살펴보고 잠시 생각에 잠겨 있다가 입구로 향했다. 이곳에서는 헌병이 제지하며 들어가는 것을 막았다. 그는 서장의 허가장을 보여주고 나를 돌아보고는 앞으로 나아갔다. 계단에 발을 걸치고 사방을 둘러보고 걸음을 재면서 4층으로 올라가 레스파니 부인과 그 딸의 사체가 있던 방으로 들어갔다.

방의 흐트러진 모양이나 사체의 위치 모두 사건이 있던 때와 같은 상태로 되어 있는 것은 경찰이 필요상 그대로 보존해놓은 것으로 신문에서 보도한 것과 전혀 다르지 않았다. 나는 현장의 처참함을 보고 여러 차례 탄식했다. 뒤팽 씨는 사체에 다가가 자세히 살펴보고 방과 정원을 구석구석까지 살펴보았다. 어두워져 그 집을 나와 집으로 돌아가는 길에 그는 르몽드 신문사에 들러 뭔가 의뢰하는 듯이 보였다.

그는 기묘한 버릇을 가진 사람이다. 이것도 그 기묘한 버릇 중의 하나인데, 그는 그날 밤 돌아온 후부터 다음 날 정오가 될 때까지 이 일에 대해 한 마디도 하지 않았다. 점심식사를 마치고나서야 비로소 '그런데'라는 말을 시작으로 나에게 가볍게 질문을 던졌다.

"그런데 간밤에 살펴본 중에 특별한 사항이라도 있었나?"

나는 이렇다 할 단서도 없고 별다른 생각도 없어 신문에 보도

된 대로 대답했다. 그는 약간 열을 올리며 말했다.

"그렇지. 신문에서 보도한 대로지. 외형만 보면 신문에서 보도한 대로인데, 그 내면에 대한 추측은 조금도 쓰여 있지 않았어. 도대체 신문은 외면적인 것만 상세히 다루고 내면에 대해서는 대충이라니까. 신문에 대한 비평은 차치하고, 이번 사건은 가장 쉽게 추리해볼 수 있네. 추리가 쉽다는 것은 오히려 그 동기를 알아내기 어렵다는 의미도 되지. 근시안적인 경찰이 이번 사건의 동기를 발견하는 데 고생하는 것은 '무엇 때문에 이런 참혹한 살인을 행했는가?'라는 첫 문제를 풀지 못했기 때문일 걸세. 그리고 살해 방법이 지나치게 잔혹한 점, 싸우는 소리가 들렸는데 당사자가 없는 점, 방 안이 아이가 장난친 듯이 흐트러져 있는 점, 도망칠 길이 없는 점, 딸의 사체를 굴뚝에 처박아둔 점, 부인이 칼에 베인 상태 등이 모두 이상하고 괴이하게 여겨져 평소의 기량을 발휘하지 못하고 쓸데없이 머리를 낭비하고 있어. 경찰관은 '이상하다'는 것과 '어렵다'는 것을 혼동하고 있기 때문에 동분서주해도 작은 단서도 얻을 수 없는 거야. 나는 이 일을 쉽게 알아냈소."

경찰관이 곤란하다고 생각하는 만큼 그 반대로 가장 쉽게 깨달음을 얻을 수 있다는 말에 놀라서 나는 어떻게 알아냈는지 물어보고 싶었지만 목소리가 입 안에서 사라져버리고 그저 그의 얼굴을 쳐다보고 있을 뿐이었다. 그는 입구의 문 쪽을 바라보고 있었다.

"나는 지금 이곳에 오는 사람을 기다릴 거야. 그 사람은 이 사건에 다소 관계되어 있는 자야. 그러나 그 일에는 관계되어 있어도 죄는 없을 거야. 나는 이 가정이 틀리지 않기를 바라고 있어. 그 사람은 금방 나타날 거야. 이 방으로 들어오면 바로 붙잡아둘 필요가 있어. 그러려면 이게 없어서는 안 되겠지? 자네 이것을 가지고 있게."

뒤팽 씨는 권총을 꺼내 나에게 건네주며 말을 이었다.

"그건 그렇고, 이 사건을 분석해보니 사람들이 들었다고 하는 싸움 소리는 살해된 여성의 소리가 아니라는 건 분명해. 이에 따르면 부인이 딸을 살해한 뒤 스스로 목을 벴다고는 전혀 볼 수 없어. 만약 그랬다 하더라도 사체를 감추기는 힘들어. 좁은 굴뚝에 사체를 밀어 넣는다는 것은 있을 수 없고, 부인의 상처도 자신이 낸 것이 아니라는 건 나나 자네가 봐도 분명히 알 수 있어. 이건 제 삼자, 즉 다른 사람이 저지른 일이라는 단정은 틀리지 않을 거야. 사람들이 계단을 오를 때 들었다는 싸움 소리는 이 제 삼자, 즉 흉악범임에 틀림없어. 이 소리에 대한 조사는 중요한 일이야. 증언한 사람들 이야기에 특이한 점이 역력히 나타나 있어."

뒤팽 씨는 이렇게 말을 하며 내 얼굴을 쳐다봤기 때문에 나는 들었던 증언대로 이야기했다.

"둔탁한 쪽의 목소리가 프랑스인이라는 것은 각 증언대로인데, 날카로운 쪽은 높은 소리였다고도 하고 목이 쉰 소리라고도 하면서 프랑스인일 거다, 영국인일 거다, 러시아인이거나 아니면 이탈리아인일 거다 등등, 증언이 일치하지 않아요. 이건 매우 의심 가는 대목이죠."

내 대답에 뒤팽 씨는 끄덕거리며, "그렇지, 그건 증언 그대로지 않아?"라고 말했다. 그러고는 지금이라도 사람이 올 것처럼 기다리고 있었다.

뒤팽 씨는 다시 말을 이었다.

"각 증인이 일치하지 않는 부분이 가장 신경 쓰이는 점이야. 프랑스인은 날카로운 목소리를 스페인어일 거라고 말했고, 또 한 사람은 독일어일 거라고 말했어. 영국인은 이탈리아어일 거라고도 했었지. 네덜란드인은 어쩌면 프랑스어일 거라고 했고, 스페인 태생의 사람은 자기 나라 말과는 많이 다르기 때문에 영어일 거라고 했었지. 이탈리아인 장의사는 러시아어는 모르지만 러시아인일 거라고 진술했어. 프랑스, 네덜란드, 영국. 스페인, 이탈리아의 유럽 다섯 나라 사람들이 듣고 각각 그 소리가 어느 나라 말인지 확신할 수 없다는 것은, 애초에 이상한 소리가 아니었을까? 그렇다면 혹시 그 흉악범은 아시아인이든지 아프리카인일 거라는 생각도 들지만, 프랑스에 두 인종이 들어와 있다는 건 극히 드물어. 그 점은 따지지 않더라도 이 목소리는 날카로워 프랑스인의 목소리보다 오히려 높았다고 했어. 날카롭고 높을 정도이면서 그 말을 알아듣기 어렵다고 하는 것이 가장 이해하기 힘들지 않나?

이 점에 주의하는 게 중요해. 다음으로 방 안의 모양에 대해 말하자면, '탈출구가 없다'는 것을 추측하는 게 요점이야. 이미 사람들이 2층으로 올라갔을 때 들렸던 목소리가 4층에 다다르자 흔적도 없이 사라졌다는 건 이상하지 않아? 그렇다고 해서 요괴나 귀신이라는 것이 이 세상에 있으리라고는 자네도 나도 믿을 수 없고. 흉악범은 형체가 있는 자임에 틀림없어. 형체가 있다면 그 형체를 감춘 흔적이 없지 않을 거야. 그게 어디로 도망간 걸까?

경찰관은 단지 이상하다고 놀라고 있을 뿐 자세히 신경을 쓰지 않고 있어. 내가 내 눈으로 살펴봤는데 좌우의 방 문은 단단히 닫혀 있지만, 원래 도망갈 수 있는 길이 없어. 굴뚝으로 말할 것 같으면 조금 큰 고양이는 들어갈 수 없을 정도로 좁아. 창은 두 개가 있지만 하나는 여러 도구들이 쌓여 있어서 쉽게 열 수 없어. 또 하나의 창문을 들여다봤는데 여기는 4층이라 사다리가 없으면 날개가 있어도 뛰어내리기 어려울 거야. 그렇다고 여기서 밖으로 나 있는 탈출구도 없고. 그래서 이곳을 도망친 곳이라고 가정하고 다시 조사해봤더니 창 옆에 피뢰침이 있었어. 창문에서 이곳으로 타고 내려와 아래로 뛰어내린 것은 아닐까? 보통 인간이 할 수 있는 기술은 아니지만 그렇다고 귀신이어야 가능한 것도 아니지. 분명한 것은 굉장히 몸이 가벼운 곡예사와 같은 자가 아니면 이런 기술을 해낼 수 없을 거야. 쳐다보면 눈앞이 캄캄해질 정도로 4층 위쪽으로 2척 정도 떨어진 창문에서 타고 내려와 뛰어내린다는 것은 보통 인간으로는 생각할 수 없어. 나는 몸이 가벼운 자가 이곳에서 뛰어내렸다고 단정해.

다음 요점은 방 안의 난잡한 모양이야. 서랍은 열려 있고 안에 있던 서류는 흩어져 있었어. 침대나 그 밖의 것들도 마치 아이가 장난치며 어지럽혀 놓은 것처럼 되어 있었고. 금화 4천 프랑은 그대로 두고 보석 장식도 버려둔 것을 보면 절도가 목적이 아닌 것은 누구라도 인정할 수 있을 거야. 이건 설명하지 않아도 충분히 알 수 있을 거야.

그렇다면 원한이 있는 자의 소행일지도 모르니 살해 방법을 의심해봐야 할 거야. 딸을 목 졸라 죽였다는 것은 손톱자국이 있는 것으로 알 수 있어. 아니, 양손으로 하지 않고 한손으로 잡아서 죽인 흔적이 역력해. 굉장한 힘을 가진 자가 아니면 17, 8세나 되는 사람을 한 손으로 잡아 죽일 수 없지. 또 사체를 감추려고 좁은 굴뚝에 처박은 것은 애들 장난 같아. 도저히 인간의 생각이라고는 하기 힘든 살해 방법도 그렇고. 흉악범이 굉장한 힘을 가지고 있었다는 것은 사체를 굴뚝에 처박았다가 나중에 끌어낼 때는 많은 사람의 힘이 필요하다는 사실을 생각해봐도 알 수 있어. 또 노부인의 머리카락을 뽑은 것으로도 알 수 있지. 자네도 봤듯이 노부인의 한쪽 귀밑머리는 살과 함께 5, 6천 가닥 정도 뽑혀 있었잖나. 2, 30가닥의 머리카락도 쉽게 뽑을 수 있는 게 아니거늘 그 힘이 굉장하다는 것을 알 수 있어.

또 노인의 목에 베인 상처가 면도칼로 그 정도로 베였다는 것은 이상해. 얼굴에서 목덜미까지 나 있는 상처는 뭐라 형언하기 어려워. 아무리 원한을 가지고 있는 자의 소행이라고 해도 잔혹함이 도를 넘었어. 이런 점들이 우선 추측해봐야 하는 요점이야. 이것들을 종합해 결론짓자면 이 흉악범은 몸이 가볍고 큰 힘을 가지고 있는데다가 목소리는 다소 별스러운 어조로 앞뒤 생각하지 않고 이 참극을 저질렀다고 할 수 있지."

나는 이렇게 결론짓는 그의 이야기를 듣고 나도 모르게 초연해졌다.

"그렇다면 필시 미친 사람의 짓일 거야. 정신병원에서 탈출한 미치광이가 어떤 식으로 해서 이 집에 들어오게 되었을까?"

내가 이렇게 말하자 그는 말했다.

"그렇지. 그렇게 생각하는 것도 일리 있네. 하지만 증언에 의하면 비명소리는 미치광이 소리가 아니야. 이 털을 보게. 보통 인간의 털이 아니야. 이 털은 노부인의 사체를 살펴봤을 때 부인의 손에 단단히 쥐어 있던 것을 살짝 가지고 돌아온 것이네. 이 털을 보고 나는 흉악범이 어떤 자인지 알아냈거든."

뒤팽 씨는 지금까지 손에 쥐고 있던 털을 서너 가닥 꺼내 내게 보여주었다.

그 털을 보고 나는 뒤팽 씨의 면밀함에 감복했다. 그리고 인간의 것이 아니라는 점에 놀랐다. 이것은 인간의 털이 아니라고 소리치자 그는 조용히 말했다.

"그래, 나도 인간의 털이라고는 말 못해. 그리고 이것을 좀 보게."

그는 주머니에서 종이 한 조각을 꺼내어 내게 보여주었다. 딸의 목덜미에 남아 있던 손톱자국을 본떠 온 것이었다.

"이걸 자네 손톱자국과 비교해보게. 크게 다른 점이 있을 걸세."

목구멍은 원모양이니까 둥그런 것을 가져다 비교해보려고 옆에 있던 나무에 그 종이를 말아 표시한 다음 손에 들고 재보니 상당히 커서 인간이 거머쥔 흔적이라고는 전혀 생각되지 않았다. 뒤팽 씨가 선반에서 책 한 권을 꺼내어 "이 1장을 읽어보게." 라고 말해 쳐다보니 큐비에 씨의 동물론이었다(큐비에 씨는 프랑스의 유명한 동물학자이다). 1장에는 동인도산 오랑우탄이라는 큰 원숭이에 대해 키가 크고 몸이 가벼우며 영악하고 흉내를 잘 낸다고 적혀 있었다.

나는 이것을 읽고 비로소 어두운 터널을 빠져나와 태양 광선을 쐬고 있는 것 같았다. 손톱자국, 털의 색이 이 동물의 설명과 매우 비슷했다. 그러나 어떻게 해서 이런 일이 수도 파리에서 일어났는지, 프랑스인과 이 동물이 어떤 관련이 있는지, 인도에서 일어난 일이라면 의문 없이 납득하겠지만 파리에서 이런 일이 일어났다는 것은 이해할 수 없었다. 내가 의심하는 기색을 보이자 뒤팽 씨는 다음과 같이 말했다.

"둔탁한 목소리 쪽이 잔혹하다고 한 부분을 잘 생각해보면 그 소리는 범행을 저지른 자의 소리가 아니야. 프랑스인이 기르던 큰 원숭이가 밖으로 도망치자 그 뒤를 쫓아 원숭이가 몹시 참혹한 짓을 저지른 것을 보고 소리를 지른 걸 거야. 생각해보니 아직 기르던 주인은 도망친 원숭이를 잡아들이지 못한 것 같아. 그 사람이 무죄라고 하면 예상한 대로 그는 이 신문의 광고 때문에 이곳으로 틀림없이 올 거야. 그래서 나는 배의 선원들이 애독하는 르몽드 신문에 광고를 낸 거네."

뒤팽 씨는 이렇게 말하며 오늘 아침 배달된 신문 한 조각을 주머니에서 꺼내어 보여주었다. 그 광고문은 다음과 같았다.

> 오늘 아침 보즈본에서 보르네오 종의 큰 원숭이 한 마리를 포획했다. 이 원숭이의 소유자인 선원은 빨리 와서 그 증거를 보이고 붙잡을 때 든 해당 비용을 지불하면 돌려주겠다.
>
> - 세인트저멘에서 뒤팽

나는 이것을 읽고 의심 가는 부분이 많았다.

"범행을 저지른 자를 오랑우탄이라고 보는 것은 틀림없겠지. 하지만 이를 기른 사람을 선원이라고 단정하는 것은 어떤 이유에서인가? 가령 선원이라고 해도 여기에 그 일을 써 놓은 것은 실책이야. 설령 그 자가 무죄라고 해도 이 일에 관련되어 있다는 것은 피할 수 없어. 속이고 이곳으로 불러내봤자 긴장을 풀고 이곳으로 오겠는가?"

내가 이렇게 비판하자 그는 조금 웃음을 머금고 말했다.

"그게 바로 책략이네. 주인이 선원일 거라는 것은 피뢰침 아래에서 주운 마르테스 배의 선원이 머리에 두르는 실로 알았네. 얼떨결에 그가 올지도 모른다고 생각한 걸세. 그 생각은 다음과 같다네. 우선 그자는 이 광고를 보고 처음에는 놀랄 거야. 그렇지만 원숭이를 잡은 보즈본은 사건이 있었던 모르그 가에서 상당히 떨어져 있고 또 원숭이가 살인을 하리라고 생각하지 않을 걸세. 그 원숭이는 얼마간 가격이 나가는 것이라 찾아와서 가지고 가려고 할 거야. 설령 모르그 가 사건의 진상이 드러난다고 해도 자신의 죄는 아닐 거라고 생각하겠지. 특히 이 광고를 낸 사람은 신상이 알려져 있으니 찾으러 가지 않으면 오히려 더 의심받게 될 테고. 틀림없이 그렇게 생각하면서 찾아올 거야."

이렇게 이야기하고 있는 사이에 정말로 2층으로 올라오는 소리가 들렸다.

"아, 지금이야. 하지만 내 신호 없이는 총을 발사해서는 안 되네. 물론 보여서도 안 되고. 낌새도 내비치지 않도록 조심하게."

이렇게 말하는 사이에 2층까지 올라오는 발소리가 들렸다. 그는 주변을 둘러보더니 의자에 앉았다. 그러나 밖의 발소리가 멈추고, 누군가 주저하듯이 서 있다가 다시 내려가려는 것 같았다. 뒤팽 씨는 참지 못하고 의자에서 일어나 문을 열고 그를 불러 세우려 했다. 그런데 그때 다시 계단을 올라오는 구두 소리가 들렸다. 이번에는 결심한 듯 주저하지 않고 문을 두드리는 소리가 들렸다. 뒤팽 씨는 기운찬 목소리로 "들어오시오" 하고 대답했다. 들어온 남자는 뒤팽 씨의 추측과 다르지 않았다. 선원처럼 다부진 얼굴빛을 하고, 귀신도 속일 만큼의 털투성이 손에 떡갈나무 지팡이를 짚고 염려스러운 눈빛을 보내며 남자가 인사했다.

"오늘은 날씨가 좋군요. 광고 때문에 왔습니다."

뒤팽 씨는 매우 유쾌한 표정으로 말했다.

"그 의자에 앉으시죠. 괜찮은 동물이더군요. 올해 몇 살이나 됐습니까?"

뒤팽 씨의 질문에 그 남자는 긴 한숨을 내쉬었다.

"5세 정도 됩니다. 당신이 붙잡아주셔서 다행입니다. 그런데 동물은 어디에 있습니까?"

"아니오, 이곳에는 놔둘 수 없어서 다른 곳에 맡겨 놓았습니다. 그 전에 당신 소유라는 증거를 확인해야겠소."

"그렇다면 증거는 그 동물이 잘 길들여 있는지 어떤지를 보고 판단하는 게 좋겠군요."

"길들여져 있으면 당신의 동물임에 틀림없겠지. 너무 진귀한 동물이라 지금 곧 당신 손에 건네주는 것은 아깝다는 생각이 들어요."

뒤팽 씨가 이렇게 말하자 선원은 재빨리 예의 것으로 추측한 것 같았다.

"보수를 많이 드리지는 못해요."

그는 돈의 액수에 따라서는 당장에라도 돈을 건넬 양으로 주머니에 손을 넣었다.

"좋소. 보수를 바라오. 상당한 보수라 함은 정말로 상당한 것을 말하는 거요. 터무니없는 청구는 하지 않겠소. 다만 당신이 모르그 가의 살인을 숨김없이 말해주면 그걸로 보수는 충분하오."

뒤팽 씨는 매우 온화한 어조로 조용히 말하고는 문에 자물쇠를 잠그고 조금도 요란스러운 기색 없이 총을 꺼내어 옆에 놓았다. 이 때 선원은 얼굴색이 변하고 호흡이 가빠져 나무 지팡이를 짚고 있었지만 쓰러질 듯이 뒤에 있는 의자에 앉아 죽은 사람처럼 있었다. 나도 이때는 딱하게 느껴져 슬픔을 느꼈다. 그는 여전히 온화하게 말했다.

"이보게, 너무 놀라지 마오. 우리는 당신에게 해를 끼칠 사람들이 아니오. 그 일은 프랑스인의 명예와 신사의 명예를 걸고 맹세하겠소. 진정하시오. 당신이 죄가 없다는 것은 우리도 알고 있소. 그렇지만 이 사건에 다소 관계는 있을 거요. 감추지 마시오. 더 이상 감출 도리가 없소. 또 당신이 명예상으로든 도덕적으로든 이 일을 증명하지 못하면 죄 없는 은행원이 붙잡혀 고생하는 것을 구할 길이 없소."

뒤팽 씨가 조용히 설득하자 선원은 양손을 얼굴에 대고 있었는데, 놀란 것이 조금 가라앉았는지 낮은 소리로 말했다.

"알고 있는 만큼 말하죠."

말은 그렇게 했지만 낯빛은 하얗게 변해 조금 전의 난폭한 용모와는 다르게 매우 기운 없이 뒤팽 씨의 얼굴을 쳐다보고는 또 내 쪽을 바라보았다.

"사실 나는 죄가 없소. 가령 살인사건이 일어났다고 해도 마음속에서는 무죄란 말이오."

그는 이렇게 이야기하는 것 같기도 하고 혼잣말을 하는 것 같기도 하게 중얼거렸는데, 정신은 정상으로 돌아온 것인지 목소리도 이전과 같았다.

"그렇다면 내가 알고 있는 바를 이야기하겠소. 이 일은 너무 의외여서 나조차 믿을 수 없을 정도니 두 분도 믿어주실지 어떨지 모르겠지만 맹세컨대 진실을 말해야 할 것 같아 이렇게 이야기하는 거요. 대강은 이렇소."

그는 요즘 동인도를 항해해 보르네오 섬을 동료 선원과 함께 돌아다니다가 예의 오랑우탄을 만났다. 여럿이 힘을 합쳐 이것을 포획해 배에 묶었는데 동료 열두 명이 죽고 스물세 명은 다른 배에 옮겨 타 오랑우탄이 이 남자의 소유가 된 것이다. 이것을 본국에 데리고 오기까지 상당히 힘들었는데, 집에 데리고 돌아와 보니 진귀하다고 이웃사람들이 구경하러 와서 시끄럽게 하는 통에 팔아치우려고 생각하고 있었다. 모르그 가의 사건이 있던 날 밤에 그는 동료와 술집에서 술을 마시고 한밤중에 돌아와 보니 이게 어찌된 일인가. 오랑우탄은 우리를 벗어나 이 남자의 침대 위로 올라와 그가 항상 하듯이 면도칼을 들고 거울을 향해 털을 깎으려고 하고 있었다. 흉포한 동물이 위험한 물건을 가지고 있었기 때문에 많이 놀랐지만, 긴 항해 동안에 잘 길들여져 있었기 때문에 이런 때는 아프게 채찍으로 때리는 게 좋겠다싶어 옆에 있던 지팡이를 집어 들었다. 그랬더니 오랑우탄은 이를 보고 이빨을 드러내고 꺅 하고 외친 다음 뛰쳐나가버렸다. 놀라 뒤를 쫓으니 오랑우탄은 이쪽을 돌아보고는 조롱하고, 다가가면 도망쳐 새벽녘에 모르그 가에 온 것이다.

어느 집이나 숙면하고 있을 시간이었는데, 어느 4층에서 불빛이 비치는 것을 보고 오랑우탄은 피뢰침을 따라 내려가 창문을 잡고 안으로 뛰어들었다. 깜짝 놀랐지만 건물 안으로 들어갔기 때문에 잡기는 쉬웠다. 바깥문을 두드려 안내를 청해 안으로 들어가려고 생각하고 있었는데, 그러면 그러는 동안에 또 도망가버릴지도 모르고 돛대에 올라갔던 걸 생각하면 이런 피뢰침에 올라가지 못할 일은 없을 터였다. 타일러서 창 아래까지 내려오게 했지만 여닫는 문에 발이 닿지 않아 피뢰침을 단단히 잡고 창

안을 들여다봤는데, 무서운 광경에 그만 손을 놓고 말아 떨어질 뻔했다.

간신히 멈춰서 자세히 보니 여자 둘이 철제 상자를 내놓고 서류를 조사하고 있었는데, 예의 오랑우탄은 부인의 두발을 붙잡고 얼굴에 면도칼을 들이대고 있었다. 목에 면도칼이 닿아 부인은 소리 지르며 몸부림 쳤는데, 오랑우탄이 화를 내며 면도칼을 잡아 빼려고 하는 바람에 깊게 베고 말았다. 피를 보니 동물은 더욱 광포해지고 눈동자에서 불꽃이 튀었다. 높은 소리를 내며 딸에게 달려들어 목을 졸라 죽였는데 이때 선원도 소리를 질렀기 때문에 오랑우탄은 돌아보고 길러준 주인을 발견하자 성난 상태가 공포로 변해 갑자기 그 사체를 감추려고 허둥거리며 딸의 사체를 굴뚝에 처박고 노부인을 정원 쪽으로 던져버렸다. 선원은 그저 놀라 오랑우탄도 잊고 피뢰침이 떨어질세라 타고 내려와 자신의 집으로 도망쳐버렸다.

그리하여 은행원 르봉은 이 선원의 증명으로 결백이 입증되어 뒤팽 씨에게 깊게 감사하고 나에게까지 고마워했다. 경찰관으로부터도 감사의 말을 들었는데, 이는 자신들의 영역을 침범당한 꼴이라 내심 기뻐하지 않는 눈치였다. 그렇지만 뒤팽 씨는 아랑곳하지 않고 말했다.

"그들은 너무 예리해서 면밀함은 떨어져. 지혜가 있어도 깊은 속은 없어. 가령 머리만 있고 몸이 없는 사람 같아."

후에 그는 이렇게 말하며 한바탕 웃었다.

# 탐정 유벨

모리타 시켄

원작은 빅토르 위고의

『내가 본 것들(Things Seen: Choes Vues)』

나폴레옹의 쿠데타는 1851년 12월 2일에 발생했다. 위고(빅토르 위고) 씨 또한 그 와중에 있었다. 이듬해 동월동일에 나폴레옹은 황제로 즉위하였다. 위고 씨가 이를 기록한 것은 나폴레옹이 즉위한 이듬해이다. 위고 씨는 처음에 벨기에 브뤼셀로 망명했다가 영국 해협의 저지 섬을 떠돌았다. 여기에 적고 있는 것은 그 저지에서 있었던 일이다.

여기에 실린 이 이야기는 견문록 중에서 가장 긴 글 중의 하나이다. 또 내가 가장 좋아하는 글 중의 하나이다. 「루이 필립 왕의 출분(出奔)」은 전려좌전(典麗左傳)과 유사하고, 이 이야기는 괴기사기(怪奇史記)와 유사하다. 그는 문장 배열하는 법칙의 좋은 예를 많이 보여주었고, 시문을 만드는 방법의 좋은 예도 보여주었다. 그는 글을 써가는 순서를 사람에게 기억시키고 풍경 속에 있게 했다. 또 헤어지고 만나는 사이에 사람들에게 기억시키고, 어둠 속으로 들어가게 했다. 이야말로 두 아름다움이 한 쌍의 옥을 이룬 형국이다.

이 이야기는 거의 소설과 유사하다. 그러나 이는 사실을 적은 것으로 한 구절도 허구는 없다. 어찌 되었든 위고 씨는 감히 스스로를 속이지 않는 사람이다.

봄꽃은 그리기 쉽지만 가을 파도는 그리기 어렵다. 그 형태가 점점 높아져 모방하기가 더욱 어렵기 때문이다. 나는 이 글을 번역하면서 내 붓의 졸렬함이 위고 씨를 더럽히는 것을 거듭 심히 부끄럽게 여긴다.

어제 1853년 10월 20일에 나는 여느 때와는 달리 밤이 되어 시내로 향했다. 이날 나는 런던에 있는 쇼셀에게 한 통, 브뤼셀에 있는 사뮤엘에게 한 통, 합쳐서 두 통의 편지를 썼는데, 스스로 이를 우편으로 부치고 싶었다. 9시 반경에 내가 달빛을 밟으면서 돌아와 잡화상 고셋의 집 앞의 터브에프락이라고 부르는 공터를 지날 때 갑자기 달려오는 한 무리의 사람들이 있었다. 그들은 내게 다가왔다.

이들 네 명은 망명자였다. 국회의원 마티, 대변인 러칠, 구두상으로 산콘튜라고 불리는 하에스 및 헨리 아저씨라고 불리는 헨리이다. 헨리의 직업은 모른다.

나는 이 사람들이 매우 과격한 성격이라는 것을 알고 물었다.

"그대들, 무슨 일이오?"

마티는 손에 들고 있던 한 다발의 종이를 흔들며 말했다.

"우리는 지금 한 사람을 형벌에 따라 죽이고자 합니다."

이들은 즉시 나에게 아래의 이야기를 상세히 들려주었다. 5월 이후로 나는 동료 망명자들을 물러가게 하고 시골에서 기거했다. 이 일들은 모두 들은 것이다.

지난 4월에 시국 사범인 망명자 한 사람이 저지에 상륙했다. 숙박업을 하는 브와이스는 어진 마음을 가진 사람이었다. 배가 도착할 때 부두를 걸어 내려온 브와이스는, 얼굴색이 창백하고 피곤해 보이는 한 남자가 누더기를 걸치고 작은 보따리를 들고 있는 것을 발견했다. 브와이스는 물었다.

"그대는 누구인가?"

"망명자입니다."

"그대 이름은 무엇이오?"

"유벨입니다."

"그대는 어디로 가려는 거요?"

"저도 모릅니다."

"그대는 거처가 없소?"

"저는 무일푼입니다."

"나와 함께 내 집으로 갑시다."

브와이스는 돈 마을의 20번지에 있는 자기 집에 유벨을 데리고 갔다. 유벨은 백발에 검은 수염이 나 있는 50세 정도 되어 보이는 남자이다. 얼굴에는 수두자국이 여기저기 있었다. 용모는 씩씩하고 눈은 예리했다. 그는 자기가 이전에 학교 교사였고 또 측량사였다고 말했다. 그는 율이라는 지방에서 왔는데, 12월 2일에 추방되어 브뤼셀에 이르러 내가 있는 곳을 물어 이곳으로 찾아온 것이었다. 브뤼셀에서 쫓겨 왔다가 다시 런던에 갔지만, 런던에 있을 때는 가장 비참하게 생활했다. 그는 추운 5개월 동안 망명자들이 소셜이라고 칭하는 폐가 같은 곳에서 기거했다. 문과 창은 모두 이슬을 맞고 천정에서 빗물이 떨어지는 곳이었다. 그는 처음 2개월은 다른 망명자 브리론과 함께 난로 앞의 토방 위에서 잤다.

이 사람들은 까는 이불도 덮는 이불도 없고 한 줌의 지푸라기조차도 없이, 그저 몸에 걸친 습한 누더기 옷을 입은 채로 토방 위에서 잤다. 애당초 불을 지핀 흔적도 없다. 이렇게 2개월을 보낸 뒤 루이브랑크 및 레드류로린에게 얼마간의 돈을 받아 비로소 석탄을 샀다. 그들은 감자를 조금 얻게 되면 이를 삶아 먹었다. 아무것도 없을 때는 결국 아무것도 먹지 못했다.

유벨은 이렇게 돈도 잘 곳도 없고 또 신발도 옷도 없이, 항상 추위에 얼고 드물게 식사를 했으며 토방 위에서 자면서 생활했다. 그렇지만 한 번도 그 고통을 호소한 적이 없었다. 유벨은 잘 참고 잘 인내했다. 또 잠자코 사람들과 고통을 함께 했다. 유벨은 대표자 모임의 회원이었는데 후에 "펠리피아는 사회주의자가 아니다"고 말하고 이를 탈퇴했다. 그리고 다시 혁명사라는 모임에 들어갔는데, 다시 레드류로린이 공화주의자가 아닌 점을 들어 이곳을 떠났다.

1852년 9월 14일 율의 지사(知事)는 유벨에게 책을 주며 번역하도록 하고 이에 따를 것을 권했다. 유벨은 너무 멋대로인 책을 심판하며 지사에게 답을 했다. 특히 지사가 받게 될 '황제' 칭호에 대해서는 '잔당', '난민', '간인(姦人)' 등과 같이 극히 업신여기는 말투를 사용해 비웃었다. 유벨은 만나는 망명자마다 9월 24일 날짜가 적힌 답서를 보여주고 나중에는 이를 혁명사의 사람들이 항상 모이는 실내에 붙여 놓았다.

2월 5일이 되어 유벨은 모니틀 신문의 지면에 추방을 사면 받은 사람들 속에 자신의 이름이 있는 것을 보았다. 유벨은 이것을 보고 불만과 불쾌감을 금할 길 없어 프랑스에는 돌아가지 않고 저지로 갔다. 그 때 공언하기를 저지에는 런던보다도 훨씬 믿음직한 공화당이 있다고 했다. 이렇게 해서 그는 지금 신트헤릴에 상륙하게 된 것이다.

유벨은 브와이스의 집에 도착했다. 브와이스는 그를 방으로 안내했다.

유벨은 말했다.

"나는 이전에 그대에게 말했듯이 돈 한 푼 없소이다."

브와이스는 말했다.

"그건 묻지 않았는데요."

"내게 방구석 한 곳과 곡식 창고에 있는 지푸라기 한 다발을 주시오."

"나는 그대에게 오히려 내 방과 내 침상을 줄 거요."

브와이스는 이렇게 말했다.

식사 때가 되었는데도 유벨은 식탁에 앉으려고 하지 않았다. 브와이스의 집에는 망명자가 다수 기거하고 있었는데, 그들은 모두 매달 35프랑을 지불하고 아침과 저녁 식사를 하고 있었다.

유벨은 말했다.

"나는 35수*도 없소. 뭔가 조금만 먹을 것을 주시오. 나는 부엌 한쪽 구석을 빌려 먹겠소."

브와이스는 놀란 기색을 감추고 말했다.

"당신은 꼭 우리와 함께 식사하게 될 거요."

"그럼 당신에게 어떻게 지불하죠?"

"당신이 지불할 수 있을 때 하면 되오."

"아마도 도저히 그때는 오지 않을 텐데요."

"괜찮소. 그럼 지불하지 않으면 되오."

브와이스는 유벨을 위해 시내에서 약간의 생도를 보살피게 했다. 유벨은 이들에게 문법 및 산술을 가르쳤다. 이들에게 수업해주고 번 소득을 브와이스는 유벨에게 권해, 상의 한 벌과 구두를 사도록 했다. 유벨은 말했다.

"내겐 구두가 있소."

"그렇지, 그대에겐 구두가 있지. 그렇지만 그 구두에는 밑창이 없잖소."

여러 망명자는 유벨의 모습을 보고 위로하며 처자식 없는 자의 생활을 도와주기로 하고 매주 7프랑의 돈을 그에게 주었다. 이 부조금과 수업 소득으로 유벨은 생활해 나갔다. 유벨은 이 외에 돈 벌 곳이 없었다. 사람들이 유벨에게 돈을 주었지만 그는

* 1수는 프랑의 20분의 1

이를 받으려 하지 않았다. 그는 항상 말하곤 했다.

"아니오, 나보다 더 불행한 사람도 있소."

유벨은 지금은 브와이스의 집에서 매우 유용한 사람이 되었다. 가능한 좁은 장소에 머물면서 식사가 아직 완전히 끝나지 않은 사이에 먼저 일어나 나갔고, 술이나 브랜디 등을 마시는 일도 없었다. 잔에 따라줄라치면 한사코 거절했다. 대외적으로 그는 열렬한 사회당원으로 어떤 지도자도 만족하지 않았다. 공화정치는 루이브랑크 펠리피아 및 레드류로린 때문에 과오를 범했다. 만약 자기에게 이 일을 하도록 해준다면 6개월간의 살육으로 일체를 성취하고 간적(奸賊)을 멸할 것이라고 했다. 그는 항상 나폴레옹을 일컬어 '간적'이라고 했다. 그의 가난과 꿋꿋한 기상은 그를 기쁘게 하는 사람들에게조차도 일종의 경의를 가지게 했다. 그에 대해서는 모두 왠지 이루 말할 수 없는 성실함을 칭찬했다. 어떤 온건파 사람은 급진파 사람을 향해 유벨에 대해 다음과 같이 평했다.

"그는 로베스피에르보다도 두렵다."

급진파 사람은 대답했다.

"그는 말러보다도 뛰어나다."

머지않아 복면이 틀림없이 벗겨질 것이다. 이 사람은 탐정이었다. 그 사실을 발견하게 된 경위는 다음과 같다.

유벨은 여러 망명자 가운데서도 특히 친하게 지내는 벗이 있었다. 그는 하에스라고 한다. 9월이 시작되는 첫날에 유벨은 하에스를 곁에 불러 낮게 울려 퍼지는 목소리로 그에게 말했다.

"나는 내일 출발하려고 하네."

"자네가 출발한다고?"

"그래."

"자네는 어디로 가려고 하는가?"

"프랑스로 갈 거야."

"뭐? 프랑스에 간다고?"

"파리에."

"파리라고?"

"사람들이 파리에서 나를 기다리고 있어."

"뭣 때문에?"

"일격을 시도하기 위해."

"자네는 왜 프랑스에 들어가려고 하는가?"

"나는 여행권을 가지고 있네."

"누구에게서 얻었나?"

"영사에게 얻었네."

"자네 본명으로 말인가?"

"내 본명으로."

"그것 매우 괴이하군."

"자네는 내가 지난 2월에 사면된 사실을 잊었나?"

"그렇군. 그럼 비용은?"

"나에게 다소 있네."

"얼마나?"

"20프랑."

"자네는 20프랑으로 파리까지 가려는 건가?"

"사인마로에 도착하면 거기서부터 어떻게 해서든 갈 수 있을 걸세. 만약 어쩔 수 없는 경우에는 도보로라도 가야지. 또 어쩔 수 없으면 아무것도 먹지 않을 걸세. 나는 가장 빠른 지름길을 택해 일직선으로 나아갈 걸세."

가장 빠른 지름길이 아니라 유벨은 가장 우회하는 길을 택했다. 그는 사인마로에서 렌네로 가서, 렌네에서 낭트로, 낭트에서 앤디로, 앤디에서 파리로 전부 철도로 갔다. 그는 여행에 엿새를 소비했다. 그는 곳곳의 지역에서 민주당의 지도자를 만나고 사인마로에서는 부, 낭트에서는 로세, 박사 케빈 및 만텐, 또 앤디에서는 리오토를 만났다. 유벨은 가는 곳마다 자신은 저지의 여러 망명자의 심부름을 온 거라고 했다. 그래서 가는 곳마다 사람들의 부조를 얻었다. 그는 돈 때문에 부족한 것을 감추려고 하지 않았다. 또 드러내려고도 하지 않았다. 그저 사람들이 스스로 그의 상태를 잘 추측한 것이다. 그는 앤디에서 파리까지 가기에는 여비가 부족하다고 리오토에게 말해 50프랑을 빌렸다.

앤디에서 그는 저지에서 함께 생활한 부인을 찾아가 편지를 건넸다. 이 부인은 힐의 5번지에 사는데, 멜라니라고 불리는 재봉사이다. 멜라니는 유벨의 여행에 32프랑을 빌려주었다. 멜라니는 이 돈에 대해서 하에스에게 비밀로 했다. 유벨은 이 부인에게 편지를 건네고 만약 책을 보내려고 한다면 메디신느 38번지로 보내 달라, 내가 그곳에 기거하고 있지는 않지만 벗이 있으니 이를 전달해줄 것이라고 말했다.

유벨은 파리에 도착해 갓쇼를 찾아갔다. 또 레드류로린 동맹의 간사인 보슨의 거처를 찾아냈다. 어떻게 해서 찾아냈는지 아는 사람은 없다. 보슨이라는 자는 파리 시내에 숨어 살았다. 그는 보슨을 찾아가서 저지에 있는 여러 망명자들의 심부름을 왔다고 말하고 만났다. 또 '실행당'이라고 불리는 당의 모든 결사에 들어갔다.

9월 말이 되어 그는 바로 증기선 로즈 호를 타고 저지에 상륙했다. 저지에 도착한 다음 날 그는 하에스를 곁으로 불러 머지않아 본격적으로 일격을 시도할 거라고 알렸다.

"만약 내가 지금 며칠 일찍 파리에 도착하면 곧바로 일격을 시도하게 될 것이오. 그때 거행하게 될 계획은 '간적'의 기차가 지나갈 때를 기다려 철도 다리를 폭파하는 일이오. 이제 사람과 돈은 둘 다 준비되었는데, 다만 여러 망명자들에게 없는 것은 일반 사람들의 신뢰를 얻지 못한 일이오. 나는 이 일을 위해 다시 파리로 돌아가겠소. 나는 1830년부터 어떠한 모든 습격에도 전혀 물러서지 않았고, 이 건에 대해서도 뒤로 물러서지 않겠소. 그렇지만 나 혼자만으로는 아직 충분하지 않소. 나는 실행할 준비가 되었으니, 당장이라도 기꺼이 인민을 이끌어줄 망명자가 열 명 필요하오. 이런 이유로 이번에 열 명을 구하러 저지로 온 것이오."

이렇게 하여 유벨은 마침내 하에스에게 열 명 중의 한 사람이 되어줄 것을 청했다. 하에스는 대답했다.

"물론이죠."

유벨은 여느 망명자와 마찬가지로 몸을 숨기고 함께 마음을 털어놓고 이야기를 나누었다.

유벨은 "나는 그대들 외에는 누구에게도 말하지 않았네"라고 말했다. 이렇게 해서 그는 하에스를 비롯해 다른 사람들을 끌어들였다. 이 중 제고라는 사람은 타이호이드 열병에서 쾌유되어 가고 있었다. 기구라는 사람은 그가 기구라는 이름이 대중을 모으는 데 충분할 거라고 말했다. 이와 같이 파리에 함께 가려고 그가 끌어들인 사람들이 물었다.

"그런데 경비는 어떻게 하오?"

유벨은 대답했다.

"안심하시오. 준비해 놓았소. 그들이 부두에 나와 제군을 기다리고 있을 것이오. 파리에 가기만 하면 되오. 그 뒤는 서서히 수습될 거요. 그들은 제군을 위해 준비를 마쳤을 것이오."

하에스, 기구 및 제고 외에, 그는 또 자랏세, 파모, 론드 및 그 밖의 몇을 끌어들였다.

공동 조합이 해산한 뒤 저지에 있던 여러 망명자는 헤어져 2개의 조합을 구성했다. 하나는 프라테넬이고, 또 하나는 프라테니치이다.

유벨은 프라테니치 조합에 속해 있었다. 이 조합에서는 기구가 회계역이었다. 그는 전술한 바와 같이 여기에서 매주 7프랑을 받아갔다. 그는 기구에게 요구해 부재중 2주일분의 14프랑을 받았다. 공화정치에 필요한 일을 하기 위해 부재했기 때문이라고 했다. 유벨 및 전술한 사람들은 드디어 출발하는 날을, 10월 21일 금요일로 정했다.

망명자 중의 한 사람으로 로린의 대변인 러칠은 어느 날 아침 담배상을 하고 있는 유렐의 가게에 갔는데, 어떤 사람이 가게로 들어오는 것을 보았다. 러칠은 아직 그와 이야기를 나눈 적이 없었지만 그래도 한눈에 곧 그 사람을 알아봤다. 그 사람은 러칠이 프랑스인인 것을 알고 그에게 말했다.

"신사 양반, 백 프랑 지폐를 바꿔줄 잔돈이 있는가?"

러칠은 대답했다.

"아니오."

그 사람은 손에 가지고 있던 노란색 종이를 펼쳐 보이고는 그것을 건네주고 잔돈을 요구했다. 가게에 바꿔줄 정도의 잔돈은 없었다. 이 문답을 하고 있는 사이에 러칠이 그 종이를 살펴보니 분명히 프랑스은행의 백 프랑짜리 어음이었다. 그런데 이미 그 사람은 사라지고 없었다. 러칠은 유렐에게 물었다.

"당신은 그 사람의 이름을 아시오?"

유렐은 대답했다.

"그렇소. 그는 유벨이라는 프랑스 망명자요."

이 무렵 유벨은 숙박료를 다 지불하고 주머니에서 실링과 반 크라운의 화폐를 손에 가득 쥐어 꺼내놓았다.

멜라니는 빌려준 돈 32프랑을 재촉했다. 유벨은 이를 갚으려고 하지 않았다. 그가 언행이 서로 다른 것은 이상했다. 그는 멜라니에게 가슴 안쪽을 보여줬는데, 그 안에는 노란색 초록색 돈이 가득했다. 그 후 멜라니가 한 말에 의하면 유벨은 멜라니에게 다음과 같이 말했다고 한다.

"이것들은 모두 은행 어음이오. 나는 여기에 3천 5백 프랑을 갖고 있소."

이제 유벨의 언행이 서로 다른 이유는 명백해졌다. 유벨은 프랑스에 돌아갈 때가 되어 멜라니와 함께 가려고 했던 것이다. 유벨은 멜라니에게 돈을 갚을 것을 거부했다. 멜라니가 같이 따라오게끔 한 것이다. 하지만 그녀가 두려워하는 마음을 갖지 않게 하기 위하여 자기가 부유하다는 것을 보여준 것이다.

멜라니는 저지를 떠나고 싶지 않았다. 그래서 다시 32프랑을 재촉했다. 쌍방이 다투며 논쟁했다. 유벨은 여전히 갚으려고 하지 않았다. 멜라니는 말했다.

"내 말을 들어보시오. 만약 당신이 내게 돈을 갚지 않으면 나는 당신의 재산으로 봐서 당신이 탐정이라고 의심할 거예요. 나는 당신을 망명자들에게 고발하겠어요."

유벨은 표연했다.

그는 말했다.

"나에 대해서 그들에게 들려주게."

유벨은 장난삼아 얼버무리며 멜라니의 의심을 없애려고 했다.

멜라니는 요구했다.

"내 32프랑을 돌려주세요."

유벨은 대답했다.

"1수도 줄 수 없어."

멜라니는 자랏세를 찾아가 유벨에 대해 고발했다.

얼핏 들으면 유벨 쪽이 옳은 것처럼 보인다. 이 일은 망명자들 사이에 퍼져나갔다. 망명자들은 모두 말했다.

"유벨이 탐정이었다니. 어리석군."

브와이스는 그가 근신해야 한다고 느꼈다. 가프네는 그의 담백함을 느꼈다. 브리론은 그가 사람들과 함께 토방에서 자던 5개월간을 기억했다. 기구는 자기가 그에게 준 부조금을 기억해냈다. 로미착은 그의 인내심을 느꼈다. 그러나 또한 일동은 그의 비참한 고통을 느꼈다.

한 사람이 말했다.

"나는 그가 구두가 없는 것을 봤소."

또 한 사람은 말했다.

"나는 집 없이 지내는 걸 봤소."

또 한 사람이 계속 말을 이었다.

"나는 먹을 것이 없이 지내는 걸 봤소."

하에스는 칭송했다.

"그는 내 최고의 벗이오."

러칠은 그의 백 프랑짜리 어음에 대해 이야기했다. 유벨의 여행을 둘러싼 상세한 내용이 점차 명확해졌다. 사람들은 모두 미심쩍어 했다. 그가 무엇 때문에 이 이상한 여행을 생각하게 되었는지 사람들은 알게 되었다. 유벨은 한 곳에서 다른 곳으로 이동할 때 모두 놀랄 만한 편의를 받고 지낼 수 있었다. 저지의 어떤 사람은 유벨이 사인마로의 부두에서 세관원과 헌병 사이를 별로 주목받지 않고 여유롭게 걸어간 것을 봤다고 말했다. 사람들이 점차 의심하기 시작했다. 멜라니는 유벨에 대한 의심스러운 점을 자주 큰 소리로 이야기했다. 시인 크라우드는 망명자들이 존경하는 사람이었는데, 유벨에 대해 이야기할 때 고개를 갸우뚱거렸다.

멜라니는 자랏세에게 유벨에게 보낼 편지에 파리 주소를 메디신느 38번지로 써서 보내야 한다고 했다. 왜냐하면 그곳에는 유벨의 벗이 있어서 자기 편지를 받아줄 것이라고 말했기 때문이다. 국회의원 마티의 아들 아무개가 있는데, 그가 몇 달 전에 파리로 갔을 때 우연히도 메디신느 38번지에서 묵은 적이 있었다.

자랏세는 유벨이 멜라니에게 건넨 편지를 마티에게 보여줬는데, 그곳에 적힌 주소와 유벨의 벗이라는 자는 그곳에 같이 앉아 있던 마티의 아들을 두렵게 만들었다. 마티의 아들은 말했다. 이는 즉 자기가 묵은 숙소인데, 그곳에 기거한 사람 중에 이름이 필립이라고 불리는 탐정 계통의 사람이 있었다고.

이 무서운 소문은 점차 망명자 사이에 퍼져나갔다.

유벨의 벗으로 유벨이 파리에 가는 사이에 끌어들인 하에스와 기구는 유벨에게 말했다.

"사람들이 자주 소문을 이야기하네."

유벨이 물었다.

"무슨 소문을요?"

"멜라니와 당신에 대해서요."

"그렇군요. 생각해보니 사람들은 멜라니를 내 정인(情人)이라고 말하는 모양이군요."

"아니오. 사람들은 당신을 탐정이라고 말해요."

"그렇군요. 그럼 그 일에 대한 소문이란 말이오?"

하에스는 대답했다.

"심문해봐야 할 것 같아요."

기구도 말했다.

"그리고 재판도 하고요."

유벨은 응답이 없었다. 두 사람은 눈썹을 찌푸렸다.

다음날 두 사람은 다시 그에게 찾아갔다. 그는 잠자코 있었다. 두 사람이 이 문제를 다그쳤다. 그는 거의 말을 하려고 하지 않았다. 그가 미루면 미룰수록 두 사람은 더욱 힐난했다. 두 사람은 그가 이 일을 명백히 해야 한다고 하면서 언쟁을 끝냈다.

유벨은 심문을 피할 만한 구실도 없었고 또 사람들이 점점 더 의심하게 되어 결국 심문을 받아들였다.

망명자들이 돈 마을의 20번지 브와이스의 집에 모였다.

한산한 사람들과 할 일이 없는 사람들은 모두 이 집으로 몰려들었다. 유벨은 추방된 동료들에게 쓴 한 편의 진정서를 들고 있었다. 그 진정서에는 자기에 관해 유포된 상서롭지 못한 이야기에 대해 자신은 자기 한 몸을 걸고 여기에 모인 사람들에게 심문을 맡겨 망명 동료 일동이 판결하기를 기다리겠다는 내용이 적혀 있었다.

유벨은 즉시 심문이 시작되기를 원했다. 사람들이 알고 있는 바와 같이 자기는 10월 21일 금요일에 저지를 출발하려 하니, '인민재판은 마땅히 거침없이 직설적이어야 한다'고 하면서 진술을 마쳤다. 이 진정서 문장의 마지막 구절은 '확정된 날이 닥

쳐오고 있다. 유벨 적음'이라고 되어 있었다.

유벨이 속해 있는 프라테니치 조합은 심문을 듣고 결의한 다음 그 처리 수속을 밟기 위해 조합원 중에서 5명을 골라 명하게 했다. 즉 마티, 러칠, 론드, 헨리 그리고 하에스이다. 마티는 전에 아들이 놀라 외친 이야기를 들은 이후 유벨이 미심쩍다고 확신하고 있었다.

심문 위원은 정식 재판 순서에 따라 증인을 소환해 취조했다. 기구와 제고, 이들은 모두 유벨 때문에 파리행에 참가하게 되었다. 자랏세와 파모는 모두 유벨이 6개월간의 살육으로 일체를 성취할 거라고 말한 자들이다. 또 러칠과 하에스가 하는 이야기를 모았다. 그리고 멜라니를 소환해 유벨과 대질시켰다. 참고 증거물로 유벨이 앤디에서 건넨 편지를 소리 내어 낭독했다. 이 편지는 찢기고 파손되어 있었지만 그 조각들을 주어 모아 완성한 것이다. 이렇게 해서 모든 사실의 공적 보고를 마쳤다. 유벨과 대질시켰을 때 멜라니는 모두 자기가 항의한 내용을 거듭 주장하며 공공연하게 유벨은 나폴레옹 당의 탐정이라고 선언했다.

의심할만한 것은 이미 많았지만 증거는 아직 없다.

마티는 유벨에게 말했다.

"그대는 정말로 금요일에 출발하려고 하는가?"

"그렇소."

"그대는 옷고리짝이 있는가?"

"그렇소."

"그 옷고리짝에는 무엇이 들어 있소?"

“옛 의복 및 사회당 공화당의 인쇄물이오.”

“그대의 옷고리짝을 수색해도 되겠는가?”

“좋소.”

론드는 유벨과 함께 브와이스의 집으로 갔다. 이곳은 유벨의 숙소로 옷고리짝이 놓여 있었다. 론드는 유벨의 옷고리짝을 열어보고 수색했는데, 그저 몇 장의 셔츠와 수건, 오래된 바지 한 벌, 상의 한 벌이 발견되었을 뿐 특별한 것은 없었다.

실제로 증거가 나오지 않아 의심은 약해졌다. 망명자들의 이야기는 오히려 유벨을 돕는 방향으로 바뀌었다.

하에스, 기구 그리고 브와이스는 열심히 유벨을 변호했다.

론드는 자기가 옷고리짝 속에서 본 것을 말했다.

마티가 물었다.

“그럼 사회당의 인쇄물은?”

론드는 대답했다.

“나는 그런 것을 하나도 못 봤소.”

유벨은 그저 잠자코 있을 뿐 말을 하지 않았다.

그러나 이 옷고리짝 수색에 대한 이야기가 이리저리 전해지게 되어 퀸 마을에 살고 있는 목공 장인 아무개가 자랏세에게 이야기했다. 나는 자랏세였다고 기억하고 있다.

“그럼 그대는 이중으로 되어 있는 바닥을 열어보았는가?”

“뭐? 이중 바닥이라니?”

“그 옷고리짝의 이중바닥 말이오.”

“당신은 그 옷고리짝의 바닥이 이중으로 만들어져 있다고 말하는 건가?"

"내가 그것을 만들었으니까요."

이런 내용이 심문 위원에게 전달되었다. 마티는 유벨에게 말했다.

"그대의 옷고리짝에는 이중바닥이 있는가?"

"물론 있소."

"뭣 때문에 이중바닥이 필요하단 말이오?"

"물론 내가 가지고 있는 민주당의 서류를 보관하기 위해서요."

"무슨 이유로 그대는 이를 론드에게 말하지 않았는가?"

"나는 이제야 생각이 났소."

"그대는 우리에게 그 안을 보여주겠는가?"

"물론이오."

유벨은 허락한다는 말을 이 세상에서 가장 조용하고 침착한 모습으로 응했다. 그토록 간단히 대답하고는 입에 문 담뱃대를 아무래도 제거하지 못하고 있었다. 유벨의 벗은 모두 지금 한 평이한 응답으로 더더욱 그의 무고함을 논쟁했다.

심문 위원 일동은 그 옷고리짝의 수색에 입회할 것을 결의하고 모두 나갔다. 이 날은 목요일, 즉 유벨이 파리로 출발하기로 정한 날의 전날이었다.

유벨은 물었다.

"우리는 어디로 가려는 것이오?"

론드가 대답했다.

"브와이스의 집에 가려는 것이오. 왜냐하면 당신의 옷고리짝이 그곳에 있기 때문이오."

유벨은 말했다.

"우리는 숫자가 많소. 또 이중바닥을 열려면 나무망치로 때려 망가뜨리지 않으면 안 되오. 그렇다면 항상 몇 명의 망명자들이 머무는 브와이스의 집이라 소란이 커질 것이오. 그래서 당신들 중에 두 사람은 나와 같이 가서 함께 옷고리짝을 나무목공의 집에 운반하기로 하고, 나머지 사람들은 목공의 집에 가서 우리를 기다리는 게 좋지 않겠소? 목공은 이중바닥을 만든 자이므로 이를 열 때 다른 사람보다 훨씬 용이하게 열 수 있을 거요. 또 그렇게 하면 뒤에 감출 것도 없이 중위원들이 입회한 면전에서 일체를 확인할 수 있을 게요."

사람들은 그의 말에 동의했다. 유벨은 하에스와 헨리 두 사람에게 도움을 받아 함께 옷고리짝을 목공의 집으로 가지고 가서 이중바닥을 열어봤는데, 그 안에서 한 더미의 종이다발이 발견되었다. 이것은 모두 공화당 서류로 내가 한 모든 연설 및 리베이롤의 「아프리카의 손에 끼는 장식」, 카누의 「황제의 관」 등 여러 편이었다. 사람들은 또 그 안에서 유벨의 여행권 서너 통을 발견했다. 그중 최근의 것은 후키 씨의 명에 의해 프랑스 정부로부터 교부된 것이었다. 또 그 중에는 레드류로린이 런던에서 세운 혁명사의 내부 조직에 관한 서류 한 뭉치가 있었다. 이것들은 모두 편지와 오래된 서류 한 다발과 함께 묶여 있었다.

사람들은 편지와 오래된 서류 다발 속에서 매우 달라 보이는 두 통의 편지를 발견했다.

그중 하나는 사면에 대한 감사 편지로 9월 24일 날짜로 율 지사에게 쓴 것이었다. 이건 유벨이 런던에 있을 때 여러 망명자에게 내보이며 망명자 집합실에 놓아뒀던 것이다.

두 번째 편지는 불과 6일밖에 지나지 않은 30일 날짜가 찍힌 것으로, 마찬가지로 율 지사에게 보내는 것이었는데 그 내용이 오로지 돈을 청하는 것뿐이었다. 하지만 그 뜻은 분명히 나폴레옹 정부에 쓸모 있는 사람이 되겠다고 자청하는 의미였다.

이 두 통의 편지는 서로 어긋나 용납되지 않는 내용이다. 진정으로 지사에게 보내고자 한 것은 둘 중의 한 통임이 분명하다. 그러나 생각해보면 진정으로 보내고자 한 것이 전자는 아닐 것이다. 일체의 상태로 추측컨대 후자야말로 진정한 편지요, 전자는 그저 임시로 작성한 것이다.

사람들은 두 통의 편지를 들어 유벨에게 보였다. 유벨은 태연히 물고 있던 담배를 계속 피우고 있었다.

사람들은 이들 편지를 한 쪽에 치워놓고 다시 서류를 검사하기 시작했다. 유벨의 필적으로 '나의 친애하는 어머니께'라고 써 가기 시작한 한 통의 편지가 러칠의 손에 잡혔다. 러칠은 처음 몇 행을 읽어가며 단지 집안의 안부를 묻는 편지로 보였기 때문에 이를 놓으려고 했다. 그런데 우연히 종이가 겹쳐 있는 것을 알아채고 별 뜻 없이 그 겹쳐진 종잇조각을 펼쳐보았다. 이 때 러칠은 마치 번갯불이 양쪽 눈에서 번쩍이는 것처럼 느꼈다. 러칠의 눈동자는 종이 위에 유벨의 필적으로 적혀 있는 다음의 몇 단어 위에 쏟아졌다.

'모파스 경시총감께 보냅니다. 총감 각하'

그 다음에는 이러저러한 문자가 있고 말미에 '유벨'이라고 서명되어 있었다.

모파스 파리 경시총감께 보냅니다.

총감 각하, 저는 지난 9월 14일자로 제게 프랑스로 돌아오라는 뜻을 전하는 편지 한 통을 율 지사로부터 받았습니다.

동월 24일과 30일에 저는 자시에게 두 통의 편지를 보냈지만 둘 다 답장을 받지 못했습니다.

이후 모니틀 신문 지상에서 이번 달(2월) 5일 포고령에 의해 사면된 자들 속에 제 이름이 들어 있는 것을 봤습니다. 그렇지만 저는 아직 이곳을 떠나지 않았습니다. 저는 런던에 있는 동안에 '공화당 망명자에 대하여 기술하여 이들 자칭 공화당이 공화정치를 하지 못하는 이유를 논함'이라는 제목으로 소책자를 완성하고자 했습니다. 이 소책자는 누구도 이의를 제기하지 못하는 진실과 사실을 수집한 것이어서 이를 프랑스에서 간행하면 필시 어느 정도의 영향력을 프랑스에 줄 수 있을 거라고 생각합니다. 나는 어제 프랑스에 들어갈 여행권을 얻었습니다. 이렇게 된 이상 9월 30일의 서간에서 요구한 것, 즉 나에게 주셔야 할 것을 주신다면 이제 더 이상 영국에 머무를 필요가 없습니다.

전에 율 지사에게 청해 이 책을 마땅한 사람에게 전달하고 오고 싶다는 뜻을 가지고 있었는데, 지사는 틀림없이 이를 정부에 전달하지 않았을 겁니다. 저는 그저 앉아서 이 일이 진행되기를 기다리고 있습니다. 그렇지만 이후 시간이 꽤 지나서 현재에 이르기까지 아직 어떠한 답도 받지 못했습니다. 따라서 그 일이 곧 결론이 나기를 바라는 마음에 감히 이 글을 각하께 바치는 바입니다.

영국 런던의 제 주소는 소호 가 처치 마을 17번지입니다.

또 제 이름은 유벨 줄리앙 다마센입니다. 안델리(율)의 근방 엔케빌의 측량사

1853년 2월 25일 유벨

러칠은 두 눈을 들어 유벨을 바라보았다.

유벨은 담뱃대를 땅에 떨어뜨렸다. 큰 땀방울이 방울방울 앞이마에 맺혔다. 러칠은 호통을 쳤다.

"자네 탐정이지?"

유벨은 창백해져서 죽은 듯이 대답하지 않고 의자에 쓰러지듯 앉았다.

위원들은 서류를 묶어놓고 곧바로 그 결과를 확정해 집합해 있는 프라테니치 조합에 보고하려고 일어서서 나갔다.

내가 사람들과 다시 만난 것은 즉 이런 도중이었다.

이런 사실들이 분명해지자 안에 있던 여러 망명자들은 다 같이 일종의 전기에 감염된 것처럼 떨었다. 망명자들은 거리 위를 분주히 뛰어 다녔다. 서로 뛰면서 스치고 지나가 몸이 부딪치기도 했다. 유벨에 대한 믿음이 격정적이었던 만큼 그 믿음이 무너졌을 때 상실감도 컸다. 아, 일동이 믿고 의지한 그 유벨이.

게다가 한 가지 사실이 더욱 사람들을 격분하게 만들었다. 목

요일은 우편물이 오는 날로 프랑스에서 여러 신문이 저지에 도착한다. 그 여러 신문이 가져올 정보는 유벨에게는 또 하나의 굉장한 빛을 더하며 퍼졌다. 파리에서는 다시 새롭게 삼백 명의 지사를 잡아들였다고 했다. 유벨이 사인마로에서 낭트의 로세를 방문했을 때 로세는 이미 붙잡혀간 뒤였다. 유벨은 낭트에서 게핀과 만딘을 방문했다. 그런데 만딘과 게핀도 붙잡혀가고 말았다. 유벨은 앤디에서 리오트를 찾아가 이곳에 재산을 감추었다. 그러나 리오트도 붙잡혀갔다. 유벨은 파리에서 갓쇼와 보슨을 방문했다. 그러나 갓쇼와 보슨도 붙잡혀갔다.

여러 가지 사실과 여러 가지 기억이 일제히 떠오르며 합쳐졌다. 가프네 이 사람은 최후까지 유벨을 보호한 한 사람이라고 전해진다. 1852년에 가프네는 런던에서 「난쟁이 나폴레옹」 80부를 은폐시켜 짐을 하블에 몰래 내보낸 적이 있었다. 이 짐을 봉할 때 유벨과 망명자 중의 로웬이라는 사람의 검사 파셀이 그 방에 같이 있었는데, 가프네는 두 사람 면전에서 날짜를 계산하더니 어머니의 집이 있는 하블에 벗이 나와 짐을 받아야 한다고 미리 말해두었다. 때마침 어머니 집에 도착할 것을 알고 이미 유벨과 파셀은 떠났다. 그런데 유벨과 파셀이 떠난 뒤 가프네는 다시 계산을 하고서는 짐은 지난번 계산한 것보다 하루 일찍 하블의 어머니 집에 도착했을 것을 알아냈다. 그래서 가프네는 그 이야기를 내 어머니와 벗에게 남겼다. 이렇게 해서 짐이 도착해 벗이 받아들고 떠났다. 그러나 그 다음날, 즉 가프네가 유벨과 파셀의 면전에서 도착할 날이라고 계산한 날에 경찰이 와서 런던에서 온 서적이 있을 테니 가프네 부인 집을 수색하겠다고 했다.(「난쟁이 나폴레옹」은 위고 씨의 저서로 나폴레옹을 심하게 공격하고 있다.)

밤 10시경이 되었다. 브와이스의 집에는 12~15명의 망명자들이 모여 있었다. 리로와 저지의 신사로 경부 직에 있는 애스프래트 두 사람은 방 한 켠에 앉아 있었다. 리로는 애스프래트와 딱딱하게 테이블터닝에 대해 이야기하고 있었다.(테이블터닝은 일본의 소위 고쿠리산*을 가리킨다.)

갑자기 헨리가 그곳으로 들어와 사람들에게 그 옷고리짝의 이중바닥에 대한 이야기, 모파스 경시총감에게 보내는 편지에 대한 이야기, 프랑스에서 새롭게 잡혀 들어간 사람들에 대한 이야기 등을 보고했다. 하에스, 기구 그리고 론드는 그 소식을 확인했다.

때마침 다시 문이 열리고 유벨이 나타났다. 유벨은 자려고 돌아왔다. 그는 여느 때처럼 거실 못에 걸려 있는 자기 방 열쇠를 집어 들었다. 하에스는 소리쳤다.

"그가 여기 오다니."

사람들은 모두 유벨에게 달려들었다.

기구는 그를 주먹으로 내리쳤고 하에스는 머리카락을 잡아챘다. 율테피스는 그의 목을 옥죄었다. 그리고 브와이스는 비수를 뽑아들었다. 애스프래트는 브와이스의 팔을 붙들고 말렸다. 나

* '고쿠리산'은 여우, 개, 너구리를 뜻하는 한자 '狐狗狸'에 'さん'을 붙인 말인데, 테이블에 올려놓은 사람 손이 저절로 움직이는 현상을 심령현상이라 믿고 점을 치는 것으로, 일본에서는 여우의 혼령을 불러내는 행위라고 여겨지고 있다.

중에 한 시간이 지나 브와이스는 나에게 말했다. 만약 애스프래트가 화를 내게 되면 유벨은 이미 죽은 사람이나 다름없다고. 애스프래트는 직권을 이용해 이곳에 들어와 사람들 손에서 유벨을 데리고 사라졌다. 브와이스는 비수를 내던졌다. 일동은 유벨을 풀어주고 물러섰다. 두세 사람은 방구석으로 가서 양손에 얼굴을 덮고 오열했다. 그러는 동안에 나는 집으로 돌아왔다.

때는 마침 한밤중이 되려는 시각이다. 나는 잠자리에 들려고 했는데 갑자기 마차 한 대가 문 앞에 서는 소리가 들렸다. 초인종이 울렸다. 벌써 찰스가 내 방에 와서 브와이스가 온다고 말했다.

나는 이층에서 내려왔다. 틀림없이 유벨을 처형하기 위해 모였을 것이다. 망명자들은 이미 유벨을 금고에 처하고 또 나에게도 출석을 요구하기 위해 브와이스를 보낸 것이다. 나는 주저했다. 이렇게 한밤중에 그 사람을 재판에 세운다는 이야기나 망명자들이 격앙된 모습도 그렇고, 모두 내 평생에 괴이한 일이고 불쾌한 느낌이 들었다. 그렇지만 브와이스는 계속해서 주장했다.

그는 나에게 말했다.

"자네도 오게. 만약 자네가 오지 않으면 나는 유벨을 어떻게 해야 할지 모르겠네."

그런 뒤 그는 내 질문에 응하며 말했다.

"나는 실로 스스로 변명하지 못하겠네. 만약 애스프래트가 아니었다면 나는 필시 그를 찔렀을 걸세."

나는 내 두 아이를 데리고 브와이스를 따라갔다. 우리는 가는 도중에 가누, 리베이롤, 프론드, 절름발이 루페브루, 고베이트와 그 외 하블도퍼에서 기거하고 있는 여러 망명자들과 해후하면서 같이 갔다.

우리가 그곳에 도착했을 때 마침 한밤중의 종소리가 들렸다.

사람들이 유벨을 심문하려고 한 방은 이전부터 망명자클럽이라고 불리는 방으로, 영국의 집에 보통 있는 사각형의 거실이었다. 이들 방은 프랑스인이 많이 사용하는 분위기로 방의 전후, 즉 방의 앞뒤 쌍방이 내려다보이는 형태였다.

이 방은 돈 마을의 20번지 브와이스의 집 2층에 있는데, 한쪽에 나 있는 두 개의 창문은 안쪽 정원에 면해 있고, 또 길가로 향해 있는 세 개의 창문은 이곳에서 드빌 호텔이라고 불리는 공적인 모임에 사용되는 건물의 큰 붉은 벽면을 마주보고 있었다. 주민들이 유포된 소문을 듣고 창 아래에 몰려들어 낮은 목소리로 시끄럽게 떠드는 일도 약간 있었다. 망명자들이 차츰 사방에서 모여들었다.

내가 들어갔을 때는 망명자들은 몇 명이랄 것도 없이 모두 모여 각자 실내의 양쪽에 흩어져 모두 한없이 우울한 목소리로 서로 이야기를 나누고 있었다.

유벨은 브뤼셀과 저지에서 나를 만나려고 찾아온 적도 있었지만 나는 전혀 그를 기억하지 못했다. 나는 방에 들어갈 때 율테비스에게 유벨이 어디에 있는지 물었다. 율테비스는 '당신 등 뒤에'라고 말해주었다.

나는 뒤를 돌아보았다. 길가로 나 있는 중앙 창문 밑에 벽을 등에 지고 테이블에 몸을 붙이고 앉아 담뱃대를 들고 머리에 모자를 쓴, 50세 가량으로 백발을 하고 검은 수염을 기르고 있으며 혈기왕성한 얼굴에 수두자국이 여기저기 있는 한 사람이 있었다. 눈은 예리하고 깊게 패여 있었다. 그는 때때로 모자를 벗어서는 큰 청색 수건을 들어 앞이마를 닦았다.

그의 다갈색 상의는 턱밑까지 높게 단추가 채워져 있었다. 지금 그가 어떤 사람인지 알고 그를 본다면 실로 틀림없는 경찰관의 모습이었다.

사람들은 그의 면전에서 왔다갔다 지나쳐가며 신변을 에워싸고 그에 대해 평했다.

한 사람은 '비겁한 녀석이 여기 있군'이라고 말했다. 또 한 사람은 '이 간적(奸賊) 좀 보게'라고 말했다. 유벨은 이들의 상호 교차하는 말을 들으면서 태연히 앉아 이들 말에 개입하지도 않고 마치 남의 일이라도 듣고 있는 듯이 보였다.

이제 실내는 차츰 몰려든 사람들로 떼를 이루었는데 그의 신변에는 여전히 약간의 빈틈이 있었다. 그는 테이블 의자에 홀로 앉아 있었다. 네다섯 명의 망명자가 창문 근처에 서서 그를 지켜보고 있었는데, 그중 한 사람은 예전에 우리에게 기마술을 가르쳐준 포니였다.

모임은 한밤중에 갑자기 열려서 망명자들 중의 대다수는 잠자리에 들어 잠에 빠질 시간이었지만 심리재판 준비가 거의 끝나가고 있었다.

하지만 아직 참석하지 않은 자들도 다소 있었다. 루로는 조금 전에 망명자들이 유벨을 때리기 시작할 때 같이 합세한 뒤에

밖으로 나갔다가 아직 돌아오지 않았다. 사람들이 이 땅에서 루로 종족이라고 부르는 많은 가문 중에 출석한 사람은 단지 찰스뿐이었다. 또 우리가 '열심파'라고 칭하는 사람들 중에 대부분은 불참하고 '열심인 혁명가'라는 제목의 격문을 초안한 세늎 같은 사람도 불참했다.

사람들은 이 심리 모임을 주최한 위원을 맞아들였다. 위원 일동이 들어왔다. 마티는 자다 일어났다며 여전히 반쯤 자고 있는 것처럼 보였다. 이곳에 모여 있는 여러 망명자들 중에 노인 한 명이 있었는데, 평소 획책하는 일로 노쇠해 있고 음지에 숨어 있는 여러 망명자들 사이에서 이런 종류의 일 처리에 익숙해 있었다. 무릇 이런 심리(審理) 재판은 은밀하면서 동시에 엄정해야 한다. 그는 이전에 종종 이런 모임에 참석해 숱한 무서운 선고를 내려 징벌하고 처형시켰다. 이 노인이 바로 가누이다. 용모는 늙었지만 기골이 장대하고 두툼한 코는 회색 수염에 파묻혀 있으며 머리는 백발이 성성했다. 얼굴 모양은 고사쿠 종족에 속하고 게다가 공화당이다. 풍채는 귀인이고 민주당 시인이다. 멋을 알고 실행할 줄 아는 사람이다. 요새(要塞)의 전병(戰兵)이며 획책의 고수이다. 이 사람이 바로 가누라는 사람이다.

일동은 가누를 회장으로 추대하고 서기에는 프라테니치 조합의 자랏세와 프라테넬 조합의 율테비스 두 사람을 회장에게 추천했다.

틀림없이 이 두 조합이 평소 형제처럼 같이 모이는 일은 없었을 것이다.

심리재판이 드디어 시작되자 모두 엄숙해졌다.

실내에서는 괴이한 광경이 펼쳐졌다. 두 갈래의 가스관으로 조금 어둡게 켜진 조명 아래에서 각자 임시 좌석, 의자, 걸상, 테이블, 혹은 창문에 앉기도 하고 서기도 한 상태로 허리를 구부리기도 하고 팔꿈치를 괴기도 하며, 또는 벽에 기대거나 팔짱을 끼고 있는 자도 있었다. 모두 얼굴색이 창백하고 근심어린 숙연한 모습으로 흉악한 표정을 짓고 있었다. 이들은 저지에 살고 있는 70여 명의 망명자였다.

망명자들은 실내 가득히 있었는데, 단 길가로 나 있는 세 개의 창문이 있는 쪽 조그마한 공간에 테이블을 놓고 정면의 벽 아래 유벨 혼자서 이에 기대고 있었다. 반대편에 또 하나의 극히 작은 테이블이 있는데 사건을 보고하게 될 러칠이 이에 기대어 기록하고 있었다. 이 테이블 뒤쪽에 스토브가 있어 불이 타오르고 있었고 한 젊은이가 계속 이를 지켜보고 있었다. 굴뚝 위에 있는 멘틀피스에게 망명자들이 가져온 서류 한 묶음이 들려 있었다. 안에는 찰스 루로가 재봉장을 설치하자는 글과 리펏이 붉은 모자 제조소 일을 권하는 글 사이에 풀칠로 봉해진 한 편의 글이 드러났다. 이것은 유벨이 스스로 서명해서 심문을 청한 것이다. 숨김없는 직설적인 재판을 구하는 진정서였다.

테이블 위에는 여기저기 브랜디 잔, 맥주병이 흩어져 있었다. 사방의 벽을 둘러싼 못 위에는 광택을 낸 모자, 밀짚으로 혹은 모직으로 만든 모자 등이 나란히 걸려 있었다. 또 유벨의 머리 위 벽에는 한 개의 오래된 장기판의 흰색 격자도 다소 검은 격자와 같은 색으로 변한 채 걸려 있었다. 나는 굴뚝 주변의 한쪽 구석에서 리베이롤과 데리고 온 두 아이와 함께 앉아 있었다.

망명자들 중에는 담배를 피우고 있는 사람들이 많았다. 혹자는 담뱃대를, 혹자는 시가를 피우고 있었다. 실내의 빛은 적고 연기는 자욱했다. 그래서 연기를 내보내기 위해 창문 위에 있는 장지문을 모두 열어놓았다.

심리 절차는 우선 유벨에게 묻는 것부터 시작되었다. 처음에 질문이 시작되자 유벨은 모자를 벗었다. 가누는 완전히 연극을 하고 있는 듯한 말투로 그에게 물었다. 그 음조가 어떻게 들리든 간에 사람들은 매우 아프게 또 매우 무겁게 느꼈다.

유벨은 복수의 이름 줄리앙, 다마센으로 칭해졌다.

유벨은 이제 다시 평상심으로 돌아와 있었다. 그는 호명을 받고 주저 없이 묻는 말에 대답했다. 이윽고 사람들이 유벨이 지방에서 돌아왔을 때의 일에 대해 그에게 묻자 그는 가누가 한 말 중 잘못된 두세 군데를 정정했다.

"실례지만 루벨은 오른편 언덕에, 안델리는 왼편 언덕에 있었습니다."

이 외에 그는 딱히 자백하는 바가 없었다.

벌써 질문할 부분은 끝났다. 사람들은 위원들의 보고, 증인 신청 및 증거 물건을 낭독했다. 이들 서류의 낭독이 시작되었을 때는 방 전체가 숙연해져 어떤 소리도 나지 않았다. 그러나 점차 진행됨에 따라 웅성거리는 소리가 일어났다. 그 웅성거리는 소리는 그가 숨긴 일들이 점차 명백히 드러나면서 더욱 커져갔다. 숨

죽여 웅성거리던 소리가 점차 귀에 들릴 정도였다.

"아, 못된 놈, 흉측한 놈. 어떻게 해야 이 수상한 자에게 호된 맛을 보여주지?"

이런 소란스러운 소리가 격하게 일어나고 있는 가운데 낭독자는 어쩔 수 없이 더욱 소리를 높여 말했다. 러칠의 낭독이 끝났다. 마티는 그에게 한 장씩 종이를 건넸다. 브와이스는 촛불을 들고 러칠에게 다가갔다. 촛농이 방울방울 테이블 위로 떨어졌다.

증인 신청을 다 읽었을 때 러칠은 이제부터 확고한 증거 물건에 대한 이야기를 낭독하겠다고 이야기했다. 사람들로 가득 찬 방 안은 다시 정적이 감쌌다. 어슴푸레하지만 용솟음치면서도 고요했다. 찰스는 나에게 속삭였다.

"이로써 탐정을 처벌할 방법을 찾아야겠군."

러칠은 유벨이 모파스에게 건넨 편지를 낭독했다.

이를 낭독하고 있는 사이에 모두 팔짱을 끼고 잠자코 듣거나 어떤 사람은 손수건을 악물기도 했다.

이윽고 마지막 낭독이 끝났을 때 늙은 훔베르트가 소리쳤다.

"서명은?"

러칠이 말했다.

"서명에 유벨이라고 되어 있습니다."

방 안은 금세 시끄러운 소리가 일었다. 지금까지 조용했던 건 사람들의 마음 한구석에 정말로 이런 일이 있을 수 있을까 혼란스러워 그 결과를 기다렸기 때문이었다. 사태가 이쯤에 이르러도 아직 스스로를 의심했다. '이런 일이 있을 수 있을까?'라고 말하는 자들도 적지 않았다. 하지만 이렇게 사람들의 눈앞에 확실하고 명백하게 유벨의 손으로 쓰고, 유벨의 손으로 날짜를 적고, 유벨의 손으로 서명하고, 유벨의 손으로 모파스의 이름을 부르는 이 편지가 놓여 있는 한 이제 의심의 여지가 없었다. 증거는 모여 있는 사람들 앞에 청천벽력같이 떨어졌다.

노여워하는 사람들의 얼굴이 일제히 유벨 쪽으로 향했다. 많은 사람들이 의자 위에서 벌떡 일어섰다. 많은 주먹이 유벨에게 가해졌다. 방안은 그저 분노와 비분으로 미쳐가고 있었다. 무서운 빛이 모두의 눈에서 빛났다.

들리는 소리는 그저 '못된 놈', '아, 비열한 유벨', '아, 예루살렘의 역적'뿐이었다.

훔베르트의 아들은 당시 벨 섬에 유폐되어 있었는데, 훔베르트는 소리쳤다.

"우리가 20년을 고통 속에 산 것은 이 자 때문이다."

또 한 사람이 소리쳤다.

"그렇소. 아이가 옥중에서 고통스러워하고 아비가 이국에서 괴롭게 산 것은 모두 이 자 때문이오."

이름은 잊어버렸지만 망명자 중에 용모가 깔끔하고 윤기 나는 머리카락을 한 젊은이가 테이블 위로 뛰어올라가 유벨을 가리키며 외쳤다.

"제군, 죽음을!"

"죽음을!"

"죽음을!"

여기저기서 외치는 소리가 일제히 일어났다. 유벨은 망연자실해 그 젊은이를 멍하니 바라보고 있었다.

소년은 계속 말을 이었다.

"그가 도망치지 못하도록 잡아요!"

한 사람이 소리쳤다.

"그를 센 강 강물에 던져버립시다."

이에 일동은 일제히 억지웃음을 웃었다.

"그대는 아직 네프 교에 있다고 생각하는가?"(세상 사람들이 잘 알고 있듯이 센 강은 파리의 스미다(隅田) 강으로, 네프 교는 센 강에 놓여 있는 다리 중에 가장 오래된 석조 다리이다.)

또다시 사람들이 외쳐댔다.

"탐정을 바다에 던져버리자. 목에 돌을 달아서."

훔베르트는 말했다.

"우리 그를 여기저기 모두 파란 곳에 내버립시다."(파란색은 황제의 당의 색이다.)

이런 소요 속에서 마티는 나에게 유벨의 편지를 보여주었다. 나는 리베이롤과 함께 이를 검토해 보았다. 편지 이면에 적어놓은 것으로 글자체는 조금 길지만 깔끔하고 선명했다. 다만 곳곳에 덧칠한 흔적이 있었다. 그렇지만 전적으로 유벨의 필적이었다. 이 무서운 편지의 끝에 속인의 습관으로 유벨은 공공연하게 그 이름을 서명해놓았다.

가누는 정숙을 명했다. 그렇지만 소요는 형언할 수 없을 정도였다. 모두 동시에 말하고 싶은 바를 말했다. 그야말로 이는 단지 불쌍한 한 사람에게 성내고 욕하는 하나의 마음을 예순 개의 입을 빌어 동시에 토해내게 하고 있는 것 같았다.

가누는 외쳤다.

"제군, 제군은 판사입니다."

이 정도로 충분했다. 모두 입을 다물었다. 치켜든 주먹도 잦아들었다. 혹자는 팔짱을 끼고 혹자는 팔꿈치를 짚으며 숙연해져서 자리에 바르게 앉았다. 가누는 외쳤다.

"유벨, 그대는 이 편지를 인정하는가?"

자랏세는 편지를 유벨에게 보여줬다. 유벨은 대답했다.

"그렇소."

"그대는 이에 대해 무슨 할 말이라도 있는가?"

유벨은 잠자코 있었다. 가누는 더욱 말을 계속했다.

"그렇다면 그대는 스스로 탐정이라는 것을 자백하는 건가?"

유벨은 머리를 들어 가누를 보더니 주먹을 쥐어 테이블을 치고는 이렇게 말했다.

"그건 아니오."

방 안 가득히 다시 분노로 들끓고 웅성거리는 소리들이 전해졌다. 가라앉은 소요가 다시 일어나려고 했다. 그렇지만 유벨이 다시 말을 계속하려고 하는 것을 보고는 일동은 스스로 입을 다물었다.

유벨은 둔탁하고 끊어졌다 이어졌다 하는 목소리를 내며 말했다. 그 목소리는 끊어졌다가 이어지면서도 명확한 부분이 있었다. 그리고 슬프구나(Sad to say)라고 말했는데, 그 안에는 성실함이 포함되어 있었다. 유벨은 진술했다.

"나는 아직까지 누구에게도 해를 끼친 적이 없소. 나는 공화당이오. 내 죄로 공화당원의 머리카락 하나라도 손상되도록 놔두지 않겠소. 그렇게 되기 전에 차라리 먼저 몇 번이라도 내 자신의 죽음을 원하오. 또 파리에서 새롭게 붙잡힌 자가 있다고 해도 나는 조금도 관여한 바가 없소. 사람들은 내가 율 지사에게 건넨 첫 번째 편지에 대해 아직 충분히 그 뜻을 이해하지 못하고 있소. 또 모파스에게 건넨 편지는 그저 초안이고 초고일 뿐입니다. 그리고 '공화당이 공화정치를 하지 못하는 이유를 논함'이라는 제목의 소책자는 정말로 내가 이를 작성했소. 하지만 끝내 간행되지는 못했소."

사람들은 소리쳤다.

"그 소책자는 어디에 있는가?"

유벨은 조용히 대답했다.

"내가 불태워버렸소."

가누는 물었다.

"그대가 말하는 바는 이걸로 다 됐는가?"

유벨은 머리를 흔들었다. 그는 다시 말했다.

"나는 멜라니에게 빌린 돈이 조금도 없소이다. 내가 돈을 가지고 있는 걸 본 적이 있다고 하는 것은 사람들이 착각한 것이오. 러칠 군이 착각한 것이오. 나는 결코 담배상 유렐의 가게에 간 적이 없소. 또 내 여행권은 딱히 이유가 있어서가 아니오. 나는 이미 사면된 몸이라서 애초에 여행권을 받을 권리가 있단 말이오. 앤디에서 리오트에게 빌린 50프랑은 이미 갚았소. 나는 정직한 사람이오. 나는 결코 은행 어음을 가지고 있지 않소. 내가 쓰는 돈은 모두 멜라니에게서 받은 것인데, 그 액수는 도합 160프랑 정도입니다. 또 나는 보슨과 파리의 싸구려 음식점에서 해후했소. 보슨의 주소는 그때 그에게 들은 겁니다. 또 내가 망명자들을 파리로 유인하려고 했다고 하는데, 이야말로 간적을 멸하기 위한 뜻에서 한 것이오. 내 벗을 배신하려고 그런 것이 아니오. 또 헌병이 나를 자유롭게 프랑스에 왕래할 수 있도록 한 것은 내가 관여한 바가 아니오. 요컨대 이들 중에 나를 없애려고 하는 계획이 있어 일체의 일은 모두 이에서 비롯된 것이외다."

유벨은 두 번, 세 번 거듭해서 '예의 이중바닥을 만든 목공은 그야말로 나를 보호할 목적으로 한 것이오'라고 말했지만, 이것이 어떤 의미인지 사람들은 이해할 수 없었다.

가누는 다시 물었다.

"그걸로 하고 싶은 말은 다 했는가?"

유벨이 대답했다.

"그렇소이다."

유벨의 이 말을 듣자마자 사람들이 술렁였다. 그들은 지금 조목조목 나누어 설명한 이야기를 모두 들었지만, 아직 조금도 납득이 가지 않았다.

가누는 말을 이었다.

"잘 돌이켜 보시오. 그대는 우리가 그대를 좋게 재판하리라고 생각할 테죠? 우리는 그대를 재판할 거요. 우리는 그대에게 사형을 선고할 수 있소."

한 사람이 소리쳤다.

"집행도 하시오."

가누는 다시 말을 계속했다.

"유벨, 그대는 모든 형벌의 위험에 당면해 있소. 그대의 신상에 무슨 일이 생길지 어느 누구도 알 수 없소. 잘 돌이켜 보시오. 차라리 명백히 자백해서 판사들의 마음을 온화하게 만들어 보시오. 우리 벗은 모두 나폴레옹의 수중에 있소이다. 그렇지만 당신은 지금 우리 수중에 있소. 감추지 말고 우리에게 사실을 말해주오. 우리를 도와 우리의 벗을 구할 수 있도록 해주오. 거부하면 당신은 죽게 될 거요. 어떻게 하겠소?"

유벨은 고개를 들며 말했다.

"그건 나요. 파리에 있는 '우리의 벗'을 잃는 자는 나란 말이오. 그들의 이름을 많은 사람들이 앉아 있는 가운데에서 이렇게 소리 높여 외치는 바이오."

그는 자기 주변을 둘러봤다.

"많은 사람들이 앉아 있는 중에는 틀림없이 탐정도 많이 있을 터, 나는 이제 이야기할 게 없소."

이 말을 듣고 소요하는 목소리가 다시 일었고, 그 기세는 격렬하게 그리고 폭언보다 더 폭력적으로 되어가니 무서울 따름이었다.

'사형'을 외치는 소리들이 더욱 화난 사람들의 입에서 쏟아졌다.

모인 사람들 중에 니오트의 구두 수선공으로 포병대의 늙은 사관 가이라고 하는 자가 있었는데, 열렬한 사회당원으로 빼어나게 우수하고 독실한 자였다. 검은 수염을 길게 기르고 얼굴은 창백하며 눈동자는 보고 있으면 빠져버릴 것 같았다. 음성이 부드럽고 태도는 의연했다. 그는 일어나서 말했다.

"제군, 제군은 지금 유벨에게 사형을 선고하기를 원하는 것 같은데, 나는 실로 놀랐소이다. 지금 우리는 프랑스에 있으므로 그 법률을 준수하지 않으면 안 됩니다. 법률에 위배되는 일은 조금도 해서는 안 되는데, 그걸 잊고 있는 것 같소. 물론 유벨은 과거 그리고 장래에 대해 공히 그를 벌하는 바가 없으면 안 되오. 그의 신상에 지울 수 없는 오점을 찍어주지 않으면 안 되오. 그러나 한편으로는 우리는 이 나라의 법률에 위배되는 일을 조금도 해서는 안 되므로 이에 제가 제안하고 싶은 방안이 있소. 우리는 유벨을 붙잡아 그의 두발 및 수염을 깎게 합시다. 단 두발은 다시 자라니까 이에 조금 더 가하여 오른쪽 귀를 베어냅시다. 귀는 다시 생기는 일이 없으니까요."

이 제안은 매우 엄정하고 확고한 어조로 제기되었는데, 걱정하고 있던 모두를 금세 웃게 만들어 잠깐 동안 웃음소리가 그치지 않았다. 하지만 이 또한 한 층 더 무서운 느낌을 방안 가득한 공포의 광경에 불어넣었을 뿐이었다.

가이 근처에 방 한쪽 입구 주변에 있던 파르빌 박사 옆에 아바스라는 망명자 한 사람이 앉아 있었다. 아바스는 오지노의 파직 관리였는데, 자기는 공화당이고 공화정부가 전복되는 것을 바라지 않는다며 로마를 도망쳐 나온 자였다. 그는 이미 붙잡혀 군법회의에서 심리를 받고 사형선고를 받은 적이 있다. 그는 사형을 집행하기로 한 바로 전날에 다행히 도주한 것이다. 그는 피드몬트에 숨어 지내다 12월 2일에 국경을 넘어 나폴레옹의 쿠데타에 항거해 군대를 일으킨 공화당에 투신해 전장에서 총탄을 맞고 무릎에 부상을 입었다. 그의 여러 친구들이 도와줬지만 그의 다리는 불구가 되었다. 피드몬트에서 쫓겨나 그는 영국으로 왔다. 그리고 저지로 온 것이다. 그는 저지에 도착하자마자 나를 찾아왔다. 나는 여러 벗과 함께 그를 도와, 그는 마침내 염색공 및 연마공을 겸업으로 하게 되었다. 이렇게 해서 이곳에서 생활하게 된 것이다.

아바스는 평소 유벨과 잘 알고 지낸 것처럼 보였다. 서류를 낭독하는 동안에도 그는 자주 '아, 천한 놈. 아, 속이 검은 놈. 내게 루이 브랑크를 첩자라고 말했잖아. 빅토르 위고를 첩자라고, 레드류로린을 첩자라고 하지 않았나' 하며 계속 외쳤다.

가이가 앉자 이와 동시에 아바스가 일어나 의자 위에 섰다가 다시 테이블 위에 섰다.

아바스는 서른 살로 키가 크고 불그레한 얼굴이 넓적하고 눈썹 끝이 튀어나와 있으며 눈동자가 반짝거렸다. 목소리가 크고 시골 사투리가 섞여 있었다. 이 거인은 눈을 휘둥그레 뜨고 손은 염료 때문에 물들어 있고 발은 테이블을 쾅 소리를 내며 밟고 있었다. 머리는 거의 천정에 닿을 정도였는데, 고성을 질러 꾸짖는 모습은 더할 나위 없이 사나워 보였다.

그는 외쳤다.

"제군, 이와 같은 일은 용서할 수 없소이다. 이 자리에서 모두 끝냅시다. 우리는 추첨해서 이 첩자에게 마땅한 벌을 내릴 사람을 정해야 합니다. 만약 누구라도 이를 희망하지 않으면 내 스스로 하겠소."

찬성하는 소리가 일제히 일어났다.

"찬성! 찬성!"

내 정면에 앉아 있는 멋진 수염의 한 젊은이가 말했다.

"내가 맡겠소. 탐정에 대한 처리는 내일 아침에 결정될 거요."

한쪽 구석에서 또 한 사람이 말했다.

"잠깐 기다려. 자청해서 이 일을 맡으려는 자, 여기 네 명 있소이다."

훔베르트는 유벨의 머리 위에 주먹을 바짝 대면서 말했다.

"그렇소. 이 자에 대한 판결은 '죽음'이오."

반대하는 목소리는 하나도 들리지 않았다. 유벨이 몸을 떨면서 고개를 떨구고 있는 모습은 당연하다고 말하는 듯이 보였다.

나는 일어서서 말했다.

"제군, 제군은 그에게 양식을 주고 그를 지지하고 벗으로 지냈던 사람이 탐정이라는 것을 발견했습니다. 제군은 형제로서 기다리고 있는 사람이 첩자였다는 사실을 발견했습니다. 이 자는 제군이 제공해준 구두를 신고 있습니다. 제군은 이 원망과 분함 때문에 전율하고 있습니다. 그 원망은 나도 같이 느끼는 바입니다. 그 분함은 나 또한 몸으로 느끼고 있습니다. 잘 돌이켜 봅시다. 죽음을 외치는 소리는 무슨 말입니까? 유벨의 몸에는 두 개의 생이 있습니다. 즉 한 개는 탐정의 생이요, 또 한 개는 사람의 생입니다. 탐정은 경멸해야겠지만 사람은 존중해야 합니다."

이때 목소리 하나가 들리면서 내 말을 가로챘다. 고벳이라는 잘 생긴 청년으로 본래 부유한 자였다. 때때로 악한이 되기도 하고 취한이 되기도 한다. 이전에 자기가 단두대 실행에 열심이라는 것을 보여주려고 레드류로린에 관해 어떤 사실을 왜곡시킨 적이 있다. 방 안 가득히 숙연해졌다. 고벳은 낮은 소리로 말했다.

"아, 과연 그렇군. 당연히 그래야지. 온화한 수단을 취하려면."

내가 말했다.

"그렇소. 온화하게 처리하기 위해서는, 한편으로는 단호하게 한편으로는 관대하게 해야 하오. 관대함과 단호함, 이 두 가지는 공화정치의 양손이 나란히 가지고 있어야 하는 병기입니다."

나는 더욱 말을 이었다.

"제군, 제군은 유벨의 몸 어딘가에 제군에게 속해 있던 것이 있음을 알고 있습니까? 탐정은 그렇지만 사람은 그렇지 않습니다. 탐정은 제군의 수중에 놓여 있어요. 첩자의 이름으로. 그의 도덕적인 생은 제군이 원하는 대로 처형시킬 만한 권리가 있습니다. 제군은 그가 첩자로 살아온 삶을 부수고 깨뜨려 그를 발아래에서 짓밟을 권리를 가지고 있습니다. 그렇습니다. 제군은 유벨의 이름을 갈기갈기 찢어 더러운 조각들을 진흙 속에서 밟을 권리를 가지고 있는 겁니다. 그러나 제군은 또한 제군이 결코 그에게 손을 댈 권리가 없는 부분이 있다는 것을 알고 있습니까?

그의 머리카락 한 올이라도."

나는 리베이롤의 손이 내 손을 쥐는 것을 느꼈다.

"유벨 씨와 모파스 씨가 여기에서 모의했다는 것은 실로 무서운 이야기입니다. 제군이 빈곤한 가운데 탐정 한 명을 먹이고 망명자들이 건넨 우정 깃든 돈을 경찰 관리의 은행어음과 함께 몰래 갖다 바쳤죠. 우리가 못 보게 하려고 우리 눈에 우리의 돈을 던져놓고 저지에서 자기에게 먹을 것을 준 사람들을, 프랑스에서 도와준 사람들을 붙잡혀가게 했어요. 망명자들을 속이고 매복해 있는 중에 함정에 빠뜨려 망명자들이 다른 나라로 떠도는 동안에조차도 평온하지 못하게 더러운 계략을 짜서 깨끗하고 순결하기 그지없는 우리 마음의 조직을 흐트러뜨리고 우리를 배신했습니다. 또한 이전부터 우리의 재산을 빼앗아 숨겨둔 재산을 갈취하고 우리를 팔았어요. 이런 사실 모두가 제국 경찰관으로 행한 계략입니다.

우리는 어떻게 해서든 처벌해야 합니다. 우리는 이 사실을 세상 사람들에게 알려야만 합니다. 프랑스, 유럽, 세계의 양심과 천하의 정기를 받아 증인으로 할 뿐입니다. 전 세계에 알려서 말할 겁니다. 이는 더러운 행위라고. 슬프긴 하지만 이 사실을 발견하고 이런 기회를 얻은 것은 다행입니다. 이 건에 대한 도덕상의 이치는 망명자 여러분 모두에게 있을 겁니다. 민주당 쪽에 있을 겁니다. 공화정치 쪽에 있을 겁니다. 지금의 지위는 소중합니다. 우리는 이 소중한 지위를 잘못해서 잃어버릴 수는 없습니다.

제군은 어떻게 할 때 이 소중한 지위를 잘못해서 잃게 되는지 알고 있습니까? 권리라고 잘못 생각한 사실을 인정하고 19세기의 프랑스인답게 나아갑시다. 그리고 16세기의 베니스인을 위해 나아가고, 10인 회의를 위해 나아갑시다.

한 사람을 죽일 때, 일의 이치를 따지고 보면 나는 첩자를 죽이는 죄가 부모를 죽이는 죄와 마찬가지로 심한 행위라고는 생각하지 않습니다. 이런 점에서 나는 제군을 지지합니다. 그렇지만 일의 실제를 생각하면 결코 안 되는 점이 있습니다.

이 자를 해하고 상처를 주거나 혹은 그냥 치려는 제군에게 찬성하는 이야기는 내일 모두 제군의 뜻에 반하는 것이 될 것입니다. 영국의 법률은 제군을 체포할 겁니다. 제군은 지금 하는 재판에서 완전히 일변해 피고로 될 것입니다. 유벨이 떠나고 모파스가 떠나고 남는 것은 무엇입니까? 추방당한 프랑스 국민이 영국 판사 앞에 서 있는 것을 보게 될 뿐입니다.

사람들은 '경찰관의 천한 짓들을 보라'고 말하겠죠. 또 '이들 세상을 어지럽힌 자들을 보라'고 말하겠죠."

나는 내 손을 유벨 쪽으로 뻗으면서 말했다.

"제군, 나는 이 자를 내 보호 하에 두겠소. 그건 이 자를 위해서가 아니라 공화정치를 위해서요. 나는 누구라도 현재 혹은 장래에, 이곳 혹은 다른 곳에서 그에게 해를 가하려고 하는 것에 반대하오. 나는 한마디로 제군의 권리를 총괄하겠소. 공적으로 합시다. 죽이지 말고. 이를 세상에 공개해서 처벌해야 합니다. 폭력을 사용해서 처벌해서는 안 됩니다. 백주대낮에 해야 합니다. 야간에 해서는 안 됩니다. 아 신이시여, 유벨의 살가죽이 무슨 값어치가 있겠습니까? 제군은 탐정 한 명의 살가죽으로 뭔가를 할 수 있습니까? 나는 선고합니다. 누구도 유벨에게 린치를 가해서는 안 됩니다. 만약 유벨을 찌르면 이는 칼날을 더럽히는 것입니다. 만약 유벨을 때리면 이는 채찍을 더럽히는 것입니다."

내가 기억하는 바로는 이와 같이 말하자 모두 깊이 귀를 기울여 매우 조용히 듣고 있었다. 내가 자리로 돌아갔을 때 논의가 점차 결론이 나고 있었다. 실은 나도 이 소집 동안에는 딱히 유벨에게 위해가 가해지리라고는 생각하지 않았지만, 정작 위태로움은 다음날에 찾아왔다.

내가 자리로 돌아갔을 때 나는 내 등 뒤에 앉아 있는 아프리카에서 망명해온 필론이라는 자가 말하는 것을 분명히 들었다.

"좋아. 탐정이 구제된 거군. 우리는 이제 실행해야 할 때야. 쓸데 없는 이야기는 하지 말아야 해. 더 이상의 말을 하지 말아야 해."

이런 말이 "결코 폭력을 사용해서는 안 된다, 사실을 드러내고 공론에 호소해야 한다, 경찰관과 유벨은 구분해서 보자, 이것이 우리가 해야 할 일이다"고 외치는 소리 속으로 잠겨들었다.

크라우드, 드온, 뷰릴, 러칠, 리베이롤 그리고 가누는 내 말을 듣고 칭찬했다. 유벨은 슬픈 눈으로 나를 바라보고 있었다. 이렇게 해서 심리는 내 연설로 끝이 났다. 가장 격렬한 파벌의 망명자들은 분노를 담아 나를 노려봤다.

필론은 내 옆으로 다가와 말했다.

"그대가 한 말은 이런 거군. 사람들이 이야기하기 시작해서 아직 그대가 말한 대로 된 건 아니지만, 만약 사람들이 첩자를 처형해야 한다고 할 때는 반드시 그 이유를 공표해야만 한다고 생각하는 거죠? 우리는 지금 60명이라서 56명만큼 과다한 거야. 실은 4명으로 충분하거든. 아프리카에 있을 때 비슷한 일이 있었어. 이미 우리는 토머스라는 자가 탐정인 것을 알아냈지. 게다가 토머스는 오래된 공화당원으로 20년 동안 온갖 음모에 가담했던 자야. 우리가 그가 탐정이라는 증거를 확보한 것은 오후 9시였는데, 다음날이 되어 그 자가 갑자기 보이지 않았죠. 그런데 누구도 어떻게 된 건지 몰라요. 이건 즉 이런 일들을 처리하는 방식인 거죠."

내가 필론의 말에 답하려고 했을 때 회의가 재개되었다. 가누는 소리를 높여 말했다.

"제군, 앉기를 청하오. 제군은 지금 빅토르 위고 군의 말을 들었죠? 그가 제안하는 방안은 즉 도덕상의 형벌이오."

"그렇지, 그래. 아주 좋아."

이런 한 무리의 소리가 들렸다.

고벳은 앞서 내가 말할 때 끼어든 사람인데, 그가 앉아 있던 테이블 위에 올라섰다.

"그렇죠. 그게 좋겠소. 도덕상의 형벌로 합시다. 다만 제군들, 그를 무사히 도망가게 합시다. 내일은 그가 프랑스에 도착해서 우리의 모든 벗을 함정에 빠뜨리고 팔아넘길 것이오. 나는 반드시 이 자를 죽이지 않을 수가 없게 될 테니."

이는 실로 큰 장애였다. 유벨을 석방해도 위태로웠다.

브와이스가 끼어들어 이야기했다.

"그를 죽일 필요는 없소. 또 그를 도망가게 할 필요도 없소이다. 나는 4월 이래로 유벨을 거두어 거의 무료로 그를 숙박시켜 주었소. 나는 기꺼이 망명자 한 사람을 지원하려고 그런 것이오. 그렇지만 처음부터 탐정을 좋아서 먹여준 건 아니오. 그리고 모파스 씨는 나에게 유벨 씨가 지금까지 비용 즉 83프랑을 변상해야 한다고 했소. 내일 아침에 애스프래트 씨는 부채를 이유로 유벨 씨를 붙잡아 그를 감옥에 투옥시킬 것이오. 만약 거부하려면 유벨 씨는 모파스 씨가 자기에게 준 은행 어음을 내서 지불하게 될 것이오. 나는 그 은행 어음을 보고 싶소."

사람들이 이 이야기를 듣고 웃어댔다. 브와이스는 마침내 논의를 마무리 지었다.

빈센트는 외쳤다.

"그렇소. 그럼 내일 아침에 그가 보이지 않을 수도 있겠군."

포니가 말했다.

"우리는 그를 보호해야 하오."

훔베르트가 외쳤다.

"그의 옷을 수색합시다."

"그래요, 그래. 탐정을 수색합시다."

몇 명의 사람들이 스스로 유벨의 주변으로 뛰어갔다.

"제군은 그를 보호할 권리가 없소. 또한 그를 수색할 권리도 없소. 그를 수호하는 것은 그의 자유를 축소시키는 것이 되오. 또한 그를 수색하는 것은 그를 위협하는 것이 되오."

수색하는 것은 어리석은 짓이다. 이번 조사가 시작되었을 때부터 유벨이 소중한 물건을 하나도 몸에 지니고 있지 않다는 것은 명백했다.

유벨은 외쳤다.

"사람들에게 나를 수색하도록 해주오. 나는 이를 허락합니다."

그의 말은 그리 놀랄 만한 일이 아니었다.

사람들은 소리쳤다.

"그가 허락했다. 그가 허락했어. 그를 수색합시다."

나는 사람들을 말리며 유벨에게 물었다.

"그대는 허락하는 건가?"

"그렇소."

"그대는 허락한다는 뜻을 써서 주지 않으면 안 되오."

"나는 정말로 기꺼이 허락하오."

자랏세는 그의 허락한다는 뜻을 글로 써서 유벨 스스로 서명하게 했다. 그는 이미 의복을 수색당하고 있었다. 사람들은 유벨이 서명을 끝내는 사이를 기다릴 수 없었던 것임에 틀림없다.

유벨의 주머니에 들어 있던 것을 꺼내 샅샅이 찾아보고 뒤집어도 보았다. 그러나 단지 조금의 동전과 큰 수건, 그리고 저지 크로니클 신문 한 장 외에는 아무것도 나오지 않았다.

"그의 구두, 그의 구두를 수색합시다."

유벨은 스스로 신고 있던 구두를 벗어 테이블 위에 올려놓았다.

그는 말했다.

"그 안에는 아무것도 들어 있지 않소. 다만 한 가지 공산당원의 발을 넣어두었을 뿐이오."

가누의 연설이 시작되었다. 가누는 내가 제기한 방안을 의제로 하여 만장일치로 받아냈다.

사람들이 결의한 내용에 서명하는 사이에 유벨은 구두를 신고 모자를 썼다. 그는 담뱃대를 꺼내 누군가 자기에게 불을 빌려줄 것을 요청하는 듯이 보였다.

이때 고벳이 유벨에게 다가가 낮은 소리로 말했다.

"그대는 권총을 좋아하는가?"

유벨은 대답하지 않았다. 고벳은 다시 물었다.

"나는 집에 권총 한 자루가 있소. 정말로 편리한 도구지. 그대는 그걸 갖고 싶지 않나?"

유벨은 어깨를 흔들면서 팔로 테이블을 밀쳤다. 고벳이 말했다.

"그대는 원할 거야."

유벨이 말했다.

"나를 혼자 내버려두시오."

"그대는 내 권총이 필요할 거요."

"필요치 않소."

"그럼 악수할까요?"

고벳은 많이 취한 상태로 손을 유벨에게 건넸다. 그렇지만 유벨은 손을 잡지 않았다.

이러는 사이에 나는 가누와 이야기를 나누고 있었다. 가누는 나에게 말했다.

"그대가 사람들을 물리쳐준 것은 정말로 잘 했소. 그런데 나는 무서워요. 내일이 되면 그들이 분노로 다시 폭발할지도 모르오. 아바스 무리가 두셋 정도 있소. 그들은 어딘가에서 그를 죽일 테죠."

나는 결의한 내용에 서명하지 않았다. 나 외에는 모두 서명했다.

욜트브리가 나에게 펜을 건네주었다. 나는 말했다.

"나는 사흘 지나서 서명하겠소."

사람들이 물었다.

"무엇 때문에?"

"무슨 일이 있으면 나는 폭거를 고려해야 하오. 나는 사흘 지나서 폭거가 일어나지 않고 유벨이 무사하다는 사실을 확인한 다음에 서명할 것이오."

모두가 사방에서 소리쳤다.

"서명하시오! 서명하시오! 우리는 그를 해하지 않을 것이오."

"제군은 그 말을 보증하겠소?"

"우리는 그대에게 약속합니다."

나는 서명을 마쳤다.

반 시간 후에 나는 집으로 돌아왔다. 마침 오전 6시가 되었다. 바닷바람이 서서히 프로스크리트의 암초를 스쳐 지나갔다. 새벽 하늘의 첫 섬광이 창공을 비추기 시작했다. 몇 개의 작은 은색 구름들이 하늘에 떠 있었다.

이때 애스프래트 씨는 브와이스의 소송에 따라 부채를 이유로 유벨을 붙잡아 감옥에 넣었다.

10월 21일 아침 6시경에 현지 프랑스 영사관 라멘트는 애스프래트 씨의 집에 와서 말하기를, 자기는 부당한 금고를 당한 프랑스인 한 명을 청구해 데리고 가려고 왔다고 했다.

애스프래트 씨는 대답했다.

"부채 때문이오."

그래서 그는 장관인 호르만 자작의 이름이 서명되어 있는 체포장을 꺼내어 보여주었다. 애스프래트 씨는 말했다.

"그대는 부채 액수를 지불할 건가?"

부영사관은 목례하고 자리를 떴다.

마침내 망명자들의 재산으로 먹고 살아야 하는 것은 유벨의 정해진 운명처럼 보였다. 이때에 이르러 망명자들은 매일 6펜스의 비용을 지불해 옥중에 있는 그를 지원했다.

나는 내 서류를 검토하다 구석에서 유벨에게 받은 편지 한 통을 발견했다. 그 편지 안에는 다음과 같은 슬픈 한 구절이 있었다.

"나는 실로 나쁜 동료요."

그러니까 유벨은 공복(空腹)이었던 것이다.

## 역서 『탐정 유벨』 뒤에 적다

붓을 들어 종이에 적어 굳이 뜻을 밝힌다. 아무 일 없이 술술 나오는 구가 있다. 또한 반복해서 생각하고 고민하고 번뇌하여 간신히 생각나는 구도 있다. 전자는 그다지 힘을 들이지 않아 오히려 움직일 수 없는 부분이 있다. 후자는 매우 힘을 들이게 되어 여전히 평온치 않은 흔적이 많다. 생각건대 문(文)에는 어떤 경우에는 반드시 그 목소리를 발해야 하는 한 줄기 감춰진 거문고 현이 있다. 신이 내린 흥이 일 때는 문득 일필휘지로 거문고 현을 울려 자연의 소리를 낸다. 그러나 그 흥을 얻을 수 없을 때는 헛되이 이 거문고 현을 찾고자 해도 이르지 못한다. 혼미하고 당혹스러워 뭔가 조화롭지 못하고 만족스럽지 않은 소리를 내고 말기 때문에, 문의 어려움이 아니라 이 흥을 얻는 것이 어렵다고 하는 것이다. 이 흥은 황홀하고 포착하기 어렵다. 그렇지만 대체로 내 능력이 있으면 그 흥은 왕성해지기 쉽고 부족하면 그 흥은 굶주리기 쉽다. 본편은 원문이 실로 높은 수준이고 내 힘이 이에 미치지 못한다. 따라서 번역문을 고심하고 고민한 결과 많은 부분에서 조화롭지 못하고 불만족의 소리가 많다. 그 현저함의 한두 가지를 참회하고 스스로 교훈으로 삼고자 한다.

'유벨이 탐정이었다니. 어리석군'이라고 번역했는데, '어리석군'은 원문에는 Nonsense로 되어 있다. 만약 천하고 속됨을 꺼리지 않는다면 당연히 '바보같군'이라고 해야 할 것이다. '어리석다'로 하면 그 목소리가 너무 길고 완만해져, 여러 망명자가 한 번 듣고 즉시 그를 멀리하며 그다지 말을 듣지 않으려고 하는 분위기를 묘사하지 못한다. 일찍이 이를 학해(學海), 춘내사(春廼舍), 녹당(碌堂) 등 여러 선배에게 자문해봤지만 설명을 얻지 못했다. 다만 녹당 거사가 '바보(たわけ)로 하면 어떠한가'라고 말해주기도 했지만 '바보'는 그야말로 음탕한 의미도 들어 있어 그대로 두었다. 후에 춘내사 주인에게 물었는데 지금 생각하니 '허

튼 소리'로 하면 될 거라고 했다. 과연 '허튼 소리'는 조루리(浄瑠璃)* 등에 관용적으로 쓰여 일종의 의미를 이루고 있어 그다지 귀에도 거슬리지 않는다. 녹당 거사의 제안과 거의 비슷하기는 하지만 명사인 점은 원문의 Nonsense에 잘 맞는 것 같다. 또 그 목소리는 '어리석다'와 같지만 그 리듬을 견주면 훨씬 급하다.

스스로 생각해봐도 실로 서투르고 보기 흉해 읽기 힘들다고 느끼는 부분은 '이곳에 모여 있는 여러 망명자들 중에 노인 한 명이 있었는데'라고 쓰면서 특히 가누를 묘사하고 있는 구절이다. 나는 평소 속기사의 도움에 의지해 응답하는 서신조차 서술하기 일쑤인데, 그러나 이 한 구절은 어떻게 해도 문장 리듬이 입에 오르지 않아 하는 수 없이 몸소 이를 써 그 초안을 고치는 일 세 번에 이르렀지만, 결국은 자연의 소리를 얻지 못하고 지금에 이르러서도 이를 읽고 있으려니 쓸모없는 것을 포함하고 있는 것 같다.

'그리고 슬프구나(Sad to say)'라고 한 부분의 '슬프구나'는 처음에 '딱하구나'로 했다가 후에 고쳤는데, 아무래도 온당하지 않은 느낌이다. 따라서 원문 Sad to say를 삽입해 스스로 부족한 부분을 표시했다.

돌아보면 재작년이 끝날 무렵이었다. 도쿠토미(德富) 군이 나에게 무엇이든 4, 50페이지 정도 적어줄 것을 요구했는데, 당시 내가 가장 마음을 기울이고 있던 것은 이 『탐정 유벨』이었다.

* 일본 에도(江戶) 시대에 샤미센(三味線) 반주에 의한 이야기와 음곡을 통틀어 일컫는 말

그렇지만 묵묵히 생각할 때 차가운 음절 한 구 So Hubert has been hungry를 어떻게 번역해야 하는지에 대해 생각이 미쳐, '유벨은 공복(空腹)이었던 것이다'라는 표현 외에는 얻을 수 없었다. 이는 진정 보석이 변해 분뇨로 되고 만 것이다. 이에 대해서는 내 힘이 아직 부족함을 느끼고 체념했다. 마음을 고쳐먹고 보카치오의 『데카메론』에서도 구해봤지만 적절한 표현을 만나지 못했다. 결국 『대동호(大東號)』로 그 책임을 덮었다. 그렇게 해서 지금 본편의 말미를 보면 맺음말은 여전히 '유벨은 공복이었던 것이다'라고 했을 뿐이다. 원문의 풍신(風神)이 편히 있는 것일까? 옛 선비는 헤어지고 사흘 지나면 괄목하게 된다는데 일 년이 지나도 여전히 조금의 진보도 없으니, 어찌 스스로 강화시키지 않고 있겠는가.

# — 작품 해설 —

일본의 추리소설은 서구 추리물의 번역으로 시작되었다. 19세기 후반 근대 일본 정부는 방대한 양의 서양의 문헌을 번역해 일본사회에 소개함으로써 서구의 선진문물을 빠르게 받아들여 근대화를 견인했다. 번역의 대상도 다양해 병법, 화학, 의학, 법제, 지리 등 부국강병을 이루기 위한 실용서나 서구 세계를 이해하기 위한 역사서, 사회사상서가 중심을 이루었다. 여기에 문학이나 예술 등의 번역서도 나오게 되는데, 1880년대 후반에 영국과 프랑스를 중심으로 하는 서구의 추리소설의 번역 내지는 번안물이 대중 미디어나 단행본을 통해 대량으로 소개되었다. 내용상으로는 과학과 실용주의를 중요시하는 것과 전통적인 멜로드라마적 성격을 띠는 것들이 주를 이루었다. 이와 같이 추리소설이 대량으로 번역되면서 바야흐로 대중추리소설의 시대를 열었다.

일본 최초의 창작 추리소설인 구로이와 루이코(黑岩淚香, 1862~1920)의 『세 가닥의 머리카락』(1889년 일본에서 발표된 최초 제목은 '무참')도 이러한 시대적 상황 속에서 나온 것이다. 주로 프랑스의 추리물을 중심으로 서양의 추리소설을 번역해 발표한 루이코가 번역과 동시에 창작을 동시대적으로 써낸 것이다. 구로이와 루이코는 『세 가닥의 머리카락』을 '일본 탐정소설의 효시'라고 평가했다.

구로이와 루이코는 1885년 24세 때 『일본타임즈(日本たいむす)』의 주필이 되어 사설과 잡보를 담당하면서 기자로 활약하는 한편, 학창시절에 익혀둔 어학실력을 살려 번안소설에 주력하였다. 1887년 『오늘신문(今日新聞)』(이후에 『미야코신문(都新聞)』으로 개칭)에 루이코 쇼시(淚香小史)라는 필명으로 『법정의 미인』과 『사람인가 귀신인가』를 연재하여 인기를 끌며 번안소설의 스타가 되었다. 이후 그는 신작을 계속 발표했다. 1889년 『미야코신문』에 파격적인 대우를 받고 주필로 추대되지만 사장이 경영에 실패하여 새롭게 취임한 사장과 충돌하면서 퇴사했다. 그리고 9월에 일본 최초의 창작 추리소설 『세 가닥의 머리카락』을 소설관에서 펴냈다. 『세 가닥의 머리카락』은 1893년에 재판(再版)이 나올 때, 제명이 '무참'에서 '탐정소설-세 가닥의 머리카락'으로 바뀌었다.

구로이와 루이코는 『세 가닥의 머리카락』 이후 창작소설을 쓰는 대신 다시 번안소설을 발표했다. 1892년 11월에 타블로이드판 일간지 『만조보(萬朝報)』를 창간하고 주필로 지내면서 사회적인 폭로 기사나 오락 기사 등을 발표해, 한때 도쿄 제일의 발행부수를 자랑하기도 했다. 루이코는 이 신문에 자신의 번안소설 『철가면』(1892~1893), 『유령탑』(1899~1900), 『암굴왕』(1901~1902), 『아, 무정(噫 無情)』(레미제라블) 등의 대표작을 계속 연재했다. 『아, 무정』은 식민지 조선에서 민태원의 『애사(哀史)』(1918)로 재번안되어 『매일신보』에 연재되었다.

그가 번안소설을 발표하기 시작한 1880년대를 전후한 무렵은 '문학'의 개념뿐만 아니라 아직 '소설'의 정의조차 유동적인 상황이었다. 이러한 때에 『세 가닥의 머리카락』은 '신안(新案)의 소설'로 소개되었는데, 범례(凡例)에서 "글에는 멋도 없고 재미도 없으며, 취향에는 파도도 없고 바람도 없다. 소설이 미술이라고 운운하는 사람들은 한 번 보고 버릴 것이니, 스스로 소설이라고 말하는 것은 주제넘다. 소설이 아니라 기사(記事)다"라고 하면서, 자신의 추리소설이 '소설'로 분류되는 것에 대하여 주저하는 모습을 보인다. 이는 아직 대중적인 추리소설이 문학의 한 형태로 인식되지 못하고 있던 근대 초기의 상황을 잘 보여주고 있는 대목이다.

『세 가닥의 머리카락』은 삼단 구성으로 되어 있다. 사건이 완료된 시점이 소설의 모두(冒頭)에 제시되고, 이를 두 명의 탐정이 추리해가는 과정이 상세히 전개된 뒤에, 소설의 끝부분에 사건의 전말이 드러나는 구조를 통해 일본 탐정소설의 전형적인 틀을 제시했다.

또한 이러한 추리 과정이 작중인물 다니마다와 오토모라는 상반된 캐릭터를 통해 전개된다는 점도 특기할 만하다. 젊은 오토모와 노련한 다니마다가 주고받는 대화가 루이코의 재치있고 뛰어난 문장력으로 그려져 있어 사건의 추리과정 이상으로 재미있게 읽을 수 있는 요소이다.

이 소설에서 가장 흥미로운 점은 오토모의 과학적이고 합리적인 추리 과정과 다니마다의 전통적인 방식의 추리과정이 결국 범인을 동일하게 지목하는 결론으로 이어진다는 점이다. 근대의 과학적인 추리를 강조하는 오토모의 논리와 다니마다가 너스레 떨면서 노련하게 진행하는 전통적인 수사 방식이 대조를 이루면서 추리소설의 재미를 더하고 있는 점은 본 소설의 구성이 얼마나 탄탄하게 잘 짜여 있는지 보여준다. 서구화가 한창 진행되던 시대에 근대의 과학적이고 합리적인 수사 방식뿐만 아니라 전통적인 수사 방식에도 손을 들어준 결말은 눈여겨 볼 부분이다. 더욱이 작중에서 오토모가 다니마다의 전통적인 수사 방식을 비웃으며 자신의 근대적이고 과학적인 수사방식을 한껏 뽐내고 있기 때문에 둘이 동시에 범인을 지목하는 대목은 지금까지 다니마다를 비웃은 오토모의 코를 납작하게 한 셈이 된다. 일본 사회의 모든 분야에서 서구를 추종하던 시기에 일본의 전통적인 방식도 살리고 있는 이 소설의 결말은 일본의 서구 근대에 대한 입장을 비유적으로 보여주고 있다.

『세 가닥의 머리카락』에서 또 하나 눈여겨 볼만한 것은 '탐정'에 대해 언급하고 있는 부분이다. 다니마다와 오토모를 '사복형사', 즉 '탐정'으로 언급하면서 내레이터는 다음과 같이 말하고 있다.

> 사복형사는 흔히 하는 말로 탐정인데, 세상에 이만큼 꺼림칙한 직무는 없다. 또 이만큼 훌륭한 직무도 없다. 꺼림칙한 점에서 말하자면 자신의 무자비한 마음을 감추고 친구인 척 사람들과 섞여 친절한 표정을 지으며 그 사람의 비밀을 캐내고 그것을 바로 공공기관에 팔아넘겨 처세한다. 외관은 보살인데 내심은 야차라고 하는 것은 여자가 아니라 탐정이다. 절도범, 강도, 살인범, 탈옥수 등과 같은 악인이 많지 않으면 그 직무는 번성하지 않을 것이다. 악인을 찾아내기 위해 선인까지도 의심하고, 못본 체 하고 훔쳐보고 못들은 체 하고 훔쳐들으며 사람을 보면 도둑으로 생각해 매우 무서운 훈계를 직업의 비책으로 삼아, 종국에는 의심하는 데에 그치지 않고 사람을 보면 도둑일지어다, 죄인일지어다 빌기에 이른다. 이 사람이 혹시 반역자라면 내가 붙잡아 내 공로로 하고 이 남자가 만약 죄인이라면 내가 밀고해서 술값이라도 보태야지 하고 머리에 촛불은 켜지 않았다 해도 보는 사람마다 저주하는 것은 굉장히 사위스러운 직업이다. 훌륭하다고 하는 점에서 말하자면 이렇게까지 남에게 미움을 받는 것을 싫어하지 않고 악인을 간파해 그 씨를 말려 세상 사람들의 편안함을 도모하는 소위 살신성인하는 자로, 이만큼 훌륭한 사람이 있겠는가.

'탐정'이 '사복형사'와 같은 의미로 사용되고 있는 것으로 봐서 당시의 '탐정'은 경찰조직의 일원이었음을 알 수 있다. 또 이들은 비밀스럽게 정보를 캐내는 활동(정탐)을 하는데, 이러한 활동에 대하여 내레이터가 통렬한 풍자로 서술하고 있는 것이다.

'탐정'에 대한 근대 초기의 이미지는 빅토르 위고의 『내가 본 것들(Choses Vues)』을 번역한 모리타 시켄(森田思軒)의 『탐정 유벨』에서도 잘 나타나 있다. '탐정'이라고 의심을 받은 유벨이 동료들로부터 심문을 받고 결국 탐정이었음이 밝혀지면서, "아, 못된 놈, 흉측한 놈. 어떻게 해야 이 수상한 자에게 호된 맛을 보여주지?", "이로써 탐정을 처벌할 방법을 찾아야겠군", "탐정을 바다에 던져버리자. 목에 돌을 달아서" 등의 논의로 이어지고 있다. 즉 당시 '탐정'은 첩자나 스파이로 여겨진 개념이었던 것이다. 이와 같이 '탐정'을 둘러싼 근대 초기의 부(負)의 이미지는 에도가와 란포(江戶川亂步)가 나오는 1920년대 이후가 되어야 오락적인 대중문예 속에서 '탐정적 취미'와 같은 기호적인 측면으로 그 이미지가 전환된다.

마지막으로 일본 근대 초기에 서양의 추리소설을 번역·번안하는 과정에서 드러난 번역 문체에 대하여 간단히 소개하고자 한다. 『법정의 미인』은 1887년 10월에 『오늘신문(今日新聞)』에 연재하기 시작한 루이코의 첫 번안소설인데, 영국 소설가 휴 콘웨이(Hugh Conway)의 『어두운 나날』을 번역한 것이다. 루이코의 자서(自序)에는 다른 제명(『뒤가 어두운 날』)으로 이를 소개하고 있는데, 주목할 점은 루이코가 「전문(前文)」에서 번역의 주안으로 삼은 것이 무엇인지 밝히고 있는 대목이다.

> 나는 한 번 읽고 가슴속에 기억되는 바에 따라 자유롭게 붓을 들어 자유로이 문자를 늘어놓았다. 원고를 쓰기 시작해서부터 이를

끝낼 때까지 한 번도 원서를 살펴보지 않았다. 원서를 서재에 놔두고 붓을 신문사의 편집국에서 들었다. 이렇게 해서 원문과 맞지 않는 것은 말할 것도 없고, 취향 또한 맞지 않다. 이를 번역이라고 한다면 극히 부당하지만, 번역이 아니라고 한다면 또한 표절 혐의, 모방 경향을 면할 수 없다. 따라서 번역이라 말해둔다. 본문이 이미 이와 같아서 표제의 원서와 다름은 책망은 할지언정 괴이하게 여겨서는 안 된다. 부당하다고 하거나 너무 지나치다고 나무랄 거면 나무랄지어라. 나는 스스로를 번역자로 자처하지 않는다.

구로이와 루이코의 번역을 일컬어 흔히 '호걸역'이라고 한다. 이는 줄거리의 흐름을 크게 손상시키지 않는 범위에서 원문을 대폭 축약하거나 의역하는 경우가 많고 자신의 문체로 새롭게 창작하는데, 원문에 대하여 호탕하게 번역한 것이라는 의미에서 붙여진 말이다. 본서에는 수록되지 않았지만 『레미제라블』을 번안한 『아, 무정』의 서문에서 루이코는 다음과 같이 밝히고 있다.

역술의 체재는 내가 지금까지 옮긴 여러 책과 마찬가지로 원작을 읽고 스스로 느낀 바 그대로 자신의 뜻에 따라 서술해 나아간 것이다. 그러므로 번역이라기보다는 남에게서 들은 이야기를 내가 아는 이야기로 남에게 이야기하는 것과 같다. 만약 이를 읽고 원작과 대조하면서 독해력을 얻고자 하는 사람이 있다면 실망할 것이다.*

* 구로이와 루이코, 「서문」, 『아, 무정』, 扶桑堂, 1906. p.4.

즉 원문을 최대한 살려 옮긴 것을 '번역'이라고 한다면 구로이와 루이코의 경우는 이와는 구별되는 '번안'이라고 할 수 있을 것이다. 그리고 이를 루이코 스스로 강조하며 의식적으로 행하고 있는 점이 매우 흥미롭다. 『법정의 미인』에서 지명은 일본식으로 고치지 않았지만 등장인물은 모두 일본식으로 고쳐 쓰고 있다. 또한 『유령』의 경우는 지명, 등장인물 모두 일본식으로 바꾸어 번역하였다. 인명이나 지명과 같은 고유명사뿐만 아니라 내용상으로도 원문으로부터 의식적으로 거리를 두고 "자유롭게" "느낀 바 그대로 자신의 뜻에 따라" 썼다고 하는 루이코의 번역 태도는, 아니나 다를까 그의 작품 속에 호탕한 문체로 재창조되어 일본인 독자가 위화감을 느끼지 않고 편하게 읽을 수 있도록 가독성을 최대한으로 살렸기 때문에 인기를 끌었다. 물론 이와 같은 루이코의 번안 스타일은 저작권 개념이 명확하지 않은 근대 초기였기 때문에 가능했다.

이에 비하여 아에바 고손(饗庭篁村)의 번역소설 『서양괴담-검은 고양이』와 『모르그 가의 살인』은 에드거 앨런 포의 원문과 비교해보면 축약된 부분도 다소 있고 표현을 약간 수정해 전달하고 있지만, 루이코의 '호걸역'에 비하면 고손은 원문에 충실한 번역이라고 할 수 있다. 에드거 앨런 포의 작품은 당시 사상적으로 뛰어나지는 않지만 세련됨의 극치에 달한 예술로 평가받고 있었다. 서양의 문학을 아직 많이 감상하고 있지 않던 시대에 원문에 충실한 번역을 내놓은 것은 그 의의가 크다.

특히 근대 이전 시대인 에도(江戶)문학의 한 축을 이루며 게

사쿠(戱作) 기질을 지니고 있던 고손이 극히 근대적인 서양의 추리소설을 번역해 소개하고 있는 부분이 특징이다. 한 가지 재미있는 사실은 고손의 어학실력이 포의 작품을 번역할 정도로 훌륭하지 않았다는 동료 문인들의 진술이 있다는 점이다. 어학실력이 충분치 않은 고손이 어떻게 원문과 흡사한 번역을 할 수 있었을까 하는 의문을 둘러싸고 문하의 대학생이 초벌번역을 했다는 가설도 있는데*, 구로이와 루이코와 같은 시기에 전혀 다른 문체의 번역물을 냈다는 점은 특기할 사항이다.

번역 문체를 둘러싸고 누구보다도 세심하게 주의하며 번역한 사람은 모리타 시켄이다. 『탐정 유벨』의 후기를 보면 그가 원문을 번역문으로 옮기는 과정에서 원문에 충실하려고 얼마나 고심했는지 읽어낼 수 있다. 그중에서도 특히 소설 말미의 한 문장, 'So Hubert has been hungry'를 '유벨은 공복(空腹)이었던 것이다'라고 번역하면서 자신의 표현이 과연 맞는 것인지 반추하고 있는 부분에서 '번역'의 본질적인 의미에 대하여 고민하는 시켄의 모습을 엿볼 수 있다. 시켄이 자신의 번역에 대하여 "이는 진정 보석이 변해 분뇨로 되고 말았다. 이에 대해서는 내 힘이 아직 부족함을 느끼고 체념했다"고 말했는데, 번역문과 원문과의 간격(차이)을 고집스럽게 집착하고 있는 모습을 보여준다.

시켄이 고심했던 위의 말미 문장은 『탐정 유벨』을 이해하는 중요한 실마리가 되기 때문에 현재까지도 연구자들 사이에서

* 木村毅, 「解題」, 『明治飜譯文學集』(明治文學全集7), 筑摩書房, 1972. pp.400-401.

언급되고 있다. 즉, "유벨이 공복이었기 때문에 스파이가 된 것이다"고 하는 의미가 "So"라는 접두사에서, 그리고 "has been"의 시제 표현으로부터 유추할 수 있다. 고모리 요이치(小森陽一)는 말미의 문장이 가져다주는 효과에 대해 "유벨의 범죄가 개인의 죄라기보다는 오히려 그러한 상황으로 몰고 간 '사회의 죄'이며, 또한 앞서 사형 반대의 연설이 단지 정치투쟁상의 전략이 아니라 깊은 인간애에 뿌리를 두고 있는 일이며 자신들을 배신한 유벨을 여전히 경제적으로 지지해가려는 망명가들의 '덕의(德義)'를 상징적으로 읽어낼 수 있다"고 설명했다.*

이상에서 보듯이 시켄은 작품의 의미를 잘 전달할 수 있도록 문장 하나에도 세심하게 주의를 기울였음을 알 수 있다. 이러한 시켄의 번역 문체는 '주밀역(周密譯)'이라고 일컬어지고 있는데, 빈틈없이 세밀하게 잘 짜인 번역이라는 의미이다. 시켄은 「일본 문장의 장래」(1888)라는 강연 속에서 문장이란 그 사람의 생각을 표현하는 것이므로 세밀하게 짜인 두뇌에서 나오는 문장은 그 체재 역시 필히 세밀하다고 하면서, "세밀한 문체는 일본어 문장 표현에 없다. 물론 지나(支那)의 문장에도 없다. 즉 우리가 뇌수의 표본으로 삼는 서양인의 문체에 의존할 수밖에 없다"고 하면서 "사람에게 통하는 직역의 문체"가 곧 장래 일본의 문체가 될 것이라고 언급했다.** 시켄의 말 속에는 서양의 문장을 세밀하

* 小森陽一, 『構造としての語り』, 新曜社, 1988. p.345.
** 高橋修, 「森田思軒譯『探偵ユーベル』の〈終り〉」, 『上智大学国文学論集』2005.1. p.6에서 재인용.

게 직역하여 서양인의 문체를 본받는 것이 곧 일본의 근대가 서구식으로 전개될 수 있다는 논리가 들어 있다.

이상에서 보듯이, 일본 근대 초기에 서구의 추리소설을 번역해 소개하는 문제를 놓고 동시대의 번역자들이 각각 번역에 임하는 서로 다른 입론을 내놓고 있다는 사실은 매우 흥미롭다. 일본 최초의 창작 추리소설을 쓴 구로이와 루이코는 역시 창작자의 입장이 강하게 나타나 있고 번역에서도 번역자의 창작 영역을 최대한으로 확보하려고 하는 '호걸역'을 보인 반면에, 초기 번역 상황을 짐작케 해주는 아에바 고손이나 세밀한 번역을 통해 서구의 문체를 본받으려 했던 모리타 시켄의 '주밀역'은 루이코와는 다른 면에서 서구를 모델로 한 일본 근대 초기의 문학을 잘 보여주고 있다.

이 책은 일본 추리소설의 초기 형태를 통해 서양의 근대문학을 수용, 모방하고 한편으로는 변용해가는 가운데 일본의 근대적인 서사가 형성된 과정을 보여준다. 이러한 까닭에 일본의 전통적인 사건 추리과정과 서양의 근대적인 추리과정이 동일한 지점에서 사건의 해결을 찾게 되는 『세 가닥의 머리카락』의 서사는, 서구 문학을 모방해 이를 끊임없이 변용시켜가면서 일본적인 것으로 만들어간 일본 근대문학의 모습을 잘 드러내고 있다.

# 작가 연보

## 구로이와 루이코(黑岩涙香, 1862~1920)

**메이지(明治) 시대의 지식인, 사상가, 번역가, 탐정소설가, 저널리스트.**

1862년 9월 29일 고치(高知) 현에서 구로이와 이치로(黑岩一郎)의 차남으로 태어났다. 본명은 구로이와 슈로쿠(黑岩周六).

1878년 (17세) 고향 고치 현을 떠나 오사카(大坂) 영어학교에 입학해, 영어를 익히고 문필 방면에서도 맹아를 보이기 시작한다.

1879년 (18세) 오사카에 콜레라가 유행해 도쿄로 상경한다. 이후 게이오의숙(慶應義塾)에 들어가지만 이곳에서의 공부가 답답해 곧 퇴학하고 만다. 이때를 전후로 정치법률서를 주문해 독파하고, 신문이나 신간 서적 등을 보면서 유럽의 형세에 대해 자주 논하게 된다.

1882년 (21세) 세간에 논의되고 있는 문제에 대하여 신문에 투고하고 자유민권운동에 관여하다가 이후 관리모욕죄의 유죄판결을 받기도 한다.

1885년 (24세) 『일본타임즈(日本たいむす)』의 주필이 되어 사설과 잡보를 담당하면서 기자로서 활약하는 한편 어학 실력을 살려 번안소설도 주력하게 된다.

1887년 (26세) 『오늘신문(今日新聞)』(이후에 『미야코신문(都新聞)』으로 개칭)에 루이코 쇼시(淚香小史)의 필명으로 연재한 최초의 번역 탐정소설 『법정의 미인』과 『사람인가 귀신인가』를 연재하면서 인기를 모아 번안소설의 스타가 되었다. 이후 신작을 계속 발표하게 된다.

1888년 (27세) 『유죄무죄』(『繪入自由新聞』, 9.9~11.28)를 연재했다.

1889년 (28세) 『미야코신문』에 파격적인 대우를 받고 주필로 추대되지만 사장이 경영에 실패하여 새롭게 취임한 사장과 충돌하면서 퇴사한다. 9월에 일본 최초의 창작 탐정소설이라고 칭해지는 『무참(無慘)』을 소설관에서 펴낸다. 『무참』은 이후 1893년에 재판(再版)되어 나올 때 제명이 『탐정소설 세 가닥의 머리카락(三筋の髮)』으로 바뀌었다.

1890년 (29세) 1월에 소설관에서 『유령』을 펴내고, 7월에 『탐정』(扶桑堂)을 펴냈다.

1892년 (31세) 11월에 타블로이드판의 일간지 『만조보(萬朝報)』를 창간하고 사회적인 폭로 기사나 오락 기사 등을 발표하여, 한때 도쿄 제일의 발행부수를 자랑하기도 했다. 루이코는 이곳에 자신의 번안소설 『철가면』(1892~1893), 『유령탑』(1899~1900), 『암굴왕』(1901 ~1902), 『아, 무정(噫無情)』(레미제라블) 등의 대표작을 계속 연재해간다. 『아, 무정』은 식민지 조선에서 민태원의 『애사(哀史)』(1918)로 재번안(중역)되어 매일신보에 연재되었다.

1901년 (40세) 우치무라 간조(內村鑑三)의 영향으로 사회 구제를 위하여 이상적 단결을 해야 한다고 제창하고, 이듬해 모임을 개최하기도 한다. 이후 창작이나 번안 소설의 집필은 현저히 줄고 평론을 주로 발표하게 된다.

1903년 (42세) 러일전쟁의 개전 분위기가 고조되는 가운데 루이코는 『만조보』에 개전 지지의 글을 게재했다. 이에 대해 같은 사내에 있던 비전론자 우치무라 간조나 사카이 도시히코(堺利彦), 고토쿠 슈스이(幸德秋水) 등이 퇴사한다. 이후 다이쇼(大正) 시기에도 헌정옹호운동에 참가하는 등, 정치에 깊은 관심을 보였다.

1920년 (59세) 10월 6일 폐종양으로 사망. 향년 59세.

## 아에바 고손(饗庭篁村, 1855~1922)

**메이지 시대의 소설가, 연극평론가.**

1855년 8월 15일, 도쿄에서 태어났다. 본명은 아에바 요사부로(饗庭與三郎). 태어나던 해에 일어난 대지진으로 어머니를 여의었다.

1865년 (11세) 11세부터 15세까지 니혼바시(日本橋)에 있는 전당포에서 고용살이를 하면서 독서에 몰두해, 한학(漢學)을 공부했다. 그리고 고손의 연극이나 하이카이(俳諧)에 관한 수양은 이 시절에 길러졌다고 한다.

1874년 (20세) 고용살이에서 생가로 돌아와 형의 가업을 돕다가 1874년 20세의 나이에 일취사(日就社, 요미우리신문 발행)에 입사해 교정을 담당한다.

1876년 (22세) 요미우리신문(讀賣新聞)의 편집기자가 되어 신문지상에 다양한 글을 발표해가면서 문단에 알려지기 시작한다.

1886년 (32세) 네기시(根岸)로 옮겨가 이곳을 중심으로 모인 작가들과 함께 '네기시파'로 불리게 되고, 이들과 함께 여행을 다니며 쓴 기행문을 신문에 연재한다. 『소설신수(小說神髓)』를 쓴 쓰보우치 쇼요(坪內逍遙)와 알게 되고, 『요미우리신문』에 장편소설 『당세상인기질(當世商人氣質)』(3~5월)을 연재한다. 인정의 기미를 파고드는 알기 쉽고 경묘한 문장으로 상인이라는 신분의 유형을 세 가지의 설화로 그린 소설로, 고손의 출세작이라고 할 수 있다.

1887년 (33세) 에드거 앨런 포의 소설을 번안한 『검은 고양이』, 『모르그 가의 살인』을 발표한다.

1889년 (35세) 단편을 비롯한 다수의 저술을 발표하고, 이듬해에 걸쳐 저술전집이라고 할 수 있는 『소설 무라다케(小說むら竹)』(20권, 春陽堂)를 펴낸다. 도쿄아사히신문(東京朝日新聞)에 입사한 직후부터 1922년까지 아사히신문에 극평을 집필한다.

1892년 (38세) 도쿄전문학교(현 와세다[早稻田]대학)에서 지카마쓰 몬자에몬(近松門左衛門)에 대해 강연한다. 이후 고다 로한(幸田露伴)이나 오자키 고요(尾崎紅葉) 등 신시대의 소설가가 활약하면서 고손은 저작활동의 비중을 극평이나 에도문학 연구에 주력해간다.

1922년 (68세) 6월 20일, 뇌 장해로 사망한다.

## 모리타 시켄(森田思軒, 1861~1897)

**메이지 시대의 신문기자, 작가, 번역가, 한문학자.**

1861년 9월 30일, 오카야마(岡山) 현에서 태어났다. 본명은 모리타 분조(文藏).

1874년 (14세) 오사카 게이오의숙(慶應義塾)에 들어갔다가 2년 뒤에 미타(三田)의 게이오의숙 본교에서 계속 수학하면서 영문학과 한학을 공부하였다.

1882년 (22세) 상경하여 야노 류케이(矢野龍溪)가 경영하는 우편호치신문(郵便報知新聞)에 입사한 뒤, 한문 분야를 담당하다가 후에 편집책임자로서 활약하게 된다.

1885년 (25세) 청에 특파되어 『페킹(北京) 기행』을 호치신문에 게재해 이름을 알렸다. 이후 도쿠토미 소호(德富蘇峰)의 『국민의 벗(國民之友)』에 빅토르 위고를 소개하는 작품을 소개한다.

1887년 (27세) 5월에 쥘 베른의 소설을 번역한 『철세계(鐵世界))』(集成社)가 간행된다.

1889년 (29세) 빅토르 위고의 소설을 번역한 『탐정 유벨)』(民友社)이 간행된다.

1891년 (31세) 시켄은 호치신문의 개혁에 협력해 정론 본위의 신문을 사회면과 문예란을 갖춘 신문으로 바꾸어 놓았으나, 이후 호치신문이 분열되자 시켄은 퇴사한다. 그리고 1891년에 『국회신문)』에 입사해 1895년 폐간될 때까지 사원으로 일하게 되는데, 이 기간에 동지(同紙)를 비롯하여 『태양)』이나 『소년세계)』와 같은 잡지에도 번역이나 비평문을 발표해 문단에서 인기가 높아졌다. 그리고 『만조보)』에 높은 대우를 받고 들어가 구로이와 루이코와 함께 메이지 시대의 번역에 이름을 떨치며 활약한다.

1896년 (36세) 쥘 베른의 소설을 번역한 『모험기담 십오 소년)』(博文館)이 간행된다.

1897년 (37세) 에드거 앨런 포의 소설을 번역한 『간일발(間一髮))』(博文館)이 간행된다. 이와 같이 다수의 해외문학을 번역하여 소개해 한때 '번역왕'이라고 일컬어지기까지 했던 시켄은 1897년 11월 14일에 사망한다. 죽음에 임박해 소장하고 있던 장서를 '시켄문고'로 정리해 구로이와 루이코에게 보냈다고 한다.

⊙ 옮긴이 **김계자(金季杍)**

일본 도쿄대학에서 일본문학으로 박사학위를 받고, 고려대학교 글로벌일본연구원 연구교수로 재직 중이다. 한일문학이 관련된 양상을 중심으로 재일코리안 문학, 일본문학문화를 연구하고 있다. 최근에 한국과 일본문학의 접촉지대(Contact Zone)를 일제강점기부터 해방 이후까지 통시적으로 살펴봄으로써 한국과 일본에서 일본어문학이 형성된 전체상을 드러내는 연구를 진행하고 있다. 주요 저서에 『근대 일본문단과 식민지 조선』, 『횡단하는 마이너리티, 경계의 재일코리안』, 『김석범 장편소설 1945년 여름』 등이 있다.

# 세 가닥의 머리카락

초판 1쇄 펴낸날 2018년 11월 20일

지은이 구로이와 루이코 · 아에바 고손 · 모리타 시켄
펴낸이 이상규
편집인 김훈태
디자인 엄혜리
마케팅 김선곤

펴낸곳 이상미디어
등록번호 209-06-98501
등록일자 2008. 09. 30
주소 서울시 성북구 정릉동 667-1 4층
대표전화 02-913-8888
팩스 02-913-7711
e-mail leesangbooks@gmail.com

ISBN 979-11-5893-074-5 04830
979-11-5893-073-8 (세트)